馬歇爾・埃梅——著　陳文怡——譯
Marcel Aymé

變臉人

LA BELLE IMAGE

名家推薦

馬歇爾．埃梅製造的恐怖不是來自遮蔽全貌，而是揭露亮處與暗面的所有皺褶。明明白白揭露一個人存在的自我衝突：變形無法帶來自由，而是被迫從自己的人生抽離出一個間距，從他者的眼光來深入自己的祕密。失去間距，就失去觀測、思索和對話的空間。正因為處於「非我」的狀態，這虛有的面孔令「我」從生活的各種責任脫困，實實跌進「生命給予我的一切」。然而，一個人所能創造的最美幻象，就是返回現實，祝福倖存的人生。

——詩人 **吳俞萱**

埃梅向來擅長運用超自然的題材，來突顯荒謬可笑卻真實到不行的人性。《穿牆人》如此，《莎賓娜的分身們》也是如此。讀這本《變臉人》時，我首先聯想到了卡夫卡的《變形記》，同樣都帶著荒謬的元素。幸運的是，《變臉人》的主人公羅烏爾不需要變形成一隻怪蟲悲慘地度過餘生。他在變臉後，內心上演的一齣齣小劇場，更是令人玩味。一面閱讀一面覺得這個羅烏爾還真是個渣男啊！然而，渣歸渣，還是會想要知道他的下場如何。

——光磊國際版權資深經紀人　**武忠森**

深愛妻子，擁有一雙可愛兒女的廣告代理商羅烏爾·塞律希耶某天去辦駕照時赫然發現自己的臉孔變成自己從未見過的模樣……這奇幻的情節簡直像是卡夫卡的經典小說《變形記》的翻版。只不過，羅烏爾沒有變成蟲子，反而換了一張超帥的臉（所以小說的法文書名是La belle image，姑且可譯為「帥臉」吧），但也是因為這張帥臉，導致羅烏爾的心理起了微妙的變化，至於往常那些對他不屑一顧的美女開始偷偷注意他，那更是不在話下了。《變臉人》的作者埃梅是過去台灣較少接觸的法國奇幻大師，只有《綠色牝馬》、《貓咪躲高高》、《穿牆人》等獲譯介為中文。他成名的一九四〇年代法國文壇因為二次大戰而陷入一片抑鬱、肅殺的存在主義氛圍，但他的作品卻帶有特別的荒誕、幽默與諷刺感，七十幾年後讀來仍讓人想要一頁頁翻下去，非常值得推薦。想知道羅烏爾的人生會有何改變嗎？趕快來讀《變臉人》。

——臺大翻譯碩士學位學程助理教授　**陳榮彬**

現代人整型、改名、甚至移民，無非是希望突破生存限制，成為另一個人。埃梅的奇想故事，正牢扣這種心理欲望。《變臉人》是一則寓言，但不像〈穿牆人〉那樣成為懲戒式的悲劇，反而跳脫道德教訓，帶給主角及周遭人柳暗花明的全新可能。精彩的心理刻畫，令讀者身歷其境，雖屬奇想，卻顯得無比真實。

——詩人　**鴻鴻**

導讀——

「如果埃及豔后的鼻子再短一些……」

——馬歇爾・埃梅的荒誕、寫實與現代性

——國立中央大學法文系副教授　**林德祐**

一個平凡的公務員突然發現自己具有穿牆的能力，可以窺視他人的祕密，可以神不知鬼不覺搶劫銀行；一對姊妹花幻想變成跑得飛快的馬和有著溫柔大眼睛的驢，一覺醒來，兩人真的變成馬和驢；一個廣告經紀人一日辦理證件時才發現已經變了一個面貌，換上一張年輕俊俏的臉龐……馬歇爾・埃梅（Marcel Aymé）這位法國二十世紀戰間期小說家，他的作品寓幻奇元素於日常生活中，寫實的筆觸中滲入荒誕的手法，透過幻想，撕裂表面的假象，窺看真相。

《變臉人》的主人翁羅烏爾原本其貌不揚，「下顎與鼻子皺著，像隻法國鬥牛犬一

樣」（35），然而一日沒來由地他的臉變了，變年輕，也變得賞心悅目，之前沒有人留意過他，如今女孩子們都紛紛主動對他示好。但是作家並非要說明顏值在這個「人帥真好」的現代社會中的重要性，而是透過變臉這個荒誕情節讓我們深入思索臉在現代社會牽涉的作用。臉就是身分，是個人標誌，臉之所以是標誌並不是因為它蘊含什麼深刻的價值，而只是因為它是最易於辨識的。變了一張臉，人就喪失了定位點，掉進一個荒謬的世界，受困於一張沒有指涉的外表之中，動彈不得，動輒得咎，無法顯現自我。羅烏爾莫名其妙變了一張俊帥的臉之後，還沒有享受到變帥帶來的好處，他就已經先嘗盡苦頭了，變成一個沒有身分、沒有戶籍的人，他的太太，他的祕書，他的朋友全都認不出他了，甚至還遭人懷疑捲入謀殺案，原本不曾質疑過的安穩生活，對他變成了全然的陌異。

《變臉人》寫於二戰前夕，書中的某些論調不禁令人聯想起存在主義的想法，特別是一九三八年沙特出版的《嘔吐》中世界虛無空洞的論調。義大利作家皮蘭德羅的小說《死了兩次的男人》中人物的遭遇也類似羅烏爾的變臉記。故事的主人翁馬悌亞．琶斯卡因為事業不如意，又遭妻子娘家的人看不起，索性離家出走。他在蒙地卡羅賭場中贏得了巨大的金額，隔天他在報紙中得知他自己已經意外身亡，他的朋友已經出面指認，確認死者就是他。一開始，這個一夜致富的男人，覺得可以利用這個情境擺脫束縛，但是他當想要把錢存到銀行時，他遭遇到的困境就是沒有身分，這個情境就像《變臉人》中主人翁意外變臉之後，陷入了謀殺原本的自己，無法自證身分的險境中。後來皮蘭德羅的這位主角也因為沒有身分，無法與心愛的女子結婚，他只能變回原本的自己，這也是羅烏爾的遭遇，只不過羅烏爾的結局似乎顯得較為樂觀：他又重新回到婚姻生活。皮蘭德羅的主角就沒這麼幸運，他的妻子再婚，馬悌亞．琶斯卡只能離去。但無論如何，兩本小說的啟示都一樣：人都是受到存在主義所謂的「處境」所牽制。這個處境的某個微小的變數更動或調整了之後，我們可能會什麼都不是，就像羅烏爾一開始覺得很慶幸，能夠擺脫已婚身分的束縛，最終發現這幾乎是他唯一可能的生活了，除非透過激烈的手段掙脫這道桎梏般的秩序。

變臉也是一種從原本的臉換成另一張臉，這樣的變化於是產生的易位的觀點：人物因為改變了樣貌得以「微服出巡」，窺見了平時隱匿在表象背後的祕密。埃梅似乎也透過這個變臉遭遇，諷刺了布爾喬亞階級的生活迷思。丈夫換了一張臉，換了一個假名，以情夫之姿，勾引不知情的妻子，這是一種危險的忠誠度測試。果然平時保守拘謹的妻子毫無招架之力，不但投懷送抱，還對「情夫」大吐苦水，豪不避諱地數落另一半的無能。這段丈夫的感想似乎也承認了婚姻制度的虛偽：

夫妻生活要過得幸福快樂，雙方都必須對彼此視而不見，而且希望兩個人能平靜度日，雙方也都必須不懂對方。夫妻就像列車的兩道鐵軌，不但要緊挨著彼此前進，也得重視雙方間隙，否則萬一這兩條鐵軌碰在一起，夫妻生活這輛列車的運行就會毀於一旦。（134）

《變臉人》的法文書名是La belle image，除了可以指涉人人稱羨的顏值，漂亮俊俏的臉孔，也可以指向美麗的形象，而美麗的形象不正是布爾喬亞社會竭力維持的表面秩序與和諧嗎？任何不合邏輯、任何意外、突發、無可理解的事件都必須排除在這道理性秩序之外。從這個角度來看，變臉象徵的正是一種理性無法解釋的變動，一種跨越理性畛域的冒險。而從人物如何的反應，似乎也可看出這些墨守成規、保守偏安的布爾喬亞階級對於生活中無法解釋的事件抱持的畏縮態度。拉烏爾意外遭到變臉後，他求助於好友朱利安，把來龍去脈娓娓向他道來，但不但沒有獲得信任，還遭對方懷疑殺害了真正的羅烏爾。唯一能相信他奇幻遭遇的人卻是一位個性古怪、瘋瘋癲癲的老頭，安東尼舅舅。彷彿那些標榜正常的人其實都囚禁在自我理性的價值觀之中，反而是不畏懼異樣、怪異的人才更能開放面向他人，迎接任何冒險。

埃梅與當時普遍作家的文風大異其趣。法國二戰前後的文學發展，令評論家擔憂的是一種愈來愈無法觸及人民的文學。文學家彷彿變成了風格雕塑家，不論是何種階級，勞工、外交官、商人或是神職人員，當他們投身書寫時，似乎都忘記了自己的出身，迎合一種時尚的書寫方式，風格大同小異。巴黎社交圈的生活、布爾喬亞的教育，都強化了這種單一均化的風格。從這個角度來看，埃梅的創作試圖衝出這種假面的書寫。（也是一種變臉？）他出身卑微，與人民為伍，小說中也不乏以底層人民生活為主的書寫，使用的法文不過度裝飾，而是讓人聽見口語法文躍然紙上。年輕時他曾經從事過許多街頭上的工作：電影的臨時演員、郊區工廠的員工、流動攤販，或許這些經歷讓他更能從底層內部書寫所見所聞。但是並非做過這麼多工作才能書寫，埃梅能成為作家更是因為他敏銳細膩的觀察力和諷刺挖苦的描寫，這種書寫來自街頭漫遊的體驗，特別是他在長居的巴黎十八區所觀察到的人性百態。

法國哲學家帕斯卡說：「如果埃及豔后的鼻子再短一些，世界的面貌就要改變了。」法語的過去條件式通常用於表達絕對不可能發生的事情，但是埃梅小說的敘述手法就是架構在這種對日常生活中不可能的假設。他並不只觀察這些生活中潛在的微調，他透過一種遊戲性的精神，虛構了超現實的事件，雖然有時失真離譜，卻能夠搗碎被僵固的習慣掩蓋的牆面，（另一種穿牆人？）讓遮蔽的真相能夠閃現。埃梅的手法也類似古希臘哲學家的手法，為了闡釋真理，他們會在弟子面前用滑稽、荒誕的表演把哲理呈現出來。雖然埃梅的作品具有巴爾扎克《人間喜劇》式鉅細靡遺的寫實，但他的風格穿越真實的鏡面，可與卡夫卡的《變形記》、路易斯·卡羅的《愛麗絲夢遊仙境》和皮蘭德羅的《死了兩次的男人》並列變形記的世界經典行列中。他將荒誕與寫實融在一起，並行不悖，完成了現代生活的諷刺寓言。

目錄

第一章

這間狹窄的辦公室是樓中樓，面向幽暗深邃的庭院。在這裡辦公的政府部門，此刻接待的民眾寥寥可數。我隨意走向居中的洽公窗口，問了那裡的女職員一個問題。起初她沒有理我，只自顧自處理完一份帳單，又接著處理另外一份。不耐煩的我除了重複提問，對於有人不怎麼熱心提供民眾諮詢，我也不無怨懟。那位女職員有一張削瘦的臉，而且身形嬌小，頭髮斑白。她從容算完手邊的帳，才以沒有敵意，也不帶感情的平淡嗓音回應我說：

「是這裡沒有錯。所有文件您都帶齊了嗎？」

我遞給她一疊文件。她不但讀得不慌不忙，而且還毫無倦意。然後她將文件重新歸類，並將申請書放在蓋了章的文件上，另外放在一旁。我料到可能還要等一段時間，於是想到自己第一次走進這個地方，卻還沒仔細看過這裡，就開始留意周遭，也才發現這間辦公室民眾洽公的這一側空間狹小，大家活動的範圍都很有限。目前只有我，和一位戴著勳章，或許是退休官員的老人在這個空間，以致我感覺自己無依無靠。洽公窗口另一側的辦公室延伸到建築深處；儘管現在才兩點半鐘，離窗口最遠的桌子，卻都已經看不清楚，而這間辦公室照明最差之處，也就是那個地方。

此時有一些燈，開始在這個昏暗的空間裡亮了起來。這些裝有綠色燈罩的燈，在桌面上映照出圓圓亮光，而辦公室職員的手，就在這些圓圓的亮光裡挪移舞動。燈光由遠而近，很快就照亮了洽公窗口。最後，在民眾洽公的這一側，天花板也亮起了兩個燈泡。我注意到這兩盞燈灑落的光，都顯得相當微弱。離我幾步之遙的那位退休官員，此時手裡拄著一根銀製把手的拐杖，正在與隔壁窗口的女職員隨口閒聊。我從中得知他是卡拉卡勒先生。這位先生可能常常有事來這間辦公室，所以他看起來有點傲慢。雖然從他打量我的神情，以及為了讓人以為他是個中老手而刻意大笑的那種裝腔作勢，我都能察覺到他的傲慢，可是他對女職員的神態幾近輕鬆自在，則令我心生羨慕。反觀為我處理文件的那位女職員，看起來似乎不怎麼打算要與人交談，只一味低頭在登記簿上振筆疾書。老實說，她臉上的表情，也只徹底表現出她對一切都漠不關心。

看煩了這個地方，也看厭了人，我回頭開始想自己走進這裡時，心裡記掛的那些憂慮，包括有件事我試圖要重新處理，至今卻懸而未決，以及前天晚上我太太發的一頓脾氣，我甚至還想起早上我和兒子的老師，談到兒子對拉丁文倒盡胃口的問題。有那麼一會兒，由於念及女人的情緒、傳統的古典素養，以及宛如金屬般的冷硬課程，我感覺這些憂慮不僅在腦海中相互摻雜，彼此混合，還以令人作嘔的緩慢步調持續旋轉，原地打轉，令我覺得我的人生目前似乎有什麼事停滯不前，而且這件事還先造成我精神上的苦惱，隨後它又幾乎立刻就往前推進，在我的生活中發揮作用。只是當我要開始想其他事時，卻聽到洽公窗口後方傳來一聲低語。是為我處理文件的女職員在問我：

「您帶了照片嗎？」

「當然帶了。」我說：「應該要兩張，是吧？」

我從文件夾裡拿出一個小紙袋，裡頭裝了一疊照片，尺寸都是證件照的規格。我從中拿了兩張，遞給那位女職員。她看也沒看，就把照片放在登記簿上，然後伸手拿起放在辦公桌斜面桌板邊緣的那瓶膠水。話雖如此，她要貼上照片之前，還是先看了一眼。此時我突然發現她彷彿注意到什麼古怪的事，所以一直盯著照片看。她這種好奇心，已經打破先前冷漠規律的辦公態度，也使我隨即想到，這可能是她在考驗我一段時間之後，準備好要像隔壁窗口應對民眾那樣，與我親切交談。然而這位女職員只是抬眼看我，又低下頭去，接著又重新抬起頭來，並略微生氣地對我說：

「您給我的不是您的照片。」

起初我目瞪口呆，而且對於自己是否弄錯照片，有那麼一瞬間，我也有所懷疑。不過，即使反著看這些照片，還是不難看出它們就是我的照片。在我看來，女職員的想法相當滑稽，我認為自己可以趁機開個玩笑。

「您覺得，」於是我開口對那位女職員說：「照片比我本人帥很多嗎？」

那位女職員聽了，臉上卻連一絲笑意都沒有。只見她放下膠水，緊閉著嘴，比對照片上的人像和我的容貌。最後，她看起來應該是有把握的樣子，就動手還我兩張照片，並以嚴厲的語調對我說：

「拿其他照片給我。不是當事人的照片，我不能受理。」

此時我拒拿照片，並強烈抗議，表示她這玩笑開得太過火了。

「再說這些照片明明就很像我，而且我的家人也都看過這些照片，他們還十分滿意呢。我不明白為什麼您比我的家人還要難搞？」

她手裡拿著照片，一時不知所措。我先想到這女人神智不清，繼而又考慮到可能有某種特殊障礙，導致她的視覺出了問題，所以她看到的影像也會隨之走樣。於是我的好奇心暫時打消了我的怒火。最後她轉過頭去，調整自己說話的嗓音，然後朝微光中某個明確地點出聲呼叫：

「布瑟納克先生！抱歉，可以麻煩您過來一下嗎？」

她說話的敬重語氣，使我明白是在要求上司出面解決爭議。對於眼前局勢出現這樁意外插曲，我感到心滿意足，所以心裡雖然嘲弄此事，臉上露出的微笑卻很和善。此時在辦公室盡頭的兩團圓光之間，有個模糊身影從暗綠色的陰影中悄然浮現。布瑟納克先生儘管又矮又胖，但眼神敏捷機智，神情也顯得開朗快活。假設我對這件事的後續發展，有那麼一丁點擔心的話，布瑟納克先生此時表現出來的這副模樣，就足以令我安心。為我處理文件的女職員，這時候站起來讓座給布瑟納克先生。他坐下時，以愉悅的南法口音，真誠地問女職員：

「怎麼了，帕薩旺女士，有什麼事不對勁嗎？」

「您來評評理，」此時帕薩旺女士以充滿幹勁的語調回答：「這位先生來申請指定駕駛（B.O.B.）執照。他的確提供了所有文件，但他給我的照片，卻不是他的照片。」

「這不是我的照片，」我有意要顯得放肆，就在臉上擺出不以為意的神情說：「天啊，這真是婦人之見。」

布瑟納克先生做了個優雅的手勢，要我別開口說話，並開始瀏覽檔案夾裡的文件。

「我們來看看這些文件喔。申請書……簽名者羅烏爾．塞律希耶，職業是廣告代理人……一九〇〇年生於……住在巴黎……街，好……出生證明……居住證明……警察刑事紀錄證明書……符合申請條例證明書……所有文件都很齊全。那麼我們現在來看看照片。照片在哪裡呢？」

帕薩旺女士將照片放在布瑟納克先生面前。他先以銳利的眼神仔細看我一眼，才轉而凝視我的照片，此時我看到他露出微笑。隔壁窗口的女職員和卡拉卡勒先生，這時候已經中斷交談。他們兩人閒來無事，想看場難得一見的好戲，就露出好奇的神情打量我們。不過，布瑟納克先生的目光，卻沒有一直盯著照片。

「這項申請出錯的地方只有一個，」此時布瑟納克先生說：「就是塞律希耶先生確實弄錯照片。只要他願意花點心思端詳自己，就會毫不費力地確認是自己弄錯照片。」

看來，布瑟納克先生站在帕薩旺女士那邊，接納了她的主張。儘管我覺得自己似乎能辨識出照片上的人像是誰，不過，由於我在洽公窗口的另外一側，從反方向看那兩張證件照，這可能會導致我弄錯照片上的人物模樣。如果不考慮我繳交的分明就是我的照片，那麼，我願意相信這件事是我自己糊塗，誤交了其他人的照片。只是當布瑟納克先生面露和藹笑容，將照片遞給我時，看到照片的第一眼，我就深信那絕對是我的照片。

「這的確是我的照片，」我開口說：「我甚至沒想過自己的照片會拍得那麼逼真。」

布瑟納克先生聽了我說的話，態度轉為嚴肅。他在這當下說話的語調儘管隨和，聽起來卻已經不再使人愉悅。他對我說：

「先生，相信我，如果問題只在於照片和本人的相像程度令人存疑，我們不會特別挑剔。在我們做得到的範圍內都會盡力便民，使民眾的洽公程序能簡單流暢。可是天地良心，我們不能受理您這兩張照片，而使您為此不快的人，卻可能是您自己，因為這兩張照片非但與您不像，照片裡的男人容貌，也明顯與您完全不同。照片拿去。這件事差不多就像是我試圖要冒充帕薩旺女士一樣。」

此情此景荒謬透頂，令我不知該如何是好，況且目前我可以採取的應對措施，肯定也全都很蠢。縱然目前我已經不再生氣，但內心深處，卻突然閃過一絲擔憂，而且我從來都不曾有過這種憂慮：「布瑟納克先生說的話是不是沒錯呢？那兩張照片是不是已經不像我了？」先前我還沒開始擔心這件事，這個觀點就已經在警告我，提醒我必須留意自己的容貌。只是這個看法使我惴惴不安，所以我一直都在逃避，不敢面對這種想法。此刻正視這個古怪念頭，讓我整個人心神不寧，說起話來也結結巴巴。

「這是刁難，」我說：「有人試圖要刁難我。」

說這句話的同時，我抬頭望向布瑟納克先生。我望向他的目光，想必顯示出此刻我方寸大亂，而這種眼神，也觸動了他。

「好了，」布瑟納克先生減半音量對我說：「別固執了，承認自己弄錯，一點也不丟臉啊。」

「這些是我的照片，我向您保證，」我氣急敗壞出言反駁：「這件事實在是匪夷所思。您看錯了，這應該是您看錯了。」

「冷靜點，」這位善良誠懇的男人接著又對我說：「我沒有懷疑您的真誠。有時候儘管事實就在眼前，人卻可能由於一時疲憊，或者是一時緊張，就堅持自己沒有錯。我們所有人多少都會有這種妄想，這從來就不是什麼嚴重的事。只要留點時間讓人採納證據，也讓他能接受真相，這就夠了。既然我和帕薩旺女士的證言，仍不足以使您信服，那麼，您要我請其他人來作證嗎？」

「那就麻煩您了。」我咕噥說。

於是布瑟納克先生從隔壁窗口請來兩位女職員。那位拄著銀製把手拐杖的男人，也隨著為他處理事情的女職員移動位置，來到我身旁。他甚至不擔心自己就站在我旁邊，會稍微推擠到我。剛剛走過來的兩位女職員，這時候朝布瑟納克先生的肩膀俯下身去，而布瑟納克先生三言兩語，就向她們敘述了事情的來龍去脈。此時我不但能感覺到那兩位女職員盯著我看，她們口中的判決，也幾乎同時傳進我的耳裡。對於人家給她們看的那張照片，無論是哪位女職員，都認不出照片裡的人像是我。「這兩張臉完全沒有共同之處，」那兩位女職員異口同聲斷言：「連一個相同的特徵都沒有。」

「您看吧！」布瑟納克先生輕輕對我這麼說。

我雖默不作聲，但記得自己像電影或小說裡那些相信夢想、拒絕現實的人物那樣，數度舉起手來，擋在自己面前，至少我印象中的反應是這副模樣。此時忽然有人對我說話，而且還聲如洪鐘。原來是卡拉卡勒先生，也就是手裡拄著銀製把手拐杖的那個男人，他剛剛查看了留在窗口的那張照片。

「小夥子，您是瞧不起大家吧！竟敢厚顏無恥，硬說這是您的照片？怎麼，您是希望能藉機和這些有耐心的女職員打交道嗎？如果我是她們的話，我可能會好好『照顧』您一頓。我說小夥子啊，眼見您的所作所為，讓我覺得您是個滑稽的花花公子！」

我不自覺做了個動作，像是在恐嚇對方，也彷彿在保護自己。那傢伙由於我做出這個動作，就從我旁邊退到窗口，從那裡盯著我看，嘴裡還嘀嘀咕咕，說些無以名狀的狠話。說真的，我的舉動營造出來的這個場面，他的確應該留意才是。後來我也不清楚為什麼，就朝他走了一步，站在洽公窗口的玻璃隔板前。這塊玻璃將辦公室分為民眾洽公的這一側，以及職員工作的那一側，此刻它反映出來的倒影，讓我渴望能看看自己映照在這面玻璃上的影像，究竟是什麼模樣。只是從我站的地方望去，辦公室的燈光位置，卻使這面玻璃出奇透明，上面幾乎沒有反映出任何倒影。於是為了讓玻璃順利映照出我的影像，我顧不得在這裡扭動身體會讓旁觀者目瞪口呆，就先彎下身體，又重新站直，接著再遠離玻璃，然後又靠近它。最後，我無意間在玻璃倒影中看見非常模糊的頭部輪廓，也零星看到臉上某些五官的模樣。從這些不完整的線條與樣貌看來，我完全不認得玻璃倒影中的自己。

這時候突然有位男性職員走到玻璃後方，擋住離這裡很遠的一盞燈，也稍微改變了這裡的照明狀況。就在這一剎那，我目睹玻璃中映照出我的雙眼。儘管這個影像轉瞬即逝，我卻看得清清楚楚。玻璃倒影裡那雙大眼不但炯炯有神，眼神也顯得溫和天真，那雙大眼和我黯淡無光、眼窩凹陷的這雙小眼，簡直有天壤之別。

當玻璃中映照出來的那雙眼睛變得模糊，我依然僵在那裡，動也不動，雙手放在膝上，自覺窘態百出，甚至避免讓自己觸及會導致我更加不安的那些看法。等我站起身來，布瑟納克先生和那三位女職員都帶著極為悲傷，又憐憫萬分的眼神仔細盯著我看。至於卡拉卡勒先生，此時則在一旁搖頭冷笑。隨後我回到洽公窗口，要求取回我的文件。

「我們已經如您所願，做了您希望我們做的事，但我覺得一切都不用急，」布瑟納克先生回應我的謹慎態度中，摻雜了小心翼翼，也因而刺痛了我：「您不妨將文件留給我們，改天再來。甚或您可以稍等一下，等我們撥電話到府上或您辦公室，請他們提供其他照片就好，是吧?來，請坐在這裡。」

布瑟納克先生顯然把我當成瘋子，而且還試圖爭取時間，藉以提醒我的家人，再說他也可能會通知警察。不過，此刻的恐懼卻讓我有了力量，不但能裝出比較平靜的神色，也可以用比較心平氣和的語調回答他：

「您的心腸真好。但我有約，不能在這裡等，請原諒我。」此時我露出微笑，另外補充說明道：「您可能會覺得我的態度很怪，不過，這只是因為我剛剛才明白這一切究竟是怎麼回事。事情會變成這樣，是由於一位親戚中午掉包了我的照片，藉此來戲弄我。我承認他開這個玩笑，確實成功得超乎預期。」

雖然只要有人稍微想想，就會知道我的解釋對於現況，助益實在不大，可是我這時候說這些話的語氣，似乎消除了布瑟納克先生對我的疑慮。於是他不但把文件交還給我，還說了幾句親切的話與我閒談。只是當我走向出口時，卻覺得有人拉著我的手臂，使我感受到一股難以自抑的恐懼——這裡除了卡拉卡勒先生，沒有人會這麼做。只見卡拉卡勒先生隨後就站到我的面前，緊盯著我。他望著我的神態除了同情，也帶著羞辱之意。此時他以看護般的甜膩語調向我提議：

「會發生這樣的事，實在無關緊要。您很快就會恢復理性，也會允許我陪您回家。我這麼做十分合理，對吧？」

我發現卡拉卡勒先生此刻注視我的眼神中閃著恨意。由於我待人處事的態度無論在什麼時候，應該都不會招致這種情緒，所以發覺此事，實在出乎我意料之外。有些老人盯著年輕人看，眼裡就會出現這種恨意，我曾經目睹這樣的事，而且當時我看到的那些眼神，也和卡拉卡勒先生這時候看我一樣，都帶有幾分羨慕之情。可是，我早就不是年輕人了呀。

「感激不盡。」我對卡拉卡勒先生說：「但我住在郊區，我怕您這麼做，會讓您太晚回家，也擔心您會因此承受夫人的吼罵。」

我的回應惹得布瑟納克先生和辦公室裡的女職員，全都偷偷笑了起來，也差點讓卡拉卡勒先生為此發飆。後來我走到門口時，還聽見正在賭氣的卡拉卡勒先生，在我後面咬牙切齒說：

「給我記住，這筆帳我會跟你算！」

第二章

走出布瑟納克先生的辦公室，我就開始步行，打算走到九月四日街。三點鐘左右，有位客戶會在家裡等我，和我一起研究廣告合約，所以走到九月四日街途中，我應該可以在他家歇腳。儘管此時我心裡隱約有個念頭，考慮要取消這項工作，可是總括來說，我的生活目前似乎已回復常態，即使我沒忘記照片引起的這場紛擾，它也不會導致我心煩意亂。此刻我幾乎沒感覺到自己依舊輕微不安，也可以說是沒意識到自己有這種感覺。只要念及這段不幸遭遇，我自然就會反過來想，認為無論如何，那種事都絕不可能發生。

於是我索性讓自己置身事外，對這件事的實情也不太好奇。畢竟我有十分簡便的方法，來體驗自己渴望明白的事實真相，藉此檢視自己對此追根究柢，會付出什麼代價，況且我也不是沒想到要這麼做。說穿了我只要在商店的玻璃櫥窗前停下腳步，注視玻璃裡的自己就好。然而這個時候，我就是避免轉過頭去，面向商店所在的那一側，而只讓自己全神貫注，走在人行道的邊緣。布瑟納克先生辦公室玻璃映照出來的那雙明亮大眼，在我的記憶中不時浮現。每當那雙眼睛出現，我頓時就會焦慮不安，也會為此揪心。儘管如此，我卻隨即將腦海裡出現的這幅幻象，歸因於幻覺造成自己精神錯亂，所以我想，我應該要毫不扭捏地就醫才是。面對剛剛才歷經的這場折磨，現在我甚至已經能愉快地嘲弄它。除此之外，我也已經能想像自己之後會如何對太太或朋友敘述這場混亂——屆時我會對他們說：「我碰到一段奇遇，我自己也莫名其妙，不知道該怎麼說它才好。」我很樂意複述的這句話裡頭有些什麼，能撫慰人心。我記得自己曾經多次聽到有人以相同措辭說這句話，讓我覺得無論是誰，都能在自己的記憶深處，找到「一段奇遇，自己也莫名其妙，不知道該怎麼說它才好」。因此遇到這樣的事，其實再平凡不過。而無論誰經歷這種奇遇時，不免感到張皇失措，甚至感到相當驚嚇。可是當我們回頭敘述那段奇遇，它卻已經變得沒有什麼。事實上，我們眼中的奇遇，始終都沒有什麼。

今年九月底天氣炎熱，天色明朗，宛如夏日再現，況且夏日假期的殘餘氣息，此刻也依舊漂浮在這條街上。我興致盎然地嗅聞這股氣息，那樁不幸遭遇於我而言，彷彿愈來愈恍如隔世。沿著巴克街往南走時，我看到有一群人，聚集在人行道旁的計程車那裡，於是便停下腳步。原來是計程車司機與乘客為了確定路程，雙方起了爭執。

「您肯定在巴黎三百病床醫院[1]學過識字，」司機出示汽車計程表說：「上面指出是十四法郎[2]，您看不出來嗎？」

那位乘客是個老翁，個子非常矮小，臉頰兩側留著落腮鬍，頭上則戴著一頂米色的圓頂硬禮帽。此時他以小女孩似的娃娃音反擊說：

「車夫啊，您這麼做，根本是徒勞無功。在我這個老巴黎人眼裡，您的機器永遠都不如我的經驗來得可靠。拿去，這裡是十法郎。我認為付這十法郎還多付了呢。」

「車夫」這個稱呼，冒犯了計程車司機，導致這場爭執隨即演變為高聲爭吵。這時候我注意到自己對面，也就是圍觀看熱鬧這群人的另外一側，有位年輕女子正含情脈脈地注視著我。這位容貌迷人的優雅女子在這當下，不是偷偷摸摸地盯著我看，而是醉心地凝望著我。如果要說得更為確切些，此刻她彷彿看我看得入迷。我得說自己不習慣女人將我視為焦點這樣看著，畢竟我生來就長得不討人喜歡，只能仰賴多多出現在女人面前，才有希望讓她們想認識我。再說我愛我太太，對於身為人父人夫的

1 路易九世於一二六〇年創設，由於病床數量是三百張，故以「三百」為名。後來遷址，於一九五七年重建，設立國立三百眼科醫療中心，專門治療眼科疾病。這句話在此，應是暗喻對方「睜眼說瞎話」。

2 法郎是歐元發行前在法國流通的貨幣，有舊制與新制之分，新制法郎幣值為舊制法郎一百倍。這本小說初次在法國出版，時間是一九四一年，當時法國用舊制法郎，而舊制一法郎幣值為零點零六歐元。

應負職責，我也看得十分崇高，所以面對豔遇，我幾乎始終都能抗拒誘惑。總而言之，我不會為了偶然邂逅就甘冒風險。即使身處的場合更加熱情如火，我也都能戰勝自己，並引以為傲。不過我這麼說，不表示不在乎女人。事情正好相反，拒絕尋歡作樂，往往令我身心陷於長久懊惱，而且這段時日感受到的強烈悔恨，不但會劇烈得像是我超越自己的無能為力之後，所感到的那種虛弱無力，也一如我克服自己的懦弱以後，會感受的那種脆弱易感。

此刻我捨棄那位陌生美女注視我的目光，繼續朝堤岸走去時體會到的情感，就是這種糾葛。她與我四目相交時，凝視我的詫異目光溫柔癡情，深深打動了我，卻也令我萬念俱灰，並從而想像或許會有什麼事隨之發生。這時候我已經把照片帶來的紛擾拋在腦後，只為此深感懊悔，並垂頭喪氣。漫步穿越塞納河時，我給了自己一點時間，看看河景，也看看秋日河岸。過橋之後，我得等長長的車流過去，才能夠穿越馬路。這時我旁邊有輛公車，也在等這串車流經過。我瞥見公車上有兩位女性乘客在前後座，她們都長得極為漂亮，也都透過公車玻璃窗在端詳我，其中一位面露疲態，另一位的眼神流露出貪婪之意。眼見此情此景，我應該感到驚異，可是這時我只感覺到自己受人喜愛所帶來的歡愉，也為此感到快活，於是腦中只想到這世間無論如何，還是有女人看到我的第一眼就能夠懂我。然後我就克己自制，調轉視線，卻看到老同事朱利安・高提耶在人行道旁停下腳步，而且就站在我的旁邊。我們倆打從二十五歲，就開始在一家公證人事務所緊密共事，直到我們改行從事其他工作為止。儘管從前我們不大來往，可是遇到對方都還是非常高興。公車上凝視我的目光順著車流消逝無蹤，而高提耶此刻或許正在作白日夢，幻想他能從事某個新的行業，因為他早我一年左右放棄擔任公證人後，陸續從事的職業包括足球球員、書店老闆、裁縫師、夜總會經理，目前則擔任歌劇院主任。此時我在他肩上拍了一下，把他從沉思中喚醒，同時熱情地對他說：

「你好啊，老兄。你過得好嗎？」

高提耶朝我轉過頭來。他臉上原本明顯洋溢熱情，此時卻突然收斂神色，轉為滿臉詫異。他先審視我片刻，才彬彬有禮地露出勉強可說是愉快的微笑，並以冷淡的口氣對我說：

「您肯定認錯人了。」

朱利安．高提耶這傢伙嚴肅認真，天生就不太會和人家說笑，所以他這時候這麼說，顯然表示他認不得我。這下子，先前在布瑟納克先生辦公室緊緊環繞我的那股恐懼，又開始令我心驚膽戰。這股不安讓我驚慌，也使我崩潰，走投無路，逼得我只能對心裡最幽微的疑問百思不解。此時朱利安用輕柔的語調對我說話，這使我渾身戰慄，也讓我覺得我的容貌想必非比尋常，他才會以這種語調對我說話。朱利安這時候對我說了什麼，我完全沒聽進去，只凝神定睛看他。他眼裡看到的世界，我非但已認不出來，那個世界在我眼裡，還顯得搖搖欲墜。然而朱利安卻將我的驚恐視為瘋狂，把他的手放在我肩膀上。他的動作雖然友善，但展現出來的堅決卻不容置疑，也令我為之生畏，因為他對我做的這個動作，讓我推測他可能想帶我去警察那裡，或者去派出所。於是我猛然掙脫朱利安，並以怕得嘶啞的低沉嗓音對他說：

「不，別這樣，朱利安，放開我。我拜託你，朱利安。」

趁朱利安愣住，我丟下他衝向車陣，完全沒注意到耳邊傳來司機的聲聲辱罵。這時候交通警察對我吹的哨音，我也充耳不聞。我一直跑，跑過杜樂麗花園，跑到金字塔街拱廊下一家販售象牙製品的商店前面，才停下腳步。我得先全力讓自己恢復鎮定。即使一時間無法無法平靜下來，至少我得讓自己這張由於害怕，而自覺臉上五官特徵均已走樣的臉龐復原，我才能望向店家的玻璃櫥窗，凝視我映照在玻璃上的影像。這時候我心裡的好奇助了我一臂之力，使我看起來恢復冷靜。

望向玻璃中的自己之際，我忍不住瞄了背後一眼，好確定此刻呈現在眼前的這副容貌，不是其他陌生人的臉孔。只是無論我張開嘴巴、皺起鼻子，或者是擠眉弄眼，玻璃中那張我不認識的臉，也同樣會張開嘴巴、皺起鼻子，或者是擠眉弄眼。我的一臉怪相，使得只距離店門一小步的店家老闆和年輕女店員都在笑我。發現他們帶著嘲諷特別留意我的舉動，我隨即逃之夭夭。只是他們對我的觀感，這時候已經大幅影響了我，我甚至還認真考慮要往回走，向他們提出看似言之成理的說明，解釋自己何以會這麼做。這種既畏懼又卑微的感覺，我生平第一次親身體驗。精神失常的人裡頭，有某些類別的人會由於自己的心智意識異於常人，平時必然感受不到大家對自己的合理評價，而這會使他們一心一意、極度渴望大家能將他們視為常人。這種情況應該會在這些人心裡，引發我目前所體會到的這種情感。

話說回來。這兩人的目光證明我表現出來的態度反常，這除了造成我逃離他們的注視時，轉彎走聖奧諾雷路，我也從這一刻起，明白今後可能要竭心盡力，以合乎常態的生活表象，來掩飾我的一切作為。既然自然律法已默默斷絕了我的存在，而這種事實世人難以見容，那麼我背負這重擔死去之前，這種遭人輕蔑之苦，我或許都得默默承受。大自然的力量選中了我，將我當成工具，試圖透過我證明天地運行確實會偏離常軌，而且它偏離常軌的程度，也會駭人聽聞。

此時我無可避免需要在人世間繼續存活，這讓我隨即就得成為共犯，協助這股力量行事。目前我已經可以感覺到自己外貌上的部分轉變，為我帶來的所有風險，而與生俱來的自衛本能，也迫使我開始思考該如何補救這種情況。事到如今，置身這種境況的人，應該要避免在牛活中同時扮演兩個角色。換句話說，也就是我露面時，應該要避免讓自己表現得與外貌判若兩人。倘若我的言行舉止和外在形象，其間差異太過明顯，這可能會導致我很容易就遭人監禁在瘋人院的單人房裡。我說話的聲音沒變，所以十分擔心自己會落入這個陷阱，從而露出破綻，而且我的字跡、習慣、人際關係，以及面對周遭產生感覺與反應的某些方式，也同樣都令人害怕這其中會有所差錯。因此我必須盡量將我的個性，塑造成看起來符合我嶄新容貌的那副模樣。

我在聖洛克教堂附近一家小咖啡館後廳裡，任由自己思索這些。咖啡館男服務生接待我後，就把我獨自留在這裡，於是我可以從容不迫，端詳玻璃倒影中的自己。我眼前這副全新面容，沒有絲毫特徵令人聯想到昔日那副容顏。為了能更精確地評估我的轉變，此時我拿出一張證件照，來和玻璃倒影中的自己相互比對。相較於照片裡呈現的我，我得承認此刻的我變得年輕許多，也變得魅力十足。從外表看來，我覺得自己現在頂多三十歲，而目前的雅緻容貌不僅輪廓典雅，臉部的肌肉隆起也顯得堅實。成長過程中曾接受良好栽培，過著考究生活，還通常會給女人留下深刻印象，都是這個男人具備的一些特質。我當前的這雙眼睛，是非常清亮的灰藍色，而且眼中有溫和迷人的光芒閃動。從前我的頭髮是黑色，如今卻變成褐色，再說我覺得自己的頭髮似乎變得較多，也變得比較柔軟。我真正的面貌沒有在這張臉上留下任何痕跡，甚至連原先的表情都沒有殘存其間，但我對這種情形一點也不覺訝異。畢竟表情只是反映一個人的意識，而臉部的作用則是傳達表情。

此時跪在長椅上的我手裡拿著照片，鼻子抵著玻璃，呼出的氣息凝成水氣，使玻璃上的影像有時會變得模糊。全心衡量自己究竟有多麼不幸之際，我想到自己若非因此變帥，可能會為了自己變成有張紅通通的醜陋面容，而備覺苦惱，或者也可能會由於自己變成一副傻樣，像《仲夏夜之夢》裡驢頭人身的角色那樣，而大受打擊。相對於上述情況，我遭逢的厄運沒有那麼不幸，也已經能懷抱著幾乎可說是憐憫的一份善意，來細看我以往那副容貌。從這張照片裡，我觀察到過去的我有張大臉，而且五官平扁，下顎與鼻子皺著，像隻法國鬥牛犬一樣，看起來很不高興。照片裡那雙黯淡無光的小眼睛除了眼窩凹陷，靈敏的目光也顯得多疑。我從來沒有如此坦率地看過自己的臉，即使照片裡頭的那張臉，如今已不再是我的臉。此刻我凝視照片裡的那個我，有點像是在看某位身在他方的男性友人，我們之間因為分離，彼此有了時空距離，而我在過往生活中展現的性格姿態，其中流露的特徵大致說來，在這當下也突然變得不完全令人喜愛。

以忠實的角度來看，我發現（或者是以為自己發現）我對於公平正義始終如一的憂慮，常常會令我變得斤斤計較又不公不義，而對於自己容易受騙的畏懼之情，非但轉變為自負性格，還讓我因而挑釁他人。再說這樣的恐懼在我心裡也成了一種需求，不但讓我變得自命不凡，也讓我一定要感覺到自己對周遭的人擁有威權。擔心自己會輕易上當的這種不安，同時也讓我往往太急著想要服從，以至於面對金錢、權力，和「不平等是推動世人前進的原動力」這個觀念，我都會火速屈服。我對自己過於天真的這種擔憂，還轉變為一份堅定情感，不僅讓我強烈意識到自己應承擔的責任義務，也導致我將自己對人的誠實視為投資，並將別人對我的誠實當作依戀我的忠誠奉獻，而且當其他人沒有太嚴重地不信任我，我就會認為誠實代表真正的慷慨大方，也會因此變得更慷慨大方。

這些缺點和優點，都顯露在我昔日的那張臉上。儘管我現在仍能感覺到它們存在，但它們匯集在當前的我身上，與它融為一體時，已經不知道哪裡去了，所以將往昔的我和現今的我整體相互對照，那些缺點和優點，會忽然彷彿少了一項主導元素，使它們都異於從前。在我看來，我們的臉不只是一面鏡子，會從中反映出我們的思維情感，還會反過來影響我們的思維情感，而且會和這些思維情感再一起形成其他的思維情感。舉例來說，每個人都知道我們要瞭解一個女人性格如何，就必須注意她對美的看法。畢竟人生在世，我們幾乎總帶著我們對自己的某種印象在過日子。於我而言，要是我意識到有某種困境令我遲疑，我的表情就會顯得像法庭陪審員那樣沉重。這種時候，只有某項決定會馴服我的表情，或者是我打算要做某項決定，也相當有把握它會讓我露出「滿意」的表情，那麼我才會下定決心，讓自己就此做出決斷。這有點像是我為自己這張臉試戴帽子一樣，至少以前的我向來如此。

我專心思考這些問題，宛如此時此刻沒有任何事對我來說，比「該如何讓一切都能與過去毫無差異」還更重要。然而我這麼做，卻無疑是掩耳盜鈴。思索這些，不僅表示我已經決定要逐步前進，也宣告我只會逐漸深入這樁不幸，讓那些令人最感痛苦的問題都留在我生命裡，尤其是當我思考這些問題，狠狠避開了妻子與孩子對這件事的看法。為了能避開他們的觀點，面對這種荒謬處境，我很想懷抱著信徒對上蒼的恐懼之情，讓自己俯首稱臣，而後化為烏有，可是當前我心裡只有生而為人的擔憂，也就是害怕接下來會看到什麼前景，此事非但令我心痛如絞，也使我為之恐慌。最後我在長椅上坐下，好讓自己別再看到這張臉。只是目前我依舊在嘗試作夢，試圖幻想自己身上根本沒發生什麼事。儘管如此，我還是問了自己一個問題：「再過幾個小時，晚上我就得回家，也必須擁抱親吻我的妻子、我的女兒和兒子。到時候我可以怎麼做呢？向太太說明我換了一張臉嗎？」我不可能這麼做。我太太應該只有在精神錯亂的情況下，才會接受這種奇談。

說真的，雖然要我太太輕易相信我相貌不同，可能比我的外貌轉變還更令人詫異，不過這個念頭卻使我不由自主，忍不住浮想聯翩。我遭逢的荒誕境遇中所具備的偶然性質，這時候其實已深入我的內心，讓我堅信只要有人能指出實情，使我開始面對新的情勢，眼前這個荒唐情景就會悄然消逝。這種確信即使無端，它依舊是我理智上的期望，縱然我的理性才剛剛被迫接受了它不能接受的事。

三點十五分時，我離開這家小咖啡館，卻沒有決定要去哪裡。我三點鐘與客戶有約，此時前往赴約，時間不算太遲。只是面對之前就認識我的客戶，我該如何介紹自己呢？於是我不自覺挪動步伐，走向九月四日街，我的事務所就在這條街上。我走在路上時，想到自己的外貌變化，已剝奪了我創立並賴以為生的這份工作。我從事的這項業務之所以能夠存在，是由於某些人和某些圈子對我這個人的信心與信任，所以這份工作得以存在的唯一理由，也就是我。任職廣告代理人的我，先前因為這份職業，讓我機緣巧合與金屬進口商有了聯繫，因而將代理販售錫與鉛的辦事處，附加在我最初從事的業務裡，況且當時那項業務耗盡了我的本金，必須告一段落。這個代理販售的辦事處剛開始運作時，曾為我帶來許多劣勢。即使後來它的初步成果令人滿意，我還是有充分理由，期待它在不久的未來可以有更多進展。然而這所有一切，卻突然得就此結束。

目前我已經看得到事務所所在的那棟樓房，可是從今以後，我會在那裡做什麼呢？我的祕書在那裡迎接我時，會宛如在接待陌生人吧。經過那棟樓房門口時，我膽怯地看了入口一眼，就繼續走向證券交易所。只是如此一來，我這張嶄新容貌就會在我的人生和我之間，宛如形成一堵沒有門窗的牆。儘管已經曉得這種情況，可是習以為常的現實卻讓我必須承認的真相，比我所知來得更加敏感，也更為咄咄逼人，而且它還導致我在這當下突然陷入暴怒。此刻我不僅為此憤慨，也拒絕讓自己放棄一切，更不同意放任自己活生生遭到監禁。這世上沒有逃不出的監獄，我已經準備好要孤注一擲。即使毫無指望，我也要投身搏鬥。

怒氣似乎在轉眼間，就使我的心智變得敏銳。確實我的處境依舊，然而我隱約窺見可能會有某些情況，能讓容貌改變的我在其中默默倖存。與此同時，我也模模糊糊感覺到自己或許能有一些時間，得以持續使用原木的名字和公司名稱，而且完全不會令人揣測我剛剛出了什麼事。於是我邁步往回走去，下定決心要走進我的事務所。

第三章

老舊的液壓電梯載著我緩緩升上四樓。對於剛剛才擬定的冒險計畫，我可以趁搭電梯這段時間，調整其中某些細節。當電梯在四樓停下，我先在電梯口逗留片刻，不過這時候即使豎起耳朵，心裡也覺得不太踏實，我還是沒聽見這裡有任何聲音。我的事務所由規劃為等候室的前廳以及兩個房間組成。這裡最大的房間，裡頭還附加一個小而隱密的空間，而這個最大的房間，也是這裡家具設置最完善的房間，就是我的辦公室所在之處。我的祕書在另一個房間裡面工作。打字員的桌子則放在朝前廳打開的小門前方，面對事務所的入口大門。儘管進入辦公室時，我希望能避開打字員拉格若女士的警戒監視，可是若想走進去，她不可能沒看見我。除此之外，我也害怕這時候前廳會有認識我的訪客，或是事務所這兩位女職員有人為了要上洗手間，而非常罕見地路過前廳。如果執行計畫時遇上這些情況，那麼我只能停下腳步，詢問對方塞律希耶先生是否能夠見我，隨後就離開這裡。

我開門時除了從口袋裡拿出手帕，也設法讓幾個銅板掉在地上，滾在我的前面。然後我就追著銅板，連跌帶爬進入前廳，嘴裡還生氣大叫，根本沒空看拉格若女士表情如何。拉格若女士這時候出於關切，輕輕叫了幾聲，這讓我知道她雖然只能從遠處俯視著我，但她認得出我的聲音、我的肩寬和我的衣著。此刻前廳裡沒有人。所以我穿過前廳之後，就能背對小門，並接著走到辦公室門口。雖然這項計畫初步成功鼓舞了我，不過沒聽見祕書回應拉格若女士發出的尖叫聲，依舊令我有點不安。我不在事務所時，往往會需要祕書露西安待在我辦公室裡協助一些工作，所以我擔心她目前就在我辦公室。

今天中午露西安要離開事務所時，我已經請她下午為我備妥一份檔案，而準備那份檔案需要的文件資料，多數都散置在我抽屜裡。為了預防露西安此刻就待在我辦公室，我將帽緣拉低到雙眼上方，以防萬一。可是當前我頭上戴的這頂帽子是捲邊帽，實在遮不了太多東西，於是我攤開手帕，並將自己的臉埋進其中，打算走進辦公室時假裝在擤鼻涕，好讓這項計畫能進行得更加穩當。只是這種大排場過於謹慎，再加上這麼做妨礙視線，所以進入辦公室後我什麼也看不見，只好開口低聲問道：「沒出什麼事吧？」這時候沒有人回答我的問題，可見我是一個人在辦公室裡，所以我就立即走向壁櫥。要是有某些事懸而未決，我習慣把相關文件都放在這裡。此時我先稍微拉開壁櫥的兩扇門，使其半開，也能形成一個昏暗隱蔽的洞穴，如此一來，或許稍後我就能藏身於此。

接著我在辦公桌前坐下，為一張支票簽名。既然再過一會兒，露西安可能就會前來敲門，那麼我不僅得小心翼翼，讓自己加快腳步，也必須別為無謂的舉動浪費時間。儘管目前沒空核對銀行帳戶數字，不過我知道自己的帳戶裡現在還剩五萬法郎左右。除此之外，我也以露西安的名義開了一張支票，面額是四萬法郎。銀行那裡的人認識露西安，因此出納員會支付這筆款項給她，而不會產生任何糾紛。只是我還在填寫受款人姓名，就聽到有人在前廳敲我辦公室這扇門。於是我把簽好的支票留在桌上，然後就跑到壁櫥那裡，等對方敲第二下門，我才回應。藏身壁櫥的兩扇門間，走進辦公室的人只會看見我的背部，不可能看見其他部分，即使我不覺得這麼做可以完全迴避露西安投向我的目光。畢竟這五年多來，露西安都和我一起工作，而且去年年底，她還成了我的情婦。可是一想到我對妻子不忠，我就難以忍受，這使得我們之間這段關係，只維持了十五天左右。那兩週期間，遭人猜疑在我心裡造成的恐懼，以及我發自內心的愧疚，都使得我活得如行屍走肉。我斷絕這段關係的緣由，露西安非常清楚，況且她也曾對我表示，打從我們展開這段關係那天，她就料到有一天我會這麼做。

面對我對她做的事，我不會說自己為此羞愧。雖然這位美麗高䠷的二十五歲女子，眼見她生命中的初戀就此打住，卻願意處之泰然，接受這段戀曲只能成為一段短暫情事，而且還對這種情形表現得平靜安詳，使我能在她面前感到舒適自在，然而露西安報復我的奇特方式，的確使我焦慮不安，又覺得自己出醜。事實上，我們倆面對面，一起在我辦公桌旁工作時，露西安會默默放下她手裡的筆或紙，用她溫熱的雙手捧著我這張臉凝視我，眼眸深處還熱情洋溢，而且這時默不作聲的她，會宛如男人般突然臉紅，令我覺得喘不過氣，呼吸急促，並期待她會命令我做些什麼。甚至這種時候，我還會盼望她對我下達指令。縱然露西安知道我對她懷抱這種期待，但如果我壯起膽子，冒險做了露西安要我做的事，那麼她就會先露出和善微笑，然後丟下我回去工作。對於這種情形，我始終都極為失望。這股強烈情緒不僅只有我獨處時，才會開始緩和，它甚而成為我待在妻子身邊，感覺心滿意足的原因所在。

露西安一走進辦公室，我就開始一面說話，一面留意我們的討論內容，因為露西安的敏銳令我十分畏懼。既然我說話的語氣向來莊重自負，而且我原本就慣用這種語氣說話，所以此時我完全不能捨棄這種語氣。況且這個時候，我還必須在嗓音和說出的話裡，偷偷顯露出自己有幾分興高采烈。

「露西安，等一下我要去布加勒斯特。我剛剛遇到德國汽車零件製造商ＢＢＳ的小梅耶荷德，而且他還把我介紹給金屬聯盟的布朗。布朗和我針對巴爾幹市場目前展現的某些可能性談了很久，也已經打算要一起合作。」

此時我編了一個故事，好讓大家都能接受我前往國外旅行兩三週。

「之後我大概會從布加勒斯特前往南斯拉夫，稍晚我會向你說明這件事。快，銀行就要關了，趕緊去幫我兌現放在桌上的支票。」

對露西安說這些時，我在壁櫥的兩扇門間彎下身子，手裡則翻動著我放在壁櫥深處的一些文件。不過此時我聽到有微弱的腳步聲，從地毯那裡傳來，這表示露西安目前正走近我。我怕露西安會因為我要離開而感到心煩意亂，就想趁機再度檢視她的本事，藉以確認她對我是否有影響力，況且這一次，她一定會命令我做些什麼。我對此雖感到畏懼，卻也躍躍欲試。

「你在找什麼嗎？」這時候露西安開口問我：「或許我可以幫忙，免得你浪費時間。」

「謝謝。我在找我一個月前寫的一些筆記，內容是關於普雷－畢松在羅馬尼亞的幾樁收購案。看來我當時就對今天這筆生意有了預感。我肯定會找到這份筆記，你快去銀行吧。」

「好，我會去。不過離銀行關門還有二十分鐘，我有時間可以幫忙。」

此時露西安又靠近我。現在我已經能聽到她的呼吸聲。

「別麻煩了，我來就好，」我對露西安說：「銀行很快就要關了，別讓我在這裡為這件事乾著急吧。」

「那我走囉。」

露西安說完，就走出我辦公室。眼前我至少有十分鐘，於是我坐在辦公桌前先脫掉帽子，因為這時候我已經滿身大汗。儘管沒忘記突如其來的容貌變化，可是當我的手撫過臉龐，我鼻子形狀的改變，卻依舊令我詫異。說得更確切些，容貌改變雖令人震驚，不過於我而言，從中感受到的震驚程度，卻好像不會比我面對平常較有可能出現的怪事還更加驚恐。所以與其說我沒忘記自己的相貌已經不同，倒不如說我沒忘記外貌改變讓我體驗到的這個奇特之處。話雖如此，這時候我手中觸感所帶來的驚奇，也讓我意識到自己的當前處境，並察覺我能運用的時間所剩無幾。總而言之，我必須面對自己在這當下面臨的那些難題，即使要解決它們，我必須走的路還很長。與此同時，每當我又想起外貌轉變，而且為此驚異，我就得透過某種舉動，表現得像是在生氣，藉以掩飾訝異。在我置身險境的這個時刻，自認「我活在不合理的荒謬情境中」在我看來，彷彿只是形上學的玄妙空想。畢竟身處現實，實際存在的事情會比較多，那種由於受限而不會大幅擴展的事，也同樣會比較多。所以除了事實真相，目前我什麼也不想看。

我這樣決定突然出門旅行，已經有好幾次了。不到三週之前，我連路過家門都沒有，就搭機前往倫敦。所以對我的祕書來說，這次我為了去布加勒斯特而匆促動身，必然毫無可疑之處。如果這時候可以不要再讓露西安看到我的容貌，一切就都會完美無瑕。只是再過不到五分鐘，露西安就會從銀行回來，屆時我該如何迎接她呢？她回到辦公室後，我應該要花一段時間，和她仔細談談，同時要指示她，並囑咐一些事。可是那時我不能和先前一樣，又躲在壁櫥裡找某個東西，況且之後我們還得道別，而這所有一切舉動，都不能背對露西安做。於是我想到辦公室裡有個地方用來堆放雜物，而那裡的門，就在我辦公室最裡面。那個小房間非常隱密，裡頭也沒有窗戶，寬度約一點五公尺，高度近兩公尺，只有電燈泡亮起才不會顯得陰暗，至少這一點是它的獨特之處。只是那個小房間不但放了女傭打掃用的掃帚，而且在老舊電話簿、陳年報紙和一疊疊早已結案很久的業務檔案之間，還放著其他清潔用品。在這種情況下，該如何向露西安解釋我為何會待在那裡，我實在想不出來。

此時我緊壓著自己的頭，好讓點子迸發，可是即使如此，我依舊毫無頭緒。儘管我為此驚慌失措，想拿起帽子逃離這裡，然而我壓住這個念頭，抗拒想這麼做的強烈欲望。

這時，事務所大門「砰」一聲關上。聽到這個聲音，使我驚覺露西安目前就在前廳。心亂如麻的我，立即奔向堆放雜物的小房間，站在一片漆黑中動也不動，完全不敢隨手關上小房間那扇門。可是此時有人在我辦公室前面敲門，我只好開口出聲說：「進來。」看來，這下了我完蛋了。

「好了，」我聽到露西安說：「這裡是千元紙鈔三十九張，以及百元紙鈔十張。」

我相信露西安為了找我，這時候應該已經走到門沒關上的壁櫥那裡。只是我卻忽然開始咳嗽，而且還弄倒一支掃帚。

「拿去，錢在這裡。你在小房間裡嗎？為什麼不開燈呢？」

小房間的門半掩半開。我從中瞥見露西安繞著我辦公桌轉了一圈，隨後她的高䠷身影，就朝我所在的方向走來，在小房間門口現身。縱然現在我絞盡腦汁，也無濟於事。露西安會拆穿我的把戲，我也會失去她的信任。算了，事情就這樣吧。先前我心裡一直有某種壓力，而且這股壓力還妨礙我，不讓我發揮聰明才智。此時冒出這個念頭，正好使我能趁機擺脫它。

「他們沒有不願意付錢給你吧？我幾乎已經在等銀行打電話來，你做得真好。每次我走進這間儲藏室，這裡就沒有電，真是白癡。儘管如此，我不會覺得沒有燈很不方便。你知道我在做什麼嗎？」

「不曉得。不過我想知道。」

「我怕我沒時間回家一趟，就在這裡先換內衣。我一直都會在這個小房間裡放點衣物，好讓我可以在這裡換。你看，我做起事情，簡直可以說是考慮周到。為了不要浪費時間，最後有幾件事，我接下來要吩咐你。這裡很暗，所以我得讓小房間的門維持半開。」

原本我還想補上一句：「我這麼做，一點也不會有失體統。」可是發覺加上這句話，只會顯得我太強調這件事。我之所以會覺得自己的行徑需要解釋，而且要說得清楚完整，是由於所有人都擔心自己舉止的奇特之處會引來矚目。我必須記得，最尋常可見的行為，往往都不需另行辯解，況且大家都信任別人的判斷力，可見最普通的人類舉動，就是每個人都會在不經意間，就很容易做出來的那種行為。我很少運用一般人對其他人舉止的這種信任。我個性中猶如忠犬般的誠實正派，也可以說是我性格中近乎卑躬屈膝的部分，總讓我覺得自己得亮出手裡的牌，即使實際上沒有人問我任何事。我有位表弟，名叫賀克托爾。年輕的他學養俱佳，在知識分子的圈子裡也交遊廣闊。他就常對我說，我內心深處有某種情結。要是我表弟這種說法屬實，我現在為此承受的苦，應該比以往都來得多，因為我已經意識到自己從今以後，都必須像神智清醒的走私犯過日子那樣活著。

此時露西安已經來到這裡。她倚著靠近小房間門口的牆，身體右側有一半左右塞在門縫中，沒進到小房間裡。為了能有備無患，她預先從我辦公桌上拿了一枝鉛筆，和一本筆記本。如此一來，無論她聽到我說了什麼都能派上用場，一字不漏記在筆記本上。於是我開始說起目前進行的主要業務。首先就是我剛才與客戶有約，可是我沒出席。放棄攸關工作的這次會面，我很愉快。我放手不理會它，完全不需要耍任何詭計，也一點都不需要強迫自己。對露西安談這件事，我肯定說得比平時談其他工作，都要來得生動活潑。我這時感受到的興奮，一定很類似年邁職員在退休前夕，準備度過最後一個工作日時，心裡所體驗到的那種激動。我的腦袋從不曾像此刻這麼敏捷，也從未如此靈光。所以有個問題露西安和我煩擾至今，已經快十五天，此時我卻為它接連找出兩項可行方案。露西安除了讚美我陳述事情的條理分明，並仰慕我強烈的理性，對於我在言談間能流露出幾分自在，她也表示欽佩。這種輕鬆自在的表達方式，平常我很少用。因為我通常都會不由自主監督自己，所以幾乎總是時時刻刻，都在留意自己的表現是否得宜。

剛剛與露西安談話時，我才終於恢復這種自然的說話方式。她為此心蕩神迷，自不待言，而且她這種表現與我的容貌毫無關連，更令我倍感甜蜜。然後她不知不覺，就開始用難以察覺的速度轉動身體。只見她緩緩自轉，整個人的旋轉幅度，幾乎有四分之一圈，所以目前的她，背已經靠著門框，完全站在門縫那裡。置身小房間暗處的我，不僅能在眼前的逆光中，看見露西安四分之三的婀娜倩影，她的曲線輪廓有時也會展現在我面前。由於我隱沒在黑暗中，她看不見我，所以我無所顧忌，得以盡情欣賞她的曼妙身影。露西安常令我想起典型的農家女，和擔任體操教練的瑞典女性。此刻我所在之處，與她只有咫尺之遙，她身上散發的那股純樸氣息，以及幽幽飄來的古龍水香味，還有金髮女郎乳白肌膚獨有的氣味，我都可以聞到。露西安就近在眼前，在我觸手可及之處，於是我情不自禁，先抓住她的手臂，再摟住她的腰，將她拉進小房間裡的幽暗之中。我身為有婦之夫的道德良心，此時居然對我沒有絲毫譴責，這讓我覺得很怪。可是念及我應該要先與這位年輕女子溫柔告別，然後再永遠與她一刀兩斷，我就輕易原諒自己忘了先前的明智決斷。況且現在的我，經歷了猝然來到生命中的這場騷亂，日後我為人處事，就不能再以過去遵循的原則來引導自己。如果我不要自己在人世間徹底流離失所，讓自己的存在就此化為烏有，那麼我應該要有所變化，此後得採取混水摸魚的習性才是。只是露西安的臉本來依偎在我的臉旁，這時卻把臉別開，同時以堅定有力的動作開始掙脫我的懷抱，而且還字正腔圓又慢條斯理地說：

「你不可以耽誤時間，現在少說已經四點十五分了。」

我反駁她，說耽誤時間這種事，根本就無關緊要。再說此時此刻，做生意也算不了什麼。既然露西安此時開始抗拒，是為了要離開這裡，我就「砰」一聲關上身旁的門，好讓我們倆能全然置身於漆黑中。

「你要理智，」這時候露西安對我說：「我們之前已經下定決心，確定以後都不會重蹈覆轍。所以我們不能每十五天就重來一次，藉此重新決定我們日後不會再重蹈覆轍。」

而後露西安大膽起來，試圖要擺脫我，我則牢牢縛住她的雙臂，同時緊抱著她。可是露西安像男人般孔武有力，她先設法讓雙手恢復自由，接著又對我百般抗拒。此時電話突然響起，迴盪在我辦公室的電話鈴聲，就這樣硬生生分開我們。

「去接電話，」我降低一半音量對露西安說：「對電話那頭的人說我不在，說完就回來這裡。」

露西安打開小房間那扇門，卻沒有答應我她會回來。她先在我辦公桌一角坐下，桌上的四萬法郎就放在她坐的那個角落旁邊，然後她接起電話。此時我依舊滿懷迷戀，從小房間裡凝望著她。露西安的健美和良好氣色，始終都令我百看不厭。

「是塞律希耶太太，她要跟你說話。」露西安轉向小房間說。

露西安說這句話的語氣中沒有半點奚落，但我卻沒注意到。

「跟她說我等一下就過來接。」

露西安轉達這句話，就默默離開了辦公室。她這麼做，不是要刻意做給我看，也沒有絲毫忸怩作態。由於我接下來就要趁她不在，和蕾妮通完電話，並馬上逃離這裡，所以我不會再見到她。

「喂，羅烏爾嗎？我在聖日耳曼區這邊，孩子們和我在一起。我打給你是因為現在已經四點半了，但安東尼舅舅還想帶我們去蓬圖瓦茲[3]，介紹我們認識他一些多年老友。我怕這會讓我們很晚回家，你認為我們要去嗎？」

「去那裡有點遠。可是不論我怎麼想，你都不用理我。因為再過四十五分鐘，我就要搭飛機去布加勒斯特。」

我的話使蕾妮心神不寧，也導致她出聲尖叫。於是我開始向她敘述我立即要動身前往布加勒斯特的原因。

「你確定要這麼做嗎？」此時蕾妮問我：「你沒有牽扯進什麼危險的麻煩事吧？」

聽到蕾妮擔心我，令我為之動容。我從這一點就能感受到妻子做起事來井井有條，況且她的謹慎節儉，也讓我為之自豪。我親愛的蕾妮，我從來沒有不與她商量，就擅自決定投資。再說和她一起斟酌再投資，我總是能從中獲益。此時一想到自己暗地裡對祕書緊追不捨，不過是沒多久以前的事，我就羞紅了臉——說起來我這傢伙還真是不堪。如果不是擔心我太太為此痛苦，我可能會向她坦承一切。除此之外，這時候我也注意到蕾妮說話的嗓音，足以喚起我在倫理道德方面能表現得純淨無瑕的渴望。只要聽到她開口說話，我記憶中可能會浮現的其他女子面容，以及她們的小腿、秀髮、臀部，全都會因此蜷縮，宛如放在平底鍋裡煎煮一樣，就此化為泡影。

我親愛的蕾妮啊，像這次這種只要短暫回想，就令我覺得丟臉又提心吊膽的事，不僅都是逢場作戲，也都令人作嘔，將來我再也不會放任自己投身其中。在我背棄你的剎那，我終於可以明瞭自己身為人夫必須承擔的忠貞責任，其中所具有的一切榮耀。

蕾妮問我是不是打算要離開很久。我表示這取決於在那裡的新業務會如何進展，目前我什麼都還無法確定，但會盡量縮短這趟旅程，再說到時候我會經常按時寫信回家（這件事我比較容易說得出口）。此時我聽到蕾妮在抽抽噎噎。我可憐的小寶貝啊，我自己也一樣是可憐蟲。幫我抱抱孩子，並親親他們。說到這裡，我突然喉頭緊繃，心裡也波濤洶湧。於是我瞬間拉開嗓門，驀然對話筒大喊：「親愛的！」然後才掛斷電話。接著我將露西安放在辦公桌上的四萬法郎都放進口袋，總覺得我這麼做，好像在偷自己的錢。

3 蓬圖瓦茲（Pontoise）位於巴黎西北方。從巴黎開車前往，行車時間約為五十分鐘到一個多小時。

第四章

我彷彿破門而入的竊賊那樣，小心翼翼地離開事務所。我估計這時候女傭會趁我太太不在，讓家裡面唱空城計，就決定要先回家一趟。計程車載著我前往戈蘭古街，途中我想起自己初次試圖展露魅力，讓蕾妮委身於我的那件事。我嘗試這類事情往往都會失敗，似乎已毋庸置疑。不過當時我想，對於讓自己能有機會表現出「貞潔」的人，女性常常都會心懷感激，所以我即使沒有成功勾引蕾妮，或許還是有一丁點可能，讓她接受一段不至於會逾矩的友誼才是。等到兩、三年後，當蕾妮追憶前塵往事，要是她無論如何，都難以鮮明回想起她當初如何與她丈夫在一起，也許到了那時，她就會考慮要為她與丈夫生下的孩子另外再找一位父親。

如我所料，女傭此時不在我家公寓，所以我可以拿些內衣、盥洗用品和一套西裝，完全不會受到打擾。離開這棟樓時，我注意到建築入口大門上方的布告牌，除了用粗體字寫著「公寓出租」這四個字，還以粉筆標示出「內附家具」。隨後我前往戈蘭古街最重要的咖啡館——瑪尼耶咖啡館，並將行李箱、大衣以及帽子全部都留在那裡。這時候不冷不熱，我出門可以不穿大衣，也可以不戴帽子。況且為了要提防樓房管理員可能會認出我，而穿上大衣戴上帽子掩飾，說起來沒有必要，因為我幾乎可以肯定我家那棟樓房的女管理員，非但不會發現走進門的那個人就是我，我走出那棟樓房時，她也不會發現這件事。

五點半的時候，我敲了敲門房的門。那位女管理員讓我參觀附家具的那層待租公寓。那個地方位於六樓，換句話說，就在我家樓上。到了六點鐘，我已經在自己的新居裡安頓下來。承租這層公寓時，我用的名字是「羅蘭．科爾伯特」，這個名字讓我能保留原本名字的第一個字。至於公寓租金，則是每個月九百法郎，我接受這個價錢，也認為它很公道。這間住宅由三個房間，以及廚房和浴室組成，屋子裡的家具陳設不僅舒適，也比我家有品味得多。我的臥室窗戶面對街道，而且可以從這扇窗戶俯視五樓的大型陽台，話說今天早上我吃過早餐，還在那個陽台上抽著菸走來走去。我可以看到托妮特那個胖胖的填充娃娃，此刻就放在陽台上。接著我彎腰俯身，往樓下看，一眼就瞥見我們臥室的地毯尾端，正好就在我當前所站的位置下方。看來以後我應該會常常作諸如此類的夢——我如果不是夢見自己直立在這個窗台，向一無所有的後方騰空邁出腳步，打算要讓自己倒著走得夠遠，才能看到五樓公寓裡的人事景物，只是五樓的百葉窗往往拉上，裡面的人什麼都不讓我看，我只得沒完沒了地一路後退，甚至還退到我出生的那個外省村莊；否則就是我會夢到自己漂浮在這條街道上空，期待五樓的百葉窗終於拉開，但長久等待造成的疲憊困頓，使我的身體開始膨脹，如此這般，我整個人不但鼓脹得異常巨大，還成了頸部淋巴結腫大患者，最後卡在兩排房子之間，這條命再也一文不值。

此刻我無所事事，卻又手足無措，只好從這裡的一個房間漫步到另一個房間，在自己的新居裡閒逛一下。這裡的家具和裝飾擺設，應該都是由女性構思，因為屋裡的鏡子很多，也全部都放在便於使用之處。我除了可以從鏡子裡看到自己的臉，有時也能看到自己四分之三的身影，甚至還能看到自己的體型輪廓。和我在聖奧諾雷路那家小咖啡館端詳自己那時相比，我覺得現在看到的自己似乎較無魅力。儘管我這張臉的五官特徵，當前看來依舊全都帥得引人矚目，透過這些特徵形成的臉龐樣貌，也依然顯得均勻合宜，然而此時呈現在眼前的這副面容，卻少了某種東西，會讓人因此出乎意料。其實我也說不上來究竟這張臉此時少了什麼；勉強要說的話，應該是臉上會具備的某種缺陷，或是不對稱的地方。我之所以會這麼覺得，是由於面前這副容顏稍顯乏味，所以無論是這張臉有了缺陷，或者有什麼不夠對稱，都會為它帶來些許活力。畢竟完美無瑕的事物之中，都會呈現一種穩定性質。可是這種平穩安定，非但可說是了無生氣，它的一成不變，也會妨礙它擺脫自己的千篇一律。

於是我努力讓鏡子裡那張臉展現笑容，又設法讓它露出微笑。有時我會從正面凝望這張臉，有時則改由側面看它。我竭盡全力，試了又試，這才讓這張臉像超甜型葡萄酒[4]和一般甜葡萄酒有所區別那樣，變得容光煥發。雖然我這張笑臉確實不帶感情，不過，即使顧及強迫自己露出笑意，應該會導致表情有點呆滯，我還是從自己的神色中，看出了我自己也難以承受的消沉抑鬱。「我希望蕾妮喜愛的臉，不是我現在擁有的這副容貌，」這時候我心裡想：「可憐的寶貝，她其實可以表示自己偏愛哪種男人。要是她當初曾經想過要這麼說，那她會選擇的男人，肯定就不是她如今選擇的這個類型。」一想到這裡，對於自己從前那副相貌，我不禁感到遺憾。我既有的那張老臉縱然長相端正，看起來卻愁眉不展，還固執己見，也不怎麼討人喜歡。但只要我的情緒稍有波動，就會有一股強健的生命力，使我過去那張臉不再死板。

由於希望能看到蕾妮與孩子回家，我六點四十五分就出門在這附近稍微蹓躂。戈蘭古街不僅是巴黎最美的一條街，它還為蒙馬特在山丘上畫了一道弧線。戈蘭古街始

4 超甜型葡萄酒，是一種甜葡萄酒。它和一般甜葡萄酒的差異，在於酒中殘餘的含糖量。一般甜葡萄酒，每公升含糖最高四十五公克，超甜型則是四十五公克以上。（另有一說：是以五十公克作為標準。）

於墓園，換句話說，蒙馬特公墓是它的起點。而後這條街朝天空蜿蜒攀升，這使得它宛如天堂之路，除此之外，這條街上的樹木，四季都青翠鮮嫩。儘管戈蘭古街位置最高的部分，也就是它所畫出的弧線頂端，並未與任何街道交會，然而這條街至少有兩百公尺，正好夾在兩排外觀呈拱形的高大房屋之間，以致這段路的兩側，完全看不到任何景觀。要是有異鄉人一心只希望能抵達聖心堂，卻對這裡的種種都一無所知，那麼當他緩步走在戈蘭古街形成的這座深谷之中，只要他心裡念及凡人你我都無法抵禦的神祕魔法可能會如何影響我們，他就會渾身戰慄，問路時也會虛心客氣。這個地方沿著人行道停靠的兩行汽車，緊貼著戈蘭古街畫出的這道弧線動也不動，使這些車看起來彷彿會在遠處無限趨近彼此。車主都是這裡的富裕居民，會像這樣把車子丟在自家門前，然後帶著家裡的狗兒出門，在窮苦人家開設的商店門口尿尿，好讓某些販售食品的小販能看到自己，藉此聊以自娛。戈蘭古街上的這道峽谷，其中非但沒有居民開咖啡館，甚至也沒有人在這裡買賣煤炭，同時零售飲料。這個罕見的特殊之處，在巴黎北邊這一帶或許可說是絕無僅有。這裡的居民如果要喝點什麼，都要沿著戈蘭古街往北走到瑪尼耶咖啡館。那一帶的街道粉碎城牆，使道路能充分開展。況且那裡的樹，和朱諾大道上的樹木相連，當樹木增多，枝葉扶疏，就會形成開放空間。我和家人十餘年來，一直都住在這個十字路口。

接著我從保羅咖啡館附近往南閒逛。這家咖啡館是戈蘭古街與拉馬克街交叉處最重要的咖啡館。過了這個十字路口，戈蘭古街就會和這個地區的街道緊密相鄰，這條街的風貌，也會因此有所變化。儘管此時出於習慣向我打招呼的人，全都不認得我，然而在這個舒適甜美的秋日夜晚，這些地方和這些事依舊都與我親密無間，就和以前完全一樣——我想說的是我的外貌變化，一點都沒有讓我感到人事全非，我漫步閒逛的既有習慣，也不假思索就能恢復，再說此刻我面對無異過往的商店和周遭景色，我也依然故我，和從前一樣好奇。然後我在索爾街斜坡上停留了好幾分鐘，凝視眼前的這片景緻。在我眼裡，置身這道斜坡放眼望去，所見景物永遠都美得如日本風光，而且我真的曾經在一幅以積雪火山口為背景的畫作中，看到過這種美景。凝望過索爾街斜坡上的風景，我才想到要提醒自己——這趟散步該結束了。此時我暗自思量，既然總體說來，我和索爾街的交流與過去毫無二致，我和此處店家玻璃櫥窗的種種接觸，也都和以往相同，那麼猛然出現在我生命中的轉變，帶來的影響也就無足輕重。只是從今以後，我都得住在我家樓上，我的家也會從此一分為二。未來兩、三年內，當我有可能成功獲利，讓自己變得有錢，屆時應該就有足夠的資格勾引一位深謀遠慮的母親，也能讓我以另一個名字，重新成為我妻子的丈夫。如此一來，或許我就能重返五樓。到了那時，我生活中的所有一切，不僅都會宛如從不曾有任何離奇事件發生，也會彷彿始終都沒有驟變突如其來。

這時候我平靜下來。對於這場厄運在我身上留下的印記，也不再像先前那樣殷殷關切。而後我邁出步伐往回走。此時天色已暗，街上要回家的女性路人，一個個都小心翼翼。雖然這些女性有的堪稱美女，不過，走在街上的男人卻都沒有發現，因為他們都拿著報紙，瞪大眼睛注視報上的斗大標題。儘管我什麼都還沒有讀，這時候倒是注意到那些女性有許多都盯著我看，而且眼神全都露出了讚嘆之意。其中有些女性甚至會回過頭來，以目光尾隨著我。

在朱諾大道和戈蘭古街轉角，有棟樓房往前延伸，外觀看起來類似軍艦突出的船頭。此時有位我常在附近看到的年輕女子，從這棟樓房所在的這個轉角，朝我迎面走來。這位年輕女子除了有一頭棕髮，還有一雙黑色眼眸，胸部略顯豐滿，髖骨那裡也同樣稍胖。此刻她穿著一襲緊身衣，腰束得很緊，而且小腿很美。前一天我也曾遇到她，當時我還像從前每天遇到她的時候那樣，暗中有些非分之想，只是這位年輕女子連一眼都沒有看我。她向來都對我視而不見，有時這種態度會使我差點就惡言相向。在這些短暫邂逅之外，偶爾我也會想起她，雖然這種情形相當少見。或許是她那雙黑色眼眸與髖骨部位的輕巧扭動，每當我想起她，總會以「薩拉琴」來稱呼她。雖然薩拉琴過去總是對我視若無睹，她今晚轉彎走上戈蘭古街，卻開始打量我，而且不是偶然一瞥，是緊盯著我看了幾回。她在這當下對我注目，也回應了我心裡那麼多一直都說不出口的疑問，令我不禁血脈賁張。一會兒之後，她就走到我身旁，害羞又謹慎地凝視我，我險些就想開口與她搭話。可是一想到我太太，就打消了這個念頭，放任她與我拉遠距離。我目送她走向瑪尼耶咖啡館，就回過頭來，繼續走我的路。我思索這件事，並因而自覺冷血，與此同時，也懂得了這副嶄新容貌帶來的魅力可能會造成什麼紛擾。昔日我強制自己遵守的那些紀律，就在不久前已經毫無用武之地，我覺得這有點荒謬。此情此景正如富翁抗拒不了誘惑時，窮人會為了自己能抵住誘惑而感到得意洋洋。可是富翁面對誘惑之所以屈服，是因為有意要揮霍自身財富，窮人會以此為傲，實際上只是不知其所以然。所謂的誘惑，不僅至少有兩個層次，況且其中的第二個層次，就等同地獄。過去我面容醜陋時，或者說得好聽點，就是我還擁有尋常面容的那時候，我覺得自己面對薩拉琴可以完全不為所動，並以此自豪，所以彼時的我，覺得自己似乎克服了她在我內心引起的種種騷亂。然而實情卻是我縱然常遇到薩拉琴，我們之間卻從未出現任何棘手難題。

時候已經不早，我太太卻仍未回家。眼見市政府建置的公共照明設備，驅散了落日的殘餘微光，街上行人此時也變得稀疏，於是我邁步走進幻夢咖啡館裡。儘管這家咖啡館的門面不怎麼樣，在這裡卻能居高臨下，俯瞰整個十字路口。我確信在這家咖啡館面對玻璃窗坐下，絕對看得到太太回家。

想起幻夢咖啡館，就想到在那裡接觸的人通常都滿身汗味，而且咖啡館老闆與你乾杯，大家也都要接受，所以我心裡始終都有點疙瘩。不過先前偶然結識了戈蘭古街這一帶幾位藝術家，後來有時也會跟著他們來到這家小咖啡館，在櫃檯前一起喝點飲料。儘管我這麼做，可以說毫無樂趣，但我喜歡向身旁朋友們誇耀此事，趁機讓他們聽到我認識有名的藝術家，也能讓他們從中明白我已經是大人物，所以我走進幻夢咖啡館喝點什麼，完全不會有人把我當作時尚產業從業人員，或者認為我是盛裝打扮的司機。我們家夏天有訪客時，蕾妮總不忘從陽台上，往下為訪客指出幻夢咖啡館那個小小露台，同時笑著說：「那就是我先生的俱樂部。大家可以在那家漂亮的店裡，看到我先生把手肘靠在櫃檯上，和一些藝術家聚在一起。」那些訪客聽到蕾妮的話，都很想捧腹大笑，彷彿一想到我去幻夢咖啡館，他們腦中就會浮現出這家咖啡館與我顯著的格格不入。我聽到蕾妮這麼說，自己也笑了起來。

由於咖啡館找不到能坐得舒適的位置，我乾脆就坐在櫃檯前。旁邊坐的是朱貝爾，他是吉拉東街那裡的雕刻家，而與朱貝爾聊天的那位，則是在我家那層樓租屋的卡尼爾。儘管他們的交談內容，我因為專心盯著戈蘭古街聽得漫不經心，不過他們倒是嘴裡一面喋喋不休，眼裡還一面在人行道上恣意梭巡。剛好我們家女傭身著白色圍裙，手裡拿著一包用白紙包著的火腿或磨碎的格呂耶爾乳酪正要回家，而這副光景就落在他們眼底。

「你看，」雕刻家朱貝爾說：「那位就是塞律希耶家的女傭。對了，塞律希耶那個可憐的傢伙近來如何？」

「可憐？」卡尼爾提出異議：「他應該不需要人家同情吧。」

「我不是說他需要人家同情。但他這種人不管再怎麼說，都還是很可憐。」

無論朱貝爾這時候說了什麼，他說這句話的語氣都對我深表同情。只是這一次，卡尼爾面對這番說辭，既沒有提出異議，也沒有大力贊成。卡尼爾長得瘦瘦小小，還雙頰凹陷，然而他的眼神卻顯得慧黠坦率。雖然卡尼爾和我住同一層樓，可是他擔任舞台監督，所以晚上六點到子夜十二點間通常都不在家，我看到他的機會，可說是微乎其微。先前他一直都對我很好，所以我發覺他聽到朱貝爾如此斷言，卻顯然不認為這種論點有待商榷，這令我倍感震驚，也幾乎快要昏倒。

就在此時，我看到安東尼舅舅的車為了要停在我家門口，而繞著廣場轉了一圈，於是我立刻準備離開。由於剛剛聽到的那番話讓我心神不寧，即使不是故意，我離開咖啡館時，還是順手拿走了朱貝爾放在櫃檯上的那份報紙——這份報紙應該會幫上忙，也應該會成為我的得力助手。說到安東尼舅舅那輛車，以往它總是讓蕾妮和我十分煩惱。然而這次我看到它，非但絲毫不覺困擾，還感到非常快活。儘管我已經激動得忍不住露出微笑，但還是躲在朱貝爾的報紙後方，假裝自己是在看報。安東尼舅舅是我太太的舅舅，住在沙圖[5]鎮上，雖然在經營養豬場，可是他平常的嗜好卻是用買來的報廢零件自己動手組裝汽車。安東尼舅舅自詡他製造一輛車，只需要兩、三千法郎，而且他親手打造的車，還可以稱得上是「賞心悅目、堅固耐用、省錢划算，再加上從很多方面來看，都比市場上一批批生產的某些新車還更為優越」。

縱然安東尼舅舅親切迷人，也一直都很喜歡我們，可是他那些破車使我們在附近鄰居眼中不太體面，蕾妮就一心要和他保持距離，因為她總會意識到社會結構在社交上的影響力，尤其是對家庭在社會中屬於什麼階級，她會格外重視。有鑑於此，她基本上都會非常謹慎思考應該要如何運用我賺的錢，才能讓我們過的生活可以符合社會結構中的某個階級，而且就連最無關緊要的部分，她也會審慎考慮，也就是說，家裡餐桌端上羊腿的次數，或者是我用的襪帶，都要配得上她的社會地位。以實例來說，蕾妮不讓我買車的原因，就是我們無法擁有一輛十四馬力的車，再加上她認定馬力比較小的車開起來不太醒目。諸如此類的憂慮，看在像卡尼爾和雕刻家朱貝爾這種人眼裡，可能會覺得這根本就是小家子氣、荒謬可笑，甚至還可能會感到人生在世居然要操心這些，實在是難以忍受。只是話說回來，就算是在這個當下，我幾乎還是認為他們這種說法有誤。畢竟人生的辛酸苦澀，正是這些憂愁使然。尤有甚者，有了這許多擔憂，才讓我們得以嘗到家庭現實生活的個中滋味，使我們沉浸在苦海裡頭。或許直到臨終，我們都無法擺脫自己確信的所有一切，以至於垂危之際，這種辛酸苦澀依舊會禁錮我們，受其牽制。

安東尼舅舅萬萬沒想到自己的外甥女，會由於要搭的車子引擎性能不足十四馬力而飽受折磨，所以他每週都會撥一通電話給她，天真地提議要開著自己最近組裝的車，過來找我們全家。安東尼舅舅在電話中向蕾妮表示，每年好歹讓他過來找我們至少一次，這麼做應該很好。聽到這裡，蕾妮只好同意。可憐的蕾妮。安東尼舅舅組裝出來的破爛老爺車，即便是美國的喜劇天才卯足全力想像出來的成品，都仍望塵莫及。話說回來，舅舅自始至終，其實就只有一輛車，只是他無時無刻都在改良這輛車，而且據他所言，這輛車經過改造，已經可以跑得比三個月大的小豬還快。說起舅舅在這方面的成就，實在令人啞然失笑。再說其中的祕密之一，就是他構思車子的改造時，常常都野心勃勃，但實際動手時，採用的方法卻往往簡樸含蓄，以至於想法和成果之間，差距總是極為強烈。每當安東尼舅舅來我們家，就常看見一群人圍聚在他的車旁，這讓蕾妮非常痛苦。為了要減輕這樁醜事帶來的恥辱，蕾妮就透過我們的女管理員，在這棟樓和這附近四處

5 沙圖（Chatou），位於巴黎西北方的城鎮。

散播消息，表明這輛怪車的車主雖然極為富有，卻是個有怪僻的單身老頭，而且還有點藝術家性格。

安東尼舅舅的破爛老爺車最近改裝之後，倒是沒有比先前改裝的其他版本糟。在我看來，目前這輛車最重要的特點，就是後輪比前輪要高很多。只見舅舅此時步下車子，還一臉神采飛揚，他長長的八字鬍，這時候也在傍晚的夜風中大無畏地隨風搖曳。他不但踮起腳尖好看到充當汽車後座遮陽板的雲母片，還為了要讓大家都能注意到自己出現，就以整個十字路口都聽得到的音量放聲大喊：「別再動了！」然後才不慌不忙走到車子前面。於是這個時候，不僅這棟樓房的每層住戶都打開窗戶，這裡最好奇的那群人也一馬當先，聚集在人行道上。我和這些人同樣停下腳步，留在這裡，而且還全神貫注，不想錯過任何場面，因為我知道安東尼舅舅抵達與離開時，造成的驚喜通常最妙趣橫生。只見他先估計圍觀的群眾數量，接著就跳上車子的引擎蓋，跨坐在引擎蓋上，彷彿是要盯著車子的擋風玻璃那樣。對於那些留在屋裡、他看不見的路人，此時他也露出殷勤微笑，做了個手勢鼓勵他們。

「我之所以會跳上引擎蓋，還跨坐在這個地方，」他向旁觀群眾解釋說：「純粹只是因為我需要搆到車子引擎的兩條拉繩，可是拉繩的位置卻在引擎兩旁。」

然後安東尼舅舅就朝擋風玻璃彎下身子，只是旋即又改變主意。

「要拉這兩條拉繩的話，」他補充說：「或許我可以先拉其中一條，再拉另外一條。可是如此一來，我想獲得的成果，就得分兩次才做得到。如果我同時拉這兩條拉繩，事情會比較美妙。」

儘管汽車引擎此時仍在轉動，安東尼舅舅卻突然又跳下車子，張開雙臂擁抱他這輛車。這時候大家隨即聽到耳邊傳來不堪入耳的尖銳聲響，掩蓋了汽車引擎的轉動聲。說時遲那時快，這輛車以防水布製成的汽車頂篷，原本緊綳在車身的拱形支架，這下卻宛如風箱式相機的風箱會前後伸縮那樣，冷不防向前摺疊起來。與此同時，車後方的外殼深處，有一塊同樣以防水布製成的垂直帷幕，目前也以規律的節奏一點一點緩緩倒下，於是我的家人就此現身。由於舅舅先前下令，要我的家人「別再動了」，所以這個時候，他們全部都僵在車裡動彈不得。我兒子路西恩坐在車子前座，我太太坐的地方則宛如一種高聳舷牆，而托妮特和安東尼舅舅的狗，就坐在我太太旁邊。因為受到車子後輪高度影響，這輛車後方非但明顯加高，而且還高得如果蕾妮要獨自下車，應該會很危險。在場圍觀的群眾，這時候都交頭接耳，拿這件事在開玩笑，我也勉強自己隨聲附和。

雖然安東尼舅舅這番本事打斷了我和家人重逢的滿心感動，不過大部分男人逃避現實幾天，重新再見到妻子都會明瞭的那種心情，此刻我還是能淡淡地感受得到，所以我毫不費力就能眉開眼笑，即使蕾妮目前承受的折磨，我心知肚明，也深感憐憫，畢竟珍而重之的心上人當前不僅被囚禁在舷牆上，還在戈蘭古街居民的注視下面紅耳赤，連轉個頭都有所顧忌。最後，舅舅終於過來救她。只見他又按下一個開關，讓車子的面板翻轉過來，原來面板裡備有一道摺疊式樓梯。

「這很簡單，對吧？」此時他轉向圍觀的好奇群眾說：「可是其他車子都沒有這個。」

於是緊張兮兮的蕾妮趕緊以三言兩語催促孩子，要他們快快下車，也避免望向周圍。先前等蕾妮回家時，我原本已經打算要耍點手段，設法和她一起搭乘電梯，好讓她從今晚起就至少覺得自己曾見過我。可是，讓她知道我看到她高坐在那輛破車上的糗樣，她肯定永遠都不會原諒我，這得謹慎處理才是，所以我決定放棄既有構想，好好躲在報紙後，即使遺憾自己連只是和她眼神交會都不可以。然而，蕾妮與孩子們走到我們家大門口時，飛來橫禍卻使得這件事橫生枝節。因為此時跟在他們一行人後面幾步的狗，也就是德克薩斯，不但藉由嗅覺認出了我，而且還跑到我背後蹦蹦跳跳，想要舔我的臉。

「哎呀，看來這笨蛋挺喜歡您呢，」抓著狗項圈的舅舅注意到狗跑到我後面，就開口說：「以這隻狗的情況而言，牠會跑到別人身邊，實在令人驚奇。我是這隻狗的飼主，說牠會信任我，這才說得過去。」

然後安東尼舅舅就在前廳，向蕾妮與孩子們道別。此時孩子們熱情如火地摟住了他，這場面看在我眼裡，不免覺得他們對他表現出來的親熱程度，簡直令我眼紅。不過，由於孩子們和安東尼舅舅在眾目睽睽之下擁抱，使蕾妮倍覺尷尬，她就把抱在一起的他們往門廳裡拉，讓我無法再看見他們，只能聽到安東尼舅舅的洪亮嗓音，壓過了女管理員此刻在聽的廣播節目。

「週日早上我會過來接你們，」我聽到舅舅對蕾妮說：「我的心肝大寶貝啊，別拒絕我。你先生目前不在，所以我有義務照顧你們。再說你和我在一起，一定會覺得無拘無束。那麼我們就一言為定，你覺得怎麼樣呢？話說回來，我還真是該死，既然都跟你說了一言為定，我應該就可以向你保證到時我會早點過來。雖然要重新整理我那輛車，讓車上的一切都能安頓妥當，會需要一點時間，不過在這個令人愉快的季節裡，可以有輛軟式頂篷的敞篷車，真的是太棒了⋯⋯」

安東尼舅舅走出樓房前廳，就走到樹下，開始隨便往上吐痰。儘管他預先瞄準了某枝樹枝，然而他吐出的痰高度不夠，只好重新再來。重複試了四次之後，他試得臉紅脖子粗，眼中也燃起了熊熊怒火。最後，他終於達到目標，看著就在他車旁邊的我說：

「我總算還是做到了。我們大家總會有那麼幾天，無論想做什麼都做不到。我不知道您是不是曾經注意到這種情況，這實在是很奇怪。」

「要做到自己想做的事，也不是什麼容易的事。」我回應安東尼舅舅時，依舊改變原有聲音，以免他認出我。

「的確是這樣。尤其是對於我這種晨型人來說，事情更是如此。哎！大家應該早上看見我，才會知道我早上做事可以做得多棒。舉例來說，如果是早上吐痰，我可以吐得高到不可思議。倒是您要去哪兒，跟我說一聲吧，我可以載您過去。我要回沙圖，會經過星形廣場[6]。如果您要去市中心哪個地方，我可以拐個彎載您過去，這是當然。」

「您真是好人啊，」我說：「我正好想請教您是否會往星形廣場去呢。」

第五章

安東尼舅舅那輛破車，此刻就停在布洛涅森林大道[7]供人騎馬的人行道旁。目前除了有幾輛車往北行駛，布洛涅森林大道幾乎可說是了無生氣，而供人騎馬的這條小徑，此時也杳無人煙。

「我不是想下車，」這時我開口說：「不過我有個祕密，想私底下告訴您。」

我重新用平常說話的聲音，對安東尼舅舅說這些話。舅舅聽到我的聲音，瞬間大吃一驚。他為了要更確切看清楚我的長相，就打開手電筒。

「天啊，」安東尼舅舅說：「我發誓，剛剛我聽到我外甥女婿的聲音了。」

「是羅烏爾的聲音嗎？哎，沒錯，您沒有弄錯。安東尼舅舅，我正是您的外甥女

---

6 星形廣場（place de l'Étoile）為戴高樂廣場（place Charles-de-Gaulle）舊稱。

7 指布洛涅森林大道（avenue du Bois-de-Boulogne），也就是現在的福煦大道（avenue Foch）。

婿羅烏爾。我可以向您發誓，安東尼舅舅，我就是羅烏爾．塞律希耶。剛剛您也看到，德克薩斯已經認出了我。娶了您姊姊泰芮思的女兒，也就是娶了蕾妮．拉畢爾的那個人，正是我這個人。今天下午，有樁奇遇簡直駭人聽聞，卻發生在我身上。那時我突然之間，嗯，實在沒辦法說出事情發生的正確時間，我忽然就改頭換面，長相變得完全不同。」

「啊，真想不到有這種事，」安東尼舅舅喃喃自語：「這實在令人震驚。」

「舅舅，您不相信我吧。」

「怎麼會呢，你告訴我的事，我當然相信，只是我仍有權表示對這種事感到震驚。否則，難道你希望我認為這種事理所當然？」

而後舅舅想了一下，並點點頭，意謂他可以接受我的情況：

「總而言之，出了這種事，也不是那麼稀奇。雖然外在形貌改變通常不易察覺，可是這種事也會以迅雷不及掩耳的速度發生。這讓我想起有一次我的車……」

安東尼舅舅為了讓我明白人類能透過技巧做到的事，上天不但也做得到，而且祂做到的事，還可能有成千上萬，就對我說起他在四月的某個早晨如何改造他那輛車，讓那輛車大為改觀，以致當天下午他經過它旁邊十一次，卻始終沒有認出自己的車。除此之外，他還向我描述那輛車改造前後的模樣，接著又說明車子的引擎性能，並以技術方面的專業詞彙，誇耀那輛車經由他巧手改造，變得何等舒適方便。最後他還重新發動車子，好讓我欣賞他把那輛車改造得有多麼棒。

「話說回來，我到底應該在哪裡讓您下車啊？」進入布洛涅森林時，安東尼舅舅已經把我外貌改變忘得一乾二淨，就開口這麼問我。對於他忘了這件事，我有點火大，就冷淡地對他說：

「容我提醒您，我是您的外甥女婿羅烏爾。」

舅舅聽到我的話除了羞愧，也要我原諒他。隨後我們在大湖邊停下車來。既然我的外貌變化目前仍應祕而不宣，理當嚴守祕密的我，就開始後悔自己竟輕而易舉，向這位善良仁慈的男人吐露隱情。安東尼舅舅的敦厚和善與盛情體貼，是否能保護這個祕密，使他的粗心輕率不至於使我置身險境，我可能得考慮看看。

「你這張全新的臉不錯耶，」為了讓我能原諒他，安東尼舅舅就對我說：「對於你這副長相，蕾妮怎麼說？」

「她什麼都不知道！」

「對喔，你沒有時間告訴她這件事，所以她的確還不知道。那我們快去讓她看看你這張臉吧。」

「去讓蕾妮看？得了吧，我們不可能這麼做。」

「為何？」

「因為她向來都不相信這種奇特的遭遇會真的發生啊。」

「但我相信有這種事。」舅舅回嘴。

「您和蕾妮不同，這可想而知。」

「你說得對。我啊，是個白癡——你是在說這個吧。」

「舅舅，事情與您說的不但正好相反，甚至還完全顛倒。我該怎麼向您解釋呢？我突然想到自己可以向您透露這件事，是看到您跨坐在汽車引擎蓋上那個時候。當時您不僅眉開眼笑，那好看又特別的八字鬍，也像天線一樣迎風搖曳。看到您那副模樣，使我感覺到自己此刻面對的艱難現實縱然難以置信，可是如果有個人通情達理，又能認同我的處境，那個人就會是您。於是我想到只要是安東尼舅舅心裡認可的事，無論那件事在他人眼中看來如何，他都會欣然接受。這種傾向非但罕見，它的稀有程度也比大家所想的還少。

「我這麼說，您應該會說認為詩人就是這樣的人。可是我的天啊，對詩人來說，荒謬正如月色，是披著夜色的霧，這種玩意兒對他們的重要價值，永遠都會在最後一刻萎縮消弭。所謂的詩人看似背對理智遊蕩塵世，他們所表現出來的舉止神態，也彷彿是在和理智賭氣，可是詩人行走人間，卻會妥善避免自己落在最後。所以說，這世上除了您，或許不會有其他人具有這種傾向。再說既然我向來都很喜歡您，自然樂於對您坦白一切。這麼做對我會有好處，也可以讓我安心。哎，您什麼都幫不了我，這個我很清楚。我要請您幫我的事，就是要請您別在無意間洩漏出我的祕密。您一定要相信，如果我公然宣稱自己是羅烏爾．塞律希耶，我肯定會遭人監禁。」

「你把我當笨蛋啊，」此時舅舅抗議：「你目前的處境棘手，這一點我很清楚。你放心，我不是會做蠢事的那種人。不過，你認為我什麼都幫不了你，這個你就錯了，沒想到吧？你知道接下來我要做什麼嗎？我會去找蕾妮，讓她瞭解你的現況。我是她的舅舅，她會信任我說的話。」

事態愈來愈明顯。安東尼舅舅應該如我所料，會在這方面犯下更超乎尋常的錯。這時候我除了絕望，也不禁為此惱火。

「要是您做了這種事，我就搭火車前往國外，拋棄所有一切。我的外貌變化，是大家都認為不合邏輯，也都無法接受的事。事到如今，您一定要明白這一點。您不能洩漏這個祕密，否則大家知道一個人居然能改頭換面，長相變得不同，那麼伊斯蘭教領袖阿迦汗失蹤後，無論是哪個又窮又髒的傢伙，或許都能篡奪他的頭銜，並侵占他的財產，甚至哪個流氓覬覦某個美女，也都能因此進入那位美女所處的社會階級。」

「話雖如此，可是羅烏爾，真的就是真的啊。」

「只要能證明我就是羅烏爾，或者是有幾個人願意相信這件事，即使我的外表改變，我仍會是名副其實的羅烏爾。當然，如果有兩、三千人都能一致表明我的奇遇屬實，那麼蕾妮就可能會相信這件事。我瞭解我太太，對於沒有廣為傳播，不是眾人皆知的事，她幾乎都會懷疑它是否可靠。」

「話不該這麼說。羅烏爾，你不應該說這種話。」

「哎，就算能假設蕾妮會打從心底堅信長相不同的我，依舊是她先生，我也幾乎能確定她會裝作自己不相信這件事。蕾妮會這麼做，也許有個中道理。畢竟這種事之前婚約上沒有提到。對其他人和我們的朋友而言，相信一個人的長相可以變得不同，也或許會為他們帶來不良影響。況且大家扶養孩子長大成人的過程中，除了不會教育孩子『事物的自然法則可以翻轉』，也不會教導他們『某件事即使看來不合邏輯，我們也應該要留意它』，所以讓我們的後代子孫相信人的相貌會突然改變，也同樣可能會造成不良影響。舅舅，請相信我，絕對不能讓蕾妮明白一切，也絕對要放棄讓其他人瞭解所有現況，無論對方是誰。不管怎麼說，您都不能讓人家知道這件事。要是您對某個人一口咬定我就是羅烏爾．塞律希耶，我們倆的處境會變成怎麼樣，您知道嗎？到時候大家要找那個名叫羅烏爾．塞律希耶的人，卻怎麼都找不到，他們就會控告我們，說我們倆殺了他。到時候我們會待的地方，可能就不是瘋人院的單人房裡，而是在監獄中。」

安東尼舅舅眼見這世界儘管容得下盤根錯節，卻怎麼也容不下百無一用的真相，而為此倒抽一口涼氣，並深受打擊，同時覺得氣餒。

「先前我對您說您什麼都幫不了我，」我又補充說：「那時候我弄錯了。事實上，未來唯有在您眼前，我才依然會是羅烏爾．塞律希耶，所以您將成為我唯一的避風港。您看看，我只流亡了不過半天時光，就已經感覺到自己需要向您吐露我這樁厄運。再說我會感到孤單，另方面也是由於我覺得自己彷彿是搭船遇到海難的人，身在一個誰也不認識我的世界上。日後如果有個人能保證我在人世間依然存在，對我來說不是壞事。」

安東尼舅舅提議我前往沙圖，住在他家。屆時我或許可以幫他養豬，而且他還說他養的那些豬，全都是迷人的發明家。為了要成功引誘我去他家，舅舅同時承諾要為我打造一輛車，引擎性能是五馬力，車身會顯得精緻舒適。我謝謝他的好意，並將我安排好的計畫告訴他。然而我勾引自己妻子的這項計畫看在安東尼舅舅眼裡，似乎語出驚人，又滑稽得要命。只見他這時候頭往後仰，笑得我震耳欲聾。那笑聲環繞在荒涼的布洛涅森林中，宛如風琴的狂歡饗宴在空空如也的教堂裡迴繞盤旋，他不但笑了很久，有時還笑得喘不過氣。然後他才拉開嗓門大聲說：

「實在是笑死我了！可憐的蕾妮，她是要慶祝自己倒在誰的懷裡啊？那個人就是她老公耶！哎呦喂呀，別鬧了，讓我笑個夠吧。」

接著舅舅又開始仰天大笑。我試圖緩和他的笑意，卻徒勞無功。即使我對安東尼舅舅說話時提高音量，他卻由於笑得洪亮，什麼也聽不見。這時候我們倆吵吵鬧鬧，吵醒了大湖裡的天鵝，令我不免擔憂。在這個節骨眼上，我突然在車子左邊，瞥見柏油路上隱約有光線反射，於是趕緊推推舅舅，催他不要再笑，只是這麼做為時已晚。警察已經注意到我們的喧鬧聲，以及安東尼舅舅那輛車的外觀，所以這個時候，有兩位警察騎著自行車接近我們。

「你們沒開汽車尾燈。」其中一位警察說話語調比較溫和，他觀察到這件事。

「嗯，的確是這樣。」安東尼舅舅承認：「我停車的時候天才剛黑，而這裡很亮。」

我以為打開汽車尾燈，補救了疏失之後，這兩位警察就會離開。只是安東尼舅舅這會兒又想起他外甥女的事，而其中一位警察目前仍跨坐在自行車上，面朝車門俯下身來，以致舅舅就當著這位警察的面驟然大笑，而且還笑得吱吱咯咯。

「駕照給我看。」說話語調冷淡無情的這位警察這麼說。

「馬上就會拿出來啦。」雖然安東尼舅舅此時回應警察的語氣，帶有挑釁的奚落意味，不過，這時候他在短外套口袋裡東翻西找，卻怎麼都找不到他的駕照。於是他先仔細找過另一個外套口袋，又回頭翻找之前找過的那個口袋，嘴裡還喃喃自語，低聲咒罵。看來，舅舅又忘了他的駕照和行照。我感覺到自己就要大禍臨頭，我們可能必須去派出所，屆時他們也許會要我的證件來看。如果安東尼舅舅的反應不會讓警察提高警覺，這或許就是奇蹟了吧?!我實在不知道自己中了什麼邪，才會向舅舅吐露隱情。就在我眼見自己這樁奇遇，即將以悲慘的方式告一段落之際，安東尼舅舅仍在他長褲後面口袋裡尋覓駕照，同時還高聲嘀咕：「我還真有本事，忘了自己駕照放在哪裡。」

「您找不到駕照嗎？」警察詢問的溫和語氣，這時候聽起來實在令人反感。

此時舅舅原本在車椅上彎下身子，將一隻手放在臀部，設法要解開他長褲後面口袋的鈕扣，而且還弄得滿手是汗。聽到警察問這句話，他隨即坐起身子，眼裡燃著熊熊怒火，對那位警察大聲咆哮：

「駕照是您要的，所以我拿駕照是要用來做什麼，您知道嗎？」

安東尼舅舅說完這句話，忽然就默不作聲。我則準備要打開車門，跑進布洛涅森林裡林木最茂密的地方。可是他不再說話之後，卻笑逐顏開，並從長褲後面口袋裡拿出證件票卡夾，又恢復漫不經心的語調對警察說：

「您要我的駕照嗎？好啊，這就是我的駕照囉。」

仔細察看駕照之後，警察做了記錄，並告訴安東尼舅舅：

「您沒有開燈，所以您違規了。」

舅舅聽了警察的話，又開始大肆咆哮。此時我趕緊用腳踢他的小腿，好讓他住嘴。兩位警察騎著自行車離開之後，輪到我破口大罵：

「您故意這麼做，是吧？您千方百計，是打算要讓大家注意到我嗎？您已經決定要讓我倒大霉了吧？哎，我的天啊，要是我早知道您這麼想，那就好了。我們走吧，請您載我到星形廣場。今天晚上，我們就先談到這裡吧！」

羞愧的安東尼舅舅這時候只好發動車子。儘管他不時注視我的目光，顯得膽怯又對不起我，此時我依舊滿腔怒火。最後，舅舅畏畏縮縮地向我提議，表示他要載我回家。

「是要讓蕾妮或孩子們看到我從您車上下來嗎？這麼做還真是厲害啊！」

雖然我這麼說，但我同意讓舅舅載我到戈蘭古街的街尾。途中他問我，他能不能很快就再見到我。

「我今天心情不好。」這時候安東尼舅舅坦白承認：「總而言之，遇到這件事非常倒霉。不過，孩子啊，你放心，我一定會有很棒的點子，你等著瞧吧！」

「那就等我告訴您什麼時候可以碰面吧。請您特別留意，千萬別來看我。之後我會打電話給您。還有，別忘了，從今以後，我的名字是羅蘭·科爾伯特。」

我們分道揚鑣時，安東尼舅舅問我是否會需要錢：「如果需要的話，只要跟我說一聲就好。」然後我就向舅舅道別，走進戈蘭古街。這條街迂迴曲折，又幽暗深邃，不僅在這裡難得看到藍天，照明設備在這條街上，也宛如外省人來到巴黎那樣，無法靈巧自在地施展本事，把這條街照得透亮。某些行人走在戈蘭古街，會驀然出現在路燈投射出來的圓圓亮光裡，而後又消失在夜色中，接著重新在另一盞路燈映照在街上的圓圓亮光裡頭出現。面對此情此景，總令我相信我身在夢中，而戈蘭古街上的光，就是我夢裡的光。這條街上的光既非日光，也不是月光，是一種非比尋常的光，事物在這裡的光線照耀之下，都彷彿是我們透過煙燻色玻璃望向它們。

我緩步前行到戈蘭古街畫出的那道弧線時，這條大街的狹窄之處，就隨著弧線延伸，讓走在兩道無止境高牆之間的我，顯得微不足道，而這條街的狹窄之處綿延不絕，看起來也近乎夢境。我的外貌離奇改變，終究應該會成為證據，證明我此刻在作夢吧?!於是我覺得自己這時候只要伸出手來，就會碰到蕾妮微微溫熱的肩，也會擺脫焦慮帶給我的沉重負荷，同時在半夢半醒間認出自己的床。只是這時候我肚子餓了，所以瞥見瑪尼耶咖啡館的燈光之際，我並未大失所望。

瑪尼耶咖啡館附設餐廳，我走進它狹長的大廳時，裡面非常熱鬧，起初讓我有點眼花撩亂，只看見有幾群人占據了四、五張桌子。我完全沒挑位置，就坐了下來。點餐之後，我將手肘拄在桌上，心裡想著蕾妮和我們那些孩子，此刻就在距離這裡一百公尺的地方，一面吃著晚餐，一面談論我的布加勒斯特之旅。等開胃菜上桌，我才開始查看四周，瞭解附近有哪些人。離我不遠的地方，有一對外國夫婦正在用餐，他們年約五十左右，身上都穿著以中歐布料裁製成的休閒套裝。在此同時，我也從對面那排桌子認出了好幾個人，都是戈蘭古街這一帶的居民。像是畫家兼素描畫家沙佐爾，與他的同伴一起坐在他習慣的位置上，正和藹地向咖啡館裡的一位客人，提出某些天真狡詐的問題。沙佐爾提出的問題雖隱約有諷刺意味，卻不至於嘲弄對方。沙佐爾旁邊那張桌子，有一些電影工作者在談論畫面的溶接與剪接技法。

再遠一點的地方，是薩拉琴。

她坐在長椅上，和鄰座一位年輕女子，以及她們對面的一位男子一起用餐。與她們同桌的那位男子背對著我，從背影看來，他又禿又胖。儘管我知道薩拉琴此時注視著我，可是也同樣盯著他們那群人看的我，卻裝出一副心不在焉的冷淡模樣，假裝沒發現薩拉琴的視線投向何方，彷彿自己在沉思默想，而她的身影對我來說根本就無關緊要。我仔細看了薩拉琴一下，發現她的臉龐縱然圓胖，但她有稜有角的明顯臉骨，以及纖細靈巧的臉型輪廓，卻使得那張臉呈現出鮮明的立體感，又略有英氣，而她烏黑的秀髮勻稱地燙了兩個大捲，在頭上高高隆起，也體現出她的這項特質。通常水汪汪的女子眼眸，往往能令人感受到女性的溫婉嬌柔，可是薩拉琴那雙黑色眼睛，卻不是那樣水靈，而是有著深灰色的光芒閃耀其間。除此之外，薩拉琴高聳堅挺的胸部稍顯結實，以致她身上那件沉甸甸的絲質上衣，看起來宛如懸掛在她的雙峰上頭，坐在薩拉琴對面的那個傢伙，肯定看得到她的上衣裡面。薩拉琴一面應付手邊的事，一面說話之際，也持續凝望著我。縱然她有時會別過頭去，對鄰座的年輕女子說話，她的目光卻始終都沒離開過我。有那麼一會兒，我希望薩拉琴可以更看重我，而我的意圖也使她眼中閃耀的光芒更為熾烈，我因此覺得自己成了她的囚徒。雖說薩拉琴發覺我開始臉紅，導致她臉上也略有笑意，而她自己在這當下，也不約而同和我一樣微微臉紅，不過我們倆臉色發紅，絕對都不是羞怯所致。咖啡館大廳裡頭的人，這時候都已經注意到我們倆眉來眼去，我只好盯著餐盤，開始教訓自己。

除了蕾妮與孩子們，此時我還想到自己理應遵守的良善原則，想到我身為人夫人父必須忠於自己的責任義務，並想到遭逢這場奇遇已經是椿悲劇，要是讓它更加複雜的話，我會置身險境。話雖如此，我卻也情不自禁想到假設我今晚真的無拘無束，那麼或許就沒有人會要求我交代自己何時做了什麼。甚至將來為了要戰勝我太太的一絲不茍，我不是反而應該要取得一些技巧，好讓我有能力勾引女人？這個時候，我太太的貞潔美德，就成了我放任自己順從誘惑的理由所在。只是當我猛然回過神來，我為人丈夫誠實正派又謹慎小心的習性，最後還是占了上風。而後我的目光無意間又觸及薩拉琴的眼神——至少我覺得自己不是刻意與她四目相交，我就轉移視線，望向與她同桌吃飯的男子後頸，而且還像要挑撥離間那樣，再三審視對方。我的眼光從那位男子白髮上的光澤移向他後頸，從他英倫玫瑰似的膚色，以及皮膚上的纖細紋理來看，我判斷這位先生應該是位富翁，也應該很有辦法供養得起漂亮的年輕女子。不過我相信自己在此同時，也看見薩拉琴約略做了一個手勢，好像是她猜中了我正在反省的事，藉此表達她的怨恨。我為此心滿意足，就沒再看她，而將眼光轉回眼前的餐盤上，並開始讀報，幾乎將這位年輕女子拋在腦後。

就在有人為我端來一份卡門貝爾乳酪之際，與薩拉琴同桌用餐的那兩位也站起身來。至於薩拉琴本人則動也沒動，還點了一根菸。此時我只看得到他後頸的那位男人開口問薩拉琴說：「您不要一起去劇院看戲？是真的嗎？」薩拉琴表示自己頭痛，並向他道歉。然後另兩位就朝桌子彎下身去，和薩拉琴開了些玩笑。我聽不到他們在說什麼，只看到薩拉琴和他們一起嘻嘻哈哈，還笑得比他們更加響亮，之後她就留在咖啡館裡，目送他們兩位走到門口。等他們離開，薩拉琴就仰起頭來，先瞇著雙眼盯著我看，而後在嘴裡含了一口煙朝我噴來，儘管她那口煙飄到我的卡門貝爾乳酪上方，就消散無蹤。我已經說過，我不習慣看見女人為了引起我的關注而花費心力，所以這種誘惑於我而言，實在動人心弦，又感人肺腑。於是我索性讓目光先落在薩拉琴的小腿上，再讓它像犁頭一樣往上挪動，望向她深灰色的眼眸。接著我加快速度，趕緊結束用餐。我一吃完，薩拉琴就動身離開。

戈蘭古街的人行道旁有一些樹，此時薩拉琴就在那些樹下緩步徐行。我在那裡和她碰面時，除了以生硬言辭向她致歉，同時也補充說明，向她表示這是我有生以來首度沒有得到女性許可，就逕自與對方攀談。我說這是我生平第一次這麼做，此話屬實。

「許可？」薩拉琴說：「我盯著您看的方式，就已經讓您充分獲得許可了呀！我甚至還希望您不太記得我凝視您的那副模樣呢！請問您的大名是？」

薩拉琴對我說這些時，顯然在克制自己，以致她的嗓音有點沙啞，也讓我相當感動。我回答她，我的名字是羅蘭．科爾伯特，也對她說明我住在這個地區。

接著我就移轉話題，開始談起她沒去看的那齣戲。薩拉琴留意到我這麼做，所以開口表示：

「您沒有問我叫什麼名字。看來您不太想談您自己，也不太想談我的事。」

「我沒有問，是因為我從很久以前，就已經為您取了名字。」

「從很久以前嗎？可是我在今晚之前，從來就沒見過您呢！」

「但我先前就知道有您這個人了。我在十五天前，曾經看到您穿著一襲鑲有白色滾邊的紫茄色連身洋裝，那時我就稱呼您『薩拉琴』。請問您本名是？」

「我覺得這個名字很適合我，今天我就叫薩拉琴吧。」

薩拉琴這麼說的同時，臉上展現笑容，露出兩排貝齒，並用力將我的指尖緊握在她戴了手套的手掌裡。我們就這樣待在一棵樹下。隨後她以冷淡無情的語調，制止了我對她做的舉動，同時也將我們的交談內容引導至其他方向。薩拉琴的言談舉止彷彿男性，或者說得更確切些，她表情達意的方式，像個老練卻不庸俗的單身男子。儘管她凝視我的眼神貪婪和善，但她完全無意與我調情。現年二十六歲的她，估計我目前可能是三十二歲，然而她對待我的方式，卻好像把我當成她的表弟一樣，也就是我們倆已經約好要共度歡樂時光，她卻反過來意識到她身為表姊，應該對表弟負起哪些責任。不過她這種監督，反而令我愜意。我們倆走走停停，從一棵樹走到另一棵樹。然後她像是在談論某件事需要修正那樣，不意對我談起她在我表現出來的姿態和我的容貌之間，已經察覺有某種矛盾之處。她留意到這一點固然令我備受打擊，卻也讓我為之動容。於是我停下腳步，想回應她。只是這個時候，我忽然聽到一陣急促的腳步聲，而且是女性鞋跟發出的刺耳聲響。接著就從我們所在的樹蔭那裡，看到蕾妮沿著戈蘭古街往南走去。蕾妮這時候儘管走過我們附近，卻不曾留意我們，她走到比較遠的地方，並穿越馬路，走到對街的人行道上。以往沒有我陪在身邊，蕾妮從不曾在夜裡獨自外出，至少我認識的她是這樣。想到這可能是蕾妮從我們分離的第一天起，就難以忍受煎熬，所以她為了要和情人相會，就趁機把我們那兩個孩子丟在家裡，令我不由得怒火中燒，憤恨難當。我突如其來的靜默，或許還要加上我的表情，都使得薩拉琴深感訝異，也讓她這時候一直盯著我看。於是我猛然摟過她來，還以宛如要殺人的衝動，緊貼住她的嬌軀，並吻上她的雙唇。我一面吻薩拉琴，一面對她說：「我得走了，明天我們瑪尼耶咖啡館見。」

我靜靜走在馬路上的陰暗之處。蕾妮則在這條路另一側的人行道上，走在我的前方。我的眼光始終都沒有離開蕾妮，而她急切有力的腳步聲，也一直都聽在我耳裡。儘管粗俗惡劣的咒罵之詞，此時一句句湧上喉頭，有時驚慌失措之情，卻也在我心裡翻翻攪攪，令我覺得自己就要掉淚。後來我看到蕾妮在戈蘭古街的街尾停下腳步，同時按了門鈴，令我瞬間解脫，不再胡思亂想。心裡的負擔減輕之後，我認出那棟房屋，因為我們的朋友馬里昂一家，就住在那個地方。我記得他們家有個孩子不久前剛生了病，大概是他們打電話給蕾妮，否則就是蕾妮打電話給馬里昂家，而後她就過來這裡探望小病人。在這當下我感到的幸福快樂，混合了淡淡的懊悔之意——我的妻子完美無瑕，而我除了對她浮想聯翩，竟然還準備好要投入偶然邂逅的女子懷抱。由此看來，我顯然不配娶蕾妮為妻。

蕾妮在馬里昂家只待了不到半個小時。回家途中走在戈蘭古街，我都讓她走在我前面。直到抵達家門之前，我才加大步伐，好讓我能與她同時走到我們家那棟樓房門口。為蕾妮開門之後，我就側過身去，不讓她注意到我。儘管此時此刻，蕾妮就在這裡，然而她看到我，卻表現得無動於衷，這不僅令我毛骨悚然，這當下所感受到的恐懼程度，還強烈得幾乎就像我今天下午剛開始那個時候，習慣了這樁奇遇為我帶來的外貌巨變之際，對於自己居然能適應這種可怕變化，使我不寒而慄一樣。

蕾妮這時候神色悲傷，看起來似乎心事重重。我認為她這副模樣，是由於我不在家的緣故，這讓我感動得喉頭一緊。啟動電梯之前，我問蕾妮要到幾樓，她回答五樓時，抬眼朝我望來。她那雙有點淡漠的灰色眼眸，令我覺得她彷彿有一瞬間，好像已經注意到我的容貌。此時我想了想，覺得或許是目前我的嘴型與下顎樣貌，雖然都和以前不同，而且這一點還有助於我說話時改換嗓音，可是對蕾妮來說，我說話的聲音依然保留了她熟悉的抑揚頓挫。只是除此之外，蕾妮就完全沒再看我。隨後蕾妮回到我們的家。我則回到自己的家。

第六章

在新居醒來時，我首先想到的事，就是走到鏡子前，只是我在鏡子裡看到的那副容顏，卻和前一晚看到的那張臉毫無二致。此時外頭天色陰沉，還飄著濛濛細雨，並不時颳起陣陣冷風。我將鼻子抵在窗玻璃上，朝五樓陽台看了幾次，卻完全沒看到我的家人。對於我的外貌變化，即使我已經想了又想，可是其中多數想法，我在草草梳洗之際依舊重新想過。雖說目前是一日之始，眼前漫長的一整天於我而言，卻不易填滿，也難以安排。畢竟要促使我和妻子相遇，當前實在無計可施。於是我只能強迫自己，將此事重新託付給機緣巧合，放任自己束手無策，找不到事情可做。既然讓蕾妮和我過得幸福快樂的契機，或許不久就會走近，那麼只要這種時機必然出現，對於正在等待的我，蕾妮此刻就恍如咫尺天涯，彷彿是我真的前往布加勒斯特出差那樣。不過話說回來，想像住在公寓五樓的家人所過的日常生活，即使我現在確實在布加勒斯特，也同樣可以做到，再說想像近在咫尺的鄰居究竟在過什麼日子，這種事實際上於我無益，所以沒多久做這件事就變得乏味，甚至幾乎可以說我這麼做真是無聊。這正如大家想方設法要找樂子，卻在長久費盡心思後一籌莫展，做這件事就會令人厭倦。

倒是薩拉琴的身影，儘管我從早上甦醒，就已經好幾次置之不理，然而它這時又堅決浮現在腦海中，我只得接納它的出現。我昨晚對薩拉琴不滿，顯然有點無稽。目前銷聲匿跡的我，宛如眾人眼中的隱形人，再者我為此置身的孤寂情境，也不近情理，於是女人的愛戀在我眼裡，非但是理應享有的一種權利，也成為我這時候的一種需要。我對於自己作為男人的責任義務，一直都很專注認真，對於危害道德良心的事，我也始終都不擅長。這些話儘管先前就已經說過，但我相信自己最好再度重申。大家剛開始聽到這番坦白，可能會認為我如此描述我的天性，不過只是浮泛之詞，然而事實卻正好相反。說起我這個男人，雖然身強體健，幸而我這種傢伙尋常可見，也就是那種為了工作、忠誠、友誼、滿腔愛國熱血、服從，以及婚姻而生的普通男人。這個男人會出賣自己，是由於無所事事加上單身為他帶來雙重混亂，才會讓他猝然將自己交給惡魔，也從而失去自我意志——尤其是單身為他造成的失序狀態，影響格外劇烈。換句話說，大家看待此事，應該要以我的處境來看，也就是要先撇開婚姻對人的束縛，讓男人和我處在相同境況，並不斷遭受現實帶來的種種考驗，如此一來，男人在我這種情境想必會面臨的所有試煉，大家就可以充分明白。

既然妻子的專制不但會引導男人，也會強迫他像馬一樣戴上眼罩，而且還會抑制男人那些可愛卻無用的缺點，並在男人耽溺於危險幻想時干擾他，使男人因此實現賺得到錢的巧妙手段，那麼妻子的專制對男人來說，不僅會有所助益，也無可替代。過去我常自問為什麼會娶蕾妮為妻。她固然漂亮，但漂亮的女子成千上萬，況且蕾妮並不富有，再加上我們大家年過二十五歲，除了自己想談戀愛，就只有某些出其不意的情況，難得與我們想要成家的意念同時發生，我們才會陷入情網。儘管如此，這種情形對婚姻的神聖崇高，卻沒有絲毫損害，因為一個人是否步入婚姻，選擇才是關鍵。不過選擇涉及自主判斷，而當我們判斷自己該如何決定，「熱情」卻幾乎沒有幫助。這時候我在單身獨居的新家裡，不假思索就能理解自己當初會娶妻成家，是為了要讓我生活中的一部分能恢復平靜。往日生活裡的這個部分，向來都導致我猶豫不決、變化不定、喜歡胡思亂想，還讓我這個人顯得雜亂無章，卻又慷慨大方，並使我總是遭惡魔蹂躪。那些惡魔不只會迫使富家子弟放蕩度日，也會驅使長不大的男人在午夜起床，跑到街上遊蕩。當年我生活中這個部分擴展，趁著它令我心裡騷亂不安，我趕緊選擇娶蕾妮為妻，好讓我能將鑰匙交託給她，這樣我就無法開啟存放某些驚喜的那個壁櫥。

如今我的外貌有所變化，以往經歷過的所有一切，當前又重新成為問題，回到我的眼前。由於害怕自己再度著魔，此時我不由得想起薩拉琴，因為我想將鑰匙交付給她，而且前一晚已經意識到她的專制性格，這使我熱烈唆使自己務必要這麼做。

我在八點半穿好衣服，準備好可以出門。這個時間也是我平常離開住處，前往事務所的時刻。儘管早上習慣喝的那杯咖啡，今天我沒有喝，但即使現在就下樓走到街上，我也會無事可做，所以我不急著下樓，而是重新探勘這層公寓裡的三個房間，好讓我能發掘這裡的潛在價值。公寓裡頭的書籍不多。在閨密私下談心的小客廳裡，為了要引人矚目而占據了一整層書架的書，除了有馬西永神父[8]的一些著作，還有丹尼爾神父[9]所寫的《法國史》十二冊，而且全都是牛皮精裝。我期待或許能在這裡找到大仲馬的小說，可是書架上完全沒有。話雖如此，我卻在這裡發現電話，也確定它可以用，於是我想到要打電話給蕾妮。先練習發音幾次之後，我就撥了電話號碼。

「喂。」聽到蕾妮的聲音，我用假聲說：

「是蒙馬特區三十二號嗎？有人要與您說話。」然後我就不再出聲，靜靜數到二十，再以（比我剛剛用的假聲稍微低沉一點的）真正聲音，重新開口對蕾妮說：

「喂，是蕾妮嗎？我是羅烏爾。我從布加勒斯特打電話給你。這趟行程很棒。喂，你的聲音我聽不清楚。」

「親愛的，接到你的電話，我好高興。這趟旅行要搭飛機，所以我很擔心。你沒有不舒服吧？」

「親愛的，我連一點點不舒服都沒有。倒是你搭破爛老爺車閒逛如何？」

「這個就不用說了。不過安東尼舅舅今天早上六點鐘打電話給我。他跟我談到你，還說你在旅途中發生了某種我不知道的變化。他到底在說什麼，我一點也聽不懂。」

「舅舅是可憐蟲。之前我就注意到他變得瘋瘋癲癲，這種情形還出現過好幾次，但我先前都沒跟你說。如果他讓你覺得很煩，你就攆他走吧！孩子們呢，他們都好嗎？」

「他們都好。我打算今天下午帶他們去博物館。自從你離開家，家裡就變得空空蕩蕩。要是你可以懂得我在說什麼，那就好了。親愛的，我們已經講了好一會兒，從布加勒斯特打電話回家，每分鐘電話費都很貴，我們得理智一點。」

「你說得對。那麼，親愛的，我們就再見囉。之後我會寫信給你。」

蕾妮會擔憂時間的金錢價值，應該完全是驚慌使然。雖然在我看來，她這種憂慮似乎有點小家子氣，不過她這麼做卻助了我一臂之力。此時我覺得自己已經受到警告，也已經重新找到行進方向，因而可以專心處理外貌變化帶來的實際問題。之前我畏懼一整天過於漫長，會令人百無聊賴，在這當下，我卻為此羞愧。難道比起關心女人——即

---

8 馬西永神父（P. Massillon）指法國新教神父尚—巴蒂斯特・馬西永（Jean-Baptiste Massillon）。他也是法蘭西學院院士。

9 丹尼爾神父（R. P. Daniel）指法國天主教耶穌會神父加百列・丹尼爾（Gabriel Daniel）。他同時也是歷史學家。

使是關心我太太，目前我沒有更合適的事情可做？前一天我已經拿走了四萬法郎，而蕾妮能支配的六萬法郎和一些存款，卻不是永遠都用不完，更何況從今以後，家裡的生活開銷可能倍增，不然就是會幾乎加倍。所以我應該努力工作，為自己開創新局，別浪費一分一秒，畢竟時間就是金錢。於是我動身下樓，前往幻夢咖啡館，在櫃檯那裡像個趕時間的男人一樣，大口喝下一杯咖啡，然後就去搭公車。途中我為自己找到一份工作，也就是只要我帶著自己親筆寫的推薦函，去向我的祕書自我介紹，那麼就能得到一份工作。要做到這件事，簡直易如反掌。

接近十一點的時候，我抵達自己的事務所。此時露西安在和一位客戶談話，於是拉格若女士要我在等候室等一會兒。等待令人感傷，況且我覺得自己彷彿原本官拜上校，這時卻自願重新開始服役，而且還只擔任士兵職務那樣。拉格若女士身形削瘦，有時我會管她叫「好瘦弱」。這位好瘦弱女士在我等待期間，從小門打開的地方朝我看了幾次。她這時對我露出的笑容，我相當熟悉，因為印象裡，拉格若女士只有對她認為最值得稱道的求職者，才會露出這種笑容。半個小時過後，我被帶進了我辦公室。露西安不僅和前一天我看到她的時候一樣舉止合宜，此時的她，大概也因為不再有人從背後緊盯著她，而感到如釋重負（這一點就算老闆是她心愛的人，也是一樣），所以她的表情比前一天看起來更為幸福快樂，眼神也更加澄淨明亮。我向露西安自我介紹，同時遞上剛剛才在郵局寫好的推薦函。露西安先請我坐下，並在瞭解信件內容後，才在公司主管的扶手椅上坐了下來，就坐在我的對面。

「昨天晚上我陪親戚去勒布爾熱[10]，在那裡遇到我朋友塞律希耶。我們閒聊時，我對他吐露目前我處於窘境。」

「好，您想在塞律希耶先生旗下工作。那麼，您想從事哪方面的工作呢？」

「塞律希耶先生建議我銷售金屬，順便販售廣告。」

「至少剛開始的時候，您只單獨負責一件事可能會比較好。您對這份工作，目前想必最少已大致有某種概念，我可以請教您至今做過什麼工作嗎？」

我回答露西安自己曾經負責銷售布料。可是她聽我說話時，不但一面在玩我的拆信刀，而且還神情冷淡，眼簾低垂。依露西安這時候擺出來的這種態度，我猜她除了已經下定決心要打發我走，顯然也將我的出現，視為她老闆對某位好友的衷心款待，而老闆處理這件事的方式，卻令她感到懊惱，所以就決定要以老闆名義，來彌補她老闆這項因應措施。再說我目前身為俊俏年輕男子的這副容貌，也讓她不太信任。因為她以前就常聽我說，只有天賦異稟的人，才可能同時周旋在工作與女人之間。除此之外，她也有正

10 勒布爾熱（Bourget）是位於巴黎北郊的城鎮。

當理由，認為毫無行動力或行動力不足的人，可能會損害我們業務，而太過機伶的人，將來有一天很可能會離開公司，還會從我們這裡偷走部分客戶。其實以我公司的低微等級而論，我金屬方面的業務只有單獨掌握在一人手裡，才會有利可圖。

「總而言之，」露西安凝視我說：「過去您沒有接受過專業訓練，讓您足以從事我們這種工作。我擔心您和塞律希耶先生的交談可能太過簡短，以致他沒時間充分告訴您我們在做什麼，而他自己也沒能詢問您在工作方面，究竟有哪些本事。」

我正想提出異議，露西安卻以更嚴厲的聲音繼續對我說：

「您似乎以為我們這裡的工作，就像是在旅行社擔任業務員那樣。可是這完全是另一回事。出售在巴黎旅遊的商品，和販售大量金屬不同。要在我們這裡工作，除了必須有一些人脈，也得熟悉某些圈子才行。要從事這份工作，一定要有長期準備，才能為公司帶來收益。假設您有點天賦，也非常堅持不懈，那麼您要等六個月以上，才會有所斬獲。」

說到這裡，露西安停了一下，好讓她能判斷這番話有什麼效果。她這時的清明敏銳令我佩服，尤其是她為了要捍衛我的利益而展現的頑強態度，更令我感到欣賞。儘管我暗自為此興奮，此時卻只能不情不願地回應她說：

「這是當然。」

她發現自己只花了這麼少氣力，就讓我繳械放棄，她看我的眼神不免帶著憐憫。不過她要給我致命一擊的決定，卻一點也沒有改變。

「還有，」此時露西安又開口說：「將來您在我們公司得到的佣金比例，除了肯定會遠低於您的期望，這個數字和規模比我們更可觀的公司相較，也必然會少很多。說得更恰當些，您無法指望自己能靠這筆錢過日子。要是您真的希望能進這一行，去公司帳戶資金可能沒有那麼低的地方，應該會比在我們這裡工作要好很多。況且在這方面，我可以幫您，甚至立刻就可以這麼做——您要我幫您嗎？稍後我可以為您安排，要求讓您與史度博公司的副理碰面。」

此時露西安的手已經伸向電話。按理來說，我應該要聽從她的安排，因為她所說的理由我心裡全都同意，如果要反駁她，我也提不出任何站得住腳的論點。只是面對當前局勢，我應該要扭轉乾坤，計畫才能復原，我也才會如願以償。既然露西安藐視我寫的推薦函，令我略感羞辱，所以這時我做了個粗魯動作，阻止她打這通電話，並回應她：

「雖然對這家公司來說，我還不夠成熟，您這番概論所包含的重要價值，目前我也無法領會，不過我已經承諾要協助塞律希耶先生，而且我相信塞律希耶先生在他所寫的信上，也已經告訴您這一點了。」

「好吧，」露西安連眼睛都沒有眨，就隨口問我：「那麼您什麼時候要開始工作呢？」

「今天就可以。」

「這樣的話，稍後我會給您一些指示。它們都很有用，這不會花太久時間。」

隨後她就在一張紙上寫下一些進口商的名稱，之後我要銷售的商品，都由這些公司進口。與此同時，她也在紙上寫下每一類商品的售價限制，以及其他次要相關資料。她寫下的這些，加起來幾乎沒超過半張紙。

「好了，」此時露西安把紙遞給我說：「現在您可以開始工作了。」

之後她站起身來，我卻依然坐著。

「抱歉，」我開口說：「關於客戶的情形，可能也需要您告訴我。」

「公司的既有客戶不歸您管。要是這樣就能賺得到錢，做這份工作未免太容易了一點。」

「不知道公司有哪些客戶的話，我很可能會由於不曉得某些買主已經是公司客戶，就去找這些顧客。」

「我不相信會有這種事。」露西安以挖苦我的語調說：「只要把您的計畫告訴我，我就會告訴您相關資料。」

此時在桌子另一側的露西安，已經開始朝我辦公室門口移動。我則動也不動，坐在原處。

「小姐，我能不能請教一下，萬一我未來的客戶裡，有人向您問起我的收支情況，您是否願意提供對方相關資料，而且這份資料看在對方眼裡，還算是過得去呢？」

我會有這種反應，實在很傻。由於我比露西安更熟悉公司內情，她這時候會不太殷勤接待我上門求職，究其根柢，我可能得笑自己才是。不過話說回來，或許我已經充分投入目前扮演的全新角色，所以露西安此時表現出來的敵對態度，不僅令我厭煩，也激怒了我。

「我不明白您為什麼會提出這個問題。」露西安說這句話時，臉有點紅。

「我承認塞律希耶先生讓我期待自己到這裡來，會受到的接待比較熱情。」我帶著冷笑補充：「不過，對於塞律希耶先生的朋友，您似乎不太信任。」

「要激發您對工作的使命感，使您可以重新燃起熱情，並能好好工作，這不是我的責任。畢竟我只是塞律希耶先生的祕書而已。」

露西安說這些話時，她打量我的眼神令我勃然大怒。我在這當下究竟是哪個人，此時我再也分不清楚。外貌變化為我帶來的災難，以及扮演這個角色為我引發的禍害，這時在腦海中彼此混合，以致我心裡一團混亂。情況會變得這樣亂七八糟，不完全是我願意承受的事。現況除了令我痛苦，也強烈使我感覺到自己遭社會排斥。或許我無法讓自己所愛的這位美女認出我來，這種遺憾也令我倍感神傷。然後露西安擺出一副神聖不可侵犯的姿態，緩步繞著桌子轉了一圈，還一直緊盯著辦公室門口看，藉此向我表示這場面試已經中止。眼見她這副模樣，我不僅雙頰通紅，眼裡可能也燃起熊熊烈焰，於是我直挺挺站在露西安面前開口罵她：

「您不需要對我說這句話。沒錯，當一個男人不幸失去一切，對人生也不再懷抱任何希望，此時要激發他對工作的使命感，讓他能對工作重燃熱情，這的確不是您的責任。要是有人受苦受難，過得悲慘可憐，您不應該同情對方，這您也做得很對。畢竟從這人身上，大家都得不到絲毫利益。所以這時候您必須用盡方法，將此人從您的人生路上驅逐出境。假設這個人出乎意料之外，竟然還有一點好運，即使這種可能性微乎其微，您也一定要剝奪這種機率，迫使這個人無論如何都得萬念俱灰。您因此告訴這個人，說你已經失去太太，也失去了你的孩子和你的財富。你沒有錢，也沒有職業，那麼你就只有死路一條。你的價值還不如狗，你不會有水可喝，也不會有骨頭能啃，所以你去死吧，去死就好。在人生旅途中，你不但已經不再是什麼人，也已經什麼人都不是了。」

這些話如鯁在喉，令我透不過氣，所以這時一口氣說出這些，我不禁淚如泉湧。於是我轉過頭去，走到窗戶那裡嚎啕大哭，我哭得渾身顫抖，只有偶爾才停下來嗚嗚咽咽。我小時候曾經聽到過有人這樣哭泣，那是有人過世，從此不會在家裡出現的那種時候。這種聲淚俱下的哭，會持續好幾分鐘。我覺得我的淚水在這當下，彷彿永遠都流不盡。儘管如此，這樣痛哭流涕，卻使我感覺某種程度的舒適愜意，也察覺自己這樣泣不成聲會使心理更為平衡，宛如我目前如此絕望，與我先前奇遇的不可思議彼此相稱。之後露西安靜靜走近窗戶，站在我的背後。我聽到她對我低聲說：

「我錯了，請原諒我。」

我沒有立即回應，因為我必須再放任自己哭一會兒。

「我錯了，」露西安又對我再說一次：「我說真的，我後悔自己對您說了那些。」

「不，是我太傻了，」我沒有回頭，就對露西安說：「您只是做了自己該做的事情而已。」

「我不該那麼做，不應該那樣使您洩氣。我沒有理由做這種事。」

儘管這時候我依然背對露西安抽抽噎噎，而且我們就這樣交流了一些苦衷，可是讓自己的絕望成為喜劇，還令人捧腹大笑，實在令我羞愧難當。於是我突然轉身邁出步伐，大步走過我辦公室，一路走到門口。

「讓您看到這種場面，我很抱歉。請告訴塞律希耶先生，說我已經放棄我們先前的構想。」

「請別客氣。」露西安跟在我後面走，同時對我說道：「請您寬容大量，忘了已經發生的事。沒能好好接待您，我應該不會原諒自己，而且我這麼做，塞律希耶先生可能也不會原諒我。」

露西安在辦公室門口追上我。她誠實善良的眼裡，此刻由於懊悔，令她淚眼汪汪。看到她這副模樣，我低下頭去，彷彿在猶豫自己該怎麼做。

「今天下午或者明天，您不妨再過來一趟。到時候我會給您一些比較詳盡的指示，讓您未來能更容易就完成任務。從事我們這種業務有一套訣竅，是您一定要懂的技巧。您看看，」此時露西安露出微笑，又加上一句：「我可以認錯認得這麼坦白。」

「要是我起碼能確定您有錯，那就好了。」我低聲對露西安說：「您這麼好心好意，提議我再回到這家公司，那麼我就會再回來。不過，可能要等我至少完成一件事，才會再登門拜訪。總而言之，我們會再見面。」

露西安與我握手道別之際，我們都受到這件事情觸動，而且這時候她流露出的情感，也幾乎散發著一種母愛。此時差不多已是中午，我就在事務所附近的一家餐廳用餐。平常沒空往北走到蒙馬特時，有時我就會在這裡吃飯。這家餐廳的顧客始終很多，況且其中大部分顧客都在這一帶經商買賣，再加上這些人多少都習慣固定來這裡報到，最後我就認得了這裡的一些常客，所以每次走進這家餐廳，我總會和認得的常客打聲招呼。今天我在一張小餐桌就座，距離最近的鄰座顧客，是某個姓庫埃農的傢伙。雖說去年我和這男人在生意上維持往來，但這時他看著我從他面前走過，卻沒有認出我來。我在餐廳裡大快朵頤、吃得津津有味時，心裡也出於一種恐懼，想著剛剛在我辦公室演出的那場大戲。令我感到畏懼的事，與其說是我崩潰大哭，倒不如說是我用來操縱露西安身為女性纖細之處的那種手腕。既然女人的脆弱無力令人無法生氣，而且女人對男人非但會不擇手段，也會賣弄風情，所以即使當時我沒有非常明確要對她耍些手段，但我確實偷偷摸摸，對露西安玩了某種把戲，好讓我能揭露女人的無能為力，並以這雙會牽動女人情感的桃花眼，讓她心裡更加感動，藉此贏得女人保護男人的一份心意。這是我生平首次欺騙別人。

當前的我迫不得已必須仰賴這種手段，理應會令我不適，可是我卻將這場騙局，和另一件終究沒必要那麼做、還令人起疑的事混在一起，使現況變得更為複雜。我尋思這場假象中的表裡不一，以及在這段謊言中說起來相當卑鄙的女性舉止，是否回應了外貌改變的我，此刻有什麼新的需求。畢竟直到那時，我一直都表現出自己是有點笨拙，也意識到男人自尊的那種男性。就算身在緊急狀態，要我想到欺瞞他人，還運用這種看起來拐彎抹角，卻在露西安身上用得如此成功的騙人手段，我不僅會厭惡而心生排斥，還會寧可堅持展現出自己在生活中容易上當受騙。不管再怎麼說，目前我的改變，就只是外在的容貌改變而已。為了要讓自己對這一點可以安心，我還有象徵我這個人的一些特質，它們都能令人信服我就是我，也可以證明我就是塞律希耶。畢竟只要仔細查核我對於男人、女人、政治、閱讀，或者是對於烹飪所抱持的興趣、愛好，以及憎恨，就足以說明我這個人什麼都沒有變。所以說，這種蒙蔽人的才能，縱然和我外貌改變之前，個性中就已經存在的性格如此不符，應該還是得相信這種傾向始終都隱匿在我身上，而且在我生為男人的這輩子裡，它向來都受到壓制，徹底隱藏在我外顯的特性底下，也與那些特性彼此協調。由於我有了這副嶄新容貌，或者有人想這麼說的話，也可以說是我意識到自己目前有了這張全新面容，才導致我現在的表達方式看在別人眼裡，比先前來得可信，進而使我脫離過去在我身上形成的和諧局面，讓我開始欺矇他人。總而言之，剛剛發生的事，證實了我前一天直覺料到的事，也就是一個人的面貌和他的內心之間，的確有某些協調之處，而且二者表裡相應，也互相對映。

不過我這些反思，也令我害怕未來，因為剛才用的那種手段真是下流。或許等我比較熟悉當前這張臉的五官特徵，屆時我做事的方式，就不會再像剛剛那樣令我懊惱——事情也許會這樣吧？而後我偷偷觀察鄰座那位庫埃農先生的臉。這位好吃的男人除了有張瘦得皮包骨的大臉、一張獒犬般的嘴、一雙狐狸似的眼睛，以及小小的鼻子，此刻也有幾根沒刮乾淨的紅棕色鬍碴，像釘子一樣插在他結實的下顎上。由於之前常與他來往，我知道這個人粗魯、貪婪、狡詐，而且無論做什麼事，都會粗心大意，不過在本質上，他這個人完全不壞。我記得曾經在他放縱抑鬱時看過他。他那時雖表現得寬容大度，不過當時的心理狀態卻使他侷促不安，彷彿是他的心已經厭倦了與他那張粗野的臉必須保持一致。儘管我凝視他用餐時，看到他以傲慢語調責罵咖啡館男服務生，我卻試圖在腦海中，修改他呈現在我眼前的這副相貌，同時希望深陷在暗夜中正在沉睡、性情也比較善良的那個他，可以因為我改變了他的模樣，就此從他意識模糊地帶中釋放出來。

走出餐廳時，為了要找個聽起來和藹可親的聲音來安慰我，我就打電話給安東尼舅舅。

「喂，」舅舅說：「是羅烏爾嗎？」

「我是。不過，您忘了我的叮嚀。我再跟您說一次，我現在的名字是羅蘭．科爾伯特。」

「就是說啊，你叫洛朗．吉爾伯特。我沒有忘記你的名字。不過我們在講電話，我想這應該沒有關係。孩子啊，能跟你講話，我好高興。我有個天大的消息要告訴你。今天早上，我已經打過電話給你太太了。」

「嗯，我知道，她告訴我了。」

「她告訴你這件事了！」

「我打過電話給她，假裝像是從布加勒斯特打過去那樣。」

「真想不到你會這麼做，」安東尼舅舅低聲說：「這點子很棒，我也許想不到能這麼做。」

「這點子對現況沒什麼用。不過，我要問您一件事，這很重要，您可以先想想再回答我。告訴我，舅舅，您先前看到我這副新的容貌，有什麼印象呢？」

「棒透了，」他不假思索就說：「雖然你看起來是年輕帥哥，但我也覺得你這張臉，呃，我不知道怎麼說比較好。對了，你現在這張臉，就像我實際上認識的你。你讓我想起去年春天那時，我組裝了一輛車，它的引擎有六個汽缸。我不曉得你是不是能想得起那輛車。儘管它和我其他組裝的車一樣考究，但它令人感覺不太牢靠，車身的重量也不夠重。只是大家怎麼都想不到，那輛車裝上功率這麼大的引擎，居然能撐得住，不過有一天，一切都毀於一旦。不知道我有沒有跟你說過，那是去奧爾良[11]的路上……」

「我知道，您跟我說過。我現在可以確定您對我的印象了。除了這個之外呢？」

「其他我什麼都沒想到。啊！不對，我想到了。有個點子我剛剛才開始想，它會令人大吃一驚。我的小羅烏爾，呃，我是說我的小貢特朗，我確定接下來你會聽得目瞪口呆。今天早上六點鐘，我突然想到這件事，你遇到的這樁麻煩事裡頭最令人驚奇的部分，就是你的長相居然能立即改變。雖然對蕾妮來說，這種事不可思議，可是如果把事情倒過來想，要是這種轉變是慢慢發生，例如是在你前往布加勒斯特出差的三、四週內出現的話，那麼要蕾妮接受這件事，就會容易得多。」

有那麼一會兒，安東尼舅舅的邏輯迷住了我。只是我接著就聳了聳肩。面對令人訝異的事物，我們無法用測量的概念來加以衡量。畢竟這是事物的本質問題。我目前的變形，如果不是相貌徹底改變，而是只有我這張臉上半部受到影響，它就不會那麼令人詫異，況且其中更重要的事，不是這種轉變是在一個月或一分鐘內完成。

「所以我就打電話給蕾妮，」舅舅繼續說：「讓她可以先有心理準備，好讓她在你出差回來時，發覺你變得不同。雖然我不需要跟你說這個，但我還是要說，處理這件事還是我第一次做事情這麼慢呢。」

「我懷疑蕾妮會因為這樣，就對這件事先有心理準備。您不怕自己具備預見未來的才能，會使蕾妮為此驚訝嗎？」

「我就是因為這樣，才避免向她預告你發生什麼事。我在電話裡，只建議她一些事情而已。」接著安東尼舅舅顯然又興高采烈地補充說：

11 奧爾良（Orléans）位於法國中部，距巴黎約一百二十公里。

「而且我還裝作若無其事的樣子。」這是當然。我衡量自己是否該阻止，別讓他繼續做這件事。我這時候的靜默，使舅舅感到不安，於是他開口問：

「我這麼做，你高興嗎？」

「當然囉，舅舅，我當然高興。」

「這個構想同樣令我滿意的部分，是它會讓你放棄你勾引蕾妮的那個計畫。既然你現在是個帥哥，你很可能會成功勾引蕾妮。但是對蕾妮那個可憐的小寶貝來說，這樣依舊會令人傷心，況且對你而言，事情也會這樣。所以這件事你讓我全權處理，我們就這樣說定吧？」

安東尼舅舅這個可憐蟲，他甚至沒想到目前我是我太太的鄰居，而我太太在我所謂的出差期間，未來會在電梯裡看見我上百次。於是這時我也小心警惕自己，避免對安東尼舅舅提到等會兒我就要去博物館，而且還期望自己能在那裡認識蕾妮。

第七章

此刻我隨意遊逛，漫步在巨獸骨骼之間，而這些巨獸，都活在傳說中大洪水毀滅人世前的遠古時代[12]。我走著走著，想到這些巨獸的故事都能透過科學指認，所以牠們的故事和我的經歷相比，反而比較不那麼出人意表。而後我想到了某種什麼，令我為此心滿意足，也讓我能以和善眼神凝視展場那些蜥蜴，以及巨型食草動物（這些動物的骨架，都令人想起船塢工地）。這個時候，我手裡還大剌剌拿著筆記本，除了在上面做做筆記，偶爾也速寫雷龍下顎，或者是翼手龍的脛骨。我認為我安排的這個場景，我太太應該會有興趣，這或許也能提供契機促成我們相識，為我們開啟緣分。儘管如此，目前我仍在猶豫，因為我還沒決定要冒充博物學家，或者要假裝是建築師，此刻在地球最初出現生物時的文物裡尋求靈感。建築師這份職業的藝術性格，不會損害一個人的尊嚴，

12 指《舊約聖經・創世紀》記載上帝因人間暴力橫行，決定要引發洪水毀滅人類，同時命挪亞承造方舟之前那個時代。

蕾妮會喜歡。然而從另一方面來說，我假冒博物學家，效果可望出其不意，況且這麼做也有益於我的計畫，因為我知道蕾妮一直都想像這類學者是老年人，外表上都留著一頭白色長髮，並戴著金邊眼鏡。

不過這個時候，我卻先看到了我的孩子。他們正在仔細觀察大地懶[13]那寬得像船隻的胸部，兩人都看得出神。

「這實在是難以想像，」當我走到他們旁邊，路西恩說：「沒想到牠只有吃草而已。這樣的話，這些母獸，嗯，應該會有什麼東西像奶一樣吧？」

「母獸？」托妮特這時候抬起頭來，好讓她能望著她十二歲的哥哥發問。

「就是母牛的意思啦，如果你比較喜歡這麼說的話。」

於是我借用路西恩的看法，讓自己能藉故亮相。

「其實啊，」我接口對兩個孩子說：「這種母牛是很好的乳牛喔。以前有人曾經算過，牠們每天的產乳量有一千兩百公升至一千五百公升呢！」

這麼一來，顯然我成了博物學家。

「好厲害啊！」這時候路西恩喃喃自語，語調中還流露出一股敬意。不過與其說路西恩這句話是佩服我，倒不如說他欽佩的是大地懶。在此同時，我也感覺到路西恩有問題想問我，只是他礙於靦腆不敢開口。托妮特儘管對這個數字的超乎尋常比較無感，但這時也抬起頭來，用她那雙漂亮的栗色眼睛凝望著我，而且她看到我望著她的眼神非常友善，就對我露出信任的微笑。眼見此情此景，我霎時激動得渾身顫抖，一心只想緊緊擁抱這兩個孩子，親吻他們令人愉悅的雙頰。以前我在家裡只會照料他們，並乖乖承擔他們造成的種種問題，不然就是幫助身為小學生的他們做功課，或者和他們混在一起玩遊戲。除此之外，過去我回到家，托妮特都會伸出雙手，先把自己掛在我脖子上，然後將她的頭靠著我的頭，再用她的兩隻小腿緊緊圈住我宛如大樹的上半身。可是現在，即使托妮特就在這裡，在我眼前，昔日她對我做的這些，日後她永遠都不會再做。

為了掩飾當前的心煩意亂，我就別過頭去，沒想到卻瞥見蕾妮。她站在巨獸前肢那兒，離這裡只有十五公尺，看起來恍如站在基督教會的主教座堂門廊下方。蕾妮這時在與人交談，而那人被巨獸的脛骨遮住。雖然有第三者在場，會導致我計畫受阻，不過無論如何，我還是手裡一面做著筆記，腳下一面走向我太太所在之處。所謂「機不可失，時不再來」，我覺得自己這時最好要經過蕾妮身旁，卻表現得像是完全沒看到她在這裡。要是蕾妮因而認出我來，至少我可以趁機吸引她的注意。只是我想到最後，即使離蕾妮愈來愈近，我依舊無法下定決心，確定自己該以何種樣貌出現在她面前。後來我完

13 更新世（距今約兩百五十八萬年至一萬一千七百年前的時代）晚期的巨型動物。

全沒考慮用放大鏡觀察大地懶，看起來可能會不合常理，就從口袋裡拿出放大鏡，朝大地懶骨架的腳趾部分彎下身去。我挺直腰桿時，卻出乎意料撞見了安東尼舅舅，而且他似乎對我目前用的觀察手法深感興趣。舅舅看到我驚喜交加，就脫口而出：

「看，是羅烏爾耶！」

「誰是羅烏爾啊？」我怒氣沖沖，瞪了他一眼。

「我是要說貢特朗啦，」安東尼舅舅修正自己的話，又繼續說：「你在這裡幹嘛？」

儘管我希望自己能讓安東尼舅舅化為烏有，不過還是克制情緒，以謙恭有禮的語氣回應：

「這位先生，對不起，我不叫羅烏爾，也不叫貢特朗。」然後我轉向蕾妮，笑容可掬地加上一句：「我的名字是羅蘭・科爾伯特。」

「對啦，就是這個，你叫洛朗・沃爾伯特。可是我在想……」

安東尼舅舅這時可能想起我這張臉對蕾妮而言，此刻還是祕密，同時也發覺他的全盤計畫，將會因而毀於一旦，於是就先猛力做了手勢，表達他的失望，接著嘴裡開始念念有詞。

「您不是來自斯德哥爾摩的尤爾斯博教授嗎？」此時我開口問舅舅：「在前一封信

裡……」

「什麼？什麼教授？這裡只有安東尼舅舅，沒有教授啦。這下子，一切都完了。我做的這些可笑舉動，都不會再有意義了啦。」

我挑起眉毛，藉以表示我對這番話的訝異之情。在此同時，我對這時該採取什麼態度，也表現出一臉遲疑。最後我終於下定決心，要阻止這位莽夫插手管這件事，宛如我愛慕的女子此刻隻身在此。

「請容我再度向您致歉。」我對蕾妮表示：「我是博物學家。先前我和一位瑞典人通信，當時我們簡單約了要在這裡碰面，可是我從來沒見過他。所以您現在可以明白，會發生這種事，都是我的疏忽，因為我弄錯人了。」

蕾妮在這種情況下，只會客氣表明她的觀點，不會有其他反應。

「您的職業應該很有意思。」蕾妮隨即用我們接待朋友時，總令我感到不適的那種社交腔調又接著問：「您的專長是古生物學嗎？」

對於自己能說出「古生物學」這個詞彙，蕾妮感到自豪。至於我，則不僅知道這時該如何透過微笑，才能表現出自己和對方心有靈犀，卻又能尊重對方，也曉得該怎麼用比較輕鬆的口吻，強調出這種學識淵博會使我在專業領域上悠然自得，又從容自在。

「不是。我只有例外狀況，才會研究古生物學。不過我目前準備要寫一本書，我為它取的書名是《脊椎動物趨向雜食狀態的演化歷程》。儘管這個論點乍看之下，可能過於大膽，不過我的論證內容強而有力。除此之外，為了要將我直覺想到的某些看法，與實際存在的事物相互比對，我也來到這裡，而且我得承認，比對之後，結果不完全令人滿意。話說回來，這位女士，您似乎對這些問題都很熟悉？」

「啊？很熟悉……我只是對這些問題很有興趣而已。」蕾妮雖這麼說，但她一向連蜜蜂與熊蜂都分不清。

我對蕾妮的學識展現好評，令她喜出望外，而這股歡喜之情，也使她雙頰飛紅。儘管我覺得蕾妮認為我很迷人，不過這也讓我隱約為此憂慮。這時候安東尼舅舅大概還沒原諒我妨礙他的伎倆，就開始嘟嘟囔囔：

「博物學家啊，這像話嗎？有好好在處理這件事情的人應該是我吧，這位博物學家。」

「舅舅，」此時蕾妮對安東尼舅舅說：「孩子們是不是離太遠了，你要不要過去看看？」

舅舅縱然一直在低聲抱怨，這時候他還是離開我們過去孩子那裡。由於他剛剛不但隨便叫我，還說了些荒唐的話，蕾妮就為他向我道歉。她除了談到這位舅舅脾氣有點古怪，也竭盡全力向我提出足以令人滿意，同時對她的家庭也還算體面的說明，來解釋何以會有這種情況。不過以現況而論，重點不是要讓人以為安東尼舅舅是半個瘋子。既然蕾妮這時遇上難題，那麼我就拉她一把，為她找台階下：

「在我看來，您舅舅似乎匠心獨具，又討人喜歡。」

我這句話說得恰如其分，以致蕾妮聽了受寵若驚，也因而放鬆下來，就對我說了幾樁軼事，這些事都能證明她這位舅舅果然是個怪人。然而蕾妮說的這些，多多少少都有虛構成分，而她平時對於說謊或誇大其詞，都沒有太大興趣，所以我認為她這時已經開始想取悅我。除此之外，我也注意到蕾妮談這些事，話裡完全沒有含沙射影，提到她舅舅那輛車。

「雖然您用的敘述方式非常動人，您的舅舅也由於您這樣描述他而變得和藹可親，但我必須向您招認，和這位優秀的男人相比，我對您本人比較好奇。我幾乎可以肯定自己曾見過您——我可以請教您，瓦爾杜瓦伯爵夫人前天舉行的雞尾酒會，您真的不在現場嗎？」

即使蕾妮回答得不情不願，她還是表示自己當時不在那裡。此時我從她的眼神，看出一樁戀曲剛剛已意外走進了她的人生。蕾妮沒有外遇，並非意謂她是人世間最不趕時髦，也最不浪漫的人，而是她喜歡生活中事事都有保障，也熱愛讓她的種種言行舉止都能在社會上成為優良楷模。一個人擁有情人，非但很難保持心境寧靜安穩，也會由於情不自禁躊躇顧忌，而讓自己變得心神恍惚。一段戀情如果要讓一個人耗費這種代價，那麼蕾妮需要的情人，應該會是個可靠的人。

「我對您談起那場雞尾酒會，是因為上週我才剛從阿富汗旅行回來，而我回到巴黎首次出席的聚會，就是那場酒會。」

我覺得和蕾妮談這場旅行，會使我在她心目中的地位更加鞏固。於是我起初有一搭沒一搭，先和她談阿富汗的事，隨後才宛如靈光乍現，對她表示想起我們倆曾在電梯相遇。如此這般，一切就此真相大白，而蕾妮和我也因此得知我們比鄰而居。只是這種不經意又微微帶著曖昧的用心留意，似乎令我太太窘迫不適。所以我接著又假裝自己為此驚慌失措，彷彿是剛剛做了什麼冒失的事。後來有一會兒，我們陷入沉默，我之後才又打開話匣子，重新開始和她談脊椎動物。我除了談大地懶，也談其他不瞭解自己未來該演化為雜食動物而消失滅絕的動物品種。不過我覺得與其說蕾妮這時在仔細聽我說話，倒不如說她在端詳我。她平常顯得冷淡清明的灰色眼眸，此時不但閃現熱情，其中也有淚光閃動。我從來不知蕾妮這雙眼睛居然可以是這副模樣。在她瀰漫強烈感傷的眼神裡，我相信年輕帥氣的自己，足以讓一位現年三十四歲的女子，由於不確定對方是否喜愛自己，而在心裡惴惴不安。

話雖如此，現在的蕾妮依舊很美。她那張精巧細緻的臉，縱然在她二十歲時看起來有點稚氣，然而隨著歲月流逝，它如今已變得更美。她身上有某些地方原本太瘦，而今都恰如其分發育成熟，以致過去看來柔弱無力，又顯得孩子氣的身形線條，當前都已不復存在。此刻我不僅從蕾妮這張臉的整體五官特徵，以及她略顯削瘦的體型中，都能重新感受到她在生理上的均衡勻稱，她不會因為心血來潮，就任意改變的雅緻打扮，也同樣令我重新感受到她這項特質。可是這個時候，安東尼舅舅在孩子們的陪伴下，也回到了我們所在之處。他目前好像已經心甘情願，任憑他的計畫付諸東流，並以令人不適的殷勤向我們倆伸出雙臂：

「您一直都在談自然科學的事情嗎？這個我有興趣得不得了耶！我在這方面很內行，這一定要跟您說。是說這件事我外甥女已經告訴您了嗎？」

「我舅舅是畜牧業者。」蕾妮接著就告訴我，但她無意再詳加說明。

「我養豬，而且那些牲口都很出色。之後您應該找一天過來看看。到時候蕾妮可以帶您來。要不然，不如我開車來接你們所有人。我的心肝大寶貝，這樣好吧？」

舅舅此時的莽撞邀約，導致蕾妮大發雷霆，並出言反對。「養豬商的外甥女」這身分會使蕾妮覺得當眾出醜，所以我怕她無法接受我得知此事，就竭力讓她鎮定下來：

「我很熟悉這行業，因為我爸爸也從事這一行。有時我會為了自己沒接手他的工作，而感到遺憾。不過小時候和牲口作伴的那些年，對於我後來立志成為博物學家，卻大有助益。」

我福至心靈說出這些，蕾妮也隨即變得平靜。此時我從蕾妮眼裡，看出她欽佩一位受到伯爵夫人疼愛的年輕學者，可以公開表明自己出身低微的那種自在單純。差不多與此同時，我也想到如果站在蕾妮的立場來看這件事，之後要她承認舅舅那輛破爛老爺車會在街上等她，她可能就不會再像現在這樣羞愧。儘管如此，對於前往沙圖參觀養豬場這項邀約，我還是彬彬有禮加以迴避。或者說得更確切些，我只以客套話含糊接受邀請，就趕緊轉移話題，開始談其他事。畢竟我關心孩子，況且當時我在向他們媽媽敘述大地懶的事，也才剛談到大地懶的產乳能力，他們媽媽臉上就露出笑容。不過這時托妮特仔細聽我說話的神情嚴肅，使我想到自己在這群家族成員中現身，似乎在她心裡激起了擔憂之情。安東尼舅舅這時候倒是以與我默契十足，又為此感動的目光凝視我們（「我們」的意思是我太太和我），而且還愈來愈急著想看到我們關係突飛猛進。後來舅舅不時以「你」（而非「您」）來稱呼我，令蕾妮詫異不已。他看到蕾妮那副模樣，則向她眨眨眼睛，表示他已將我視為家裡的一分子。眼見此情此景，我不知道該採取哪種態度回應，就轉過身面向兩個孩子，好回答路西恩提出的問題，告訴他大地懶可能是在哪個年代絕種。只是我聽到安東尼舅舅又低聲對蕾妮說：

「這個小夥子愛上你了，這實在顯而易見。看來他會為情憔悴。」

儘管蕾妮隨後就嚴詞指責安東尼舅舅，然而她這時候說的話，我大部分都沒聽到。只是蕾妮此時雖聲色俱厲，我卻覺得她不是真心發怒。之後我們又四目相交，我發現她此時的眼神裡，有喜悅的光采微微閃動。於是我心裡尋思，不曉得她此刻是否也在我眼裡看到同樣的光芒閃現。舅舅彷彿迫不及待，向我們提議他可以帶兩個孩子去吃點心，好讓我們能獨處一或兩個小時，還表示這是「為了讓我們能針對脊椎動物的演化交流看法」。這一次，蕾妮即將動氣，我就向他們道別，省得蕾妮為此不快。蕾妮或許希望我能讚美她模樣可愛的纖纖玉手，以致我感覺她才剛剛脫下手套，讓我握在手裡的那隻溫熱的手，目前在輕微顫抖。而後我離開他們，走了十幾步後，又回頭看了一眼，這才發覺蕾妮的目光始終尾隨著我，而且她完全不耍花招，沒有試圖要我看不出她在微笑。

之後我無所事事，就走進聖日耳曼大道一家咖啡館裡。我不僅今天下午無事可做，我覺得自己一生一世，似乎都不會再有事可做，於是我開始推敲為什麼見到蕾妮，卻讓我留下絕望之情。這不是因為感覺蕾妮背叛，令我承受了強烈的幻滅之感，才覺得自己萬念俱灰，畢竟為了不要在日後體驗到更苦澀的事，我寧可自己此時受苦。只是我剛剛趁自己外貌改變，間接朝我人生重心所在斜眼望去，沒料到這匆匆一瞥，卻令我倍感心寒。因為我非但發覺自己在陽光普照之處毫無立足之地，還從中感覺到自己活在人世間這些年來幾乎總是如此。在我已不是我本人的這當下，我這個人已然不復存在，然而以往我還能表現出自己這個人存在那時，難道我的出現從來沒有讓我存在的事實更為鞏固？其實應該要容許大家都能以置身九泉之下的明晰目光，來審視自己過的人生，而且為了讓大家都能思索這種蠢事，也應該要讓每個人都能有充裕時間，才得以透過事不關己的他人眼光，來深入自己的祕密之中。我們大家都有一個妻子、一些孩子、一份職業，以及一些習慣。簡而言之，我們擁有的這個天地看來雖緊密厚實，卻暗不透光，縱然我們可以在其中安身立命、纏繞盤旋，也能在裡面盡情伸展揮灑，然而轉眼之間，我們也會藉由這所有一切，發現它們恍如都化為泡影，全是子虛烏有。即使我的配偶和孩子目前仍在，他們所在的那個宇宙，這時卻已不再繞著我轉。

大約十歲那年，曾經縈繞在我腦海的一個稚氣念頭，此時又重新浮現：當時我想像這個世界只是假裝存在，而且它這麼做除了促使我們犯錯，沒有其他目的，因此要是能找到一種方法，讓我能以迅雷不及掩耳的速度不期然轉過身去，可能就會察覺自己背後除了一片空無，其餘一無所有。隨後我由於瞥見咖啡館那些玻璃、長椅以及顧客，才不由自主緩緩回過神來。這時我在咖啡館的顧客中，發現了朱利安・高提耶——先前沒看見他走進來。朱利安在這家咖啡館，始終都像在自己家裡那樣無拘無束，所以我會選擇走進這裡，不完全是機緣使然。話說我們以前都是公證人書記官時，朱利安就住在相鄰旅館的房間裡。他當時就是在這個地方，在法式泡沫咖啡相伴的一個個漫漫長夜，幻想自己未來會走向種種不一樣的命運。他後來成為在塞納河右岸香榭麗舍大道一帶工作的人，依舊喜歡獨自回到這裡，尤其是當他有什麼事猶豫不決。此時我一直盯著朱利安，最後終於引起他的注意，我從他臉上流露出的某種表情，意識到他已經認出我就是昨天下午在皇家橋上，讓他停下腳步的那個怪傢伙。儘管從昨天遇到朱利安，我就常在掙扎萬一遇到他，是不是要上前說話，而每一次慎重考慮之後，我都決定要避免這麼做，只是這個時候，我幾乎身不由己站了起來。朱利安看到我走向他，不但沒表現出絲毫訝異，還以親切的眼神迎接我向他走去。

「朱利安．高提耶先生，」此時我面對朱利安坐下，開口對他說：「昨天下午我表現出來的態度，想必會遭您嚴厲批評。所以對這件事，我應該要向您稍加說明。不過，在此之前，我想先請教您一個問題：難道我的聲音不會讓您想起另一位熟人的聲音嗎？」

「當然會，您的聲音和我一位朋友一模一樣。我昨天就已經注意到這一點了。」

「那麼您沒有察覺我的體型也和您朋友相同嗎？」

「天啊……沒錯，您的體型幾乎和他一樣。不過巧合不算是罕見的事。」

「那麼這個疤痕呢？這個您怎麼說？」

說這句話的同時，我讓朱利安看我的左手手掌。我的左手掌有一個宛如逗號般的白色細長疤痕，它是朱利安十五年前無心造成的刀傷深入其中，後來就留在我手掌上的紀念品。十五年前，我們都還在雷寇爾榭公證人事務所工作時，有一天事務所只有我們兩個人在，我們就各自用右手拿著雨傘，並以左手拿沾水筆，模仿雅爾納克男爵那場著名決鬥[14]，在辦公室裡頭嬉鬧。我們任職公證人書記官那段日子的這段插曲，常令我想起朱利安，而他也和我一樣，沒有忘記這個疤痕的形狀。不過朱利安此時卻以冰冷目光看了那個疤痕一眼，令我覺得他起了戒心。

「不過就是普普通通的沾水筆，竟然會造成這種傷痕，」我隨即又對朱利安說：「這種事得親眼目睹，大家才會相信。況且那時在片刻之間，血就噴到一份遺囑上頭。當時那件事啊，真的可以說是雅爾納克的決鬥，是吧？」

儘管這時候朱利安流露出相當強烈的好奇，甚至可以說他略顯詫異，不過他此時的反應，卻不是我指望看到的目瞪口呆。

「您到底是想怎樣啊？」

縱然朱利安和我密切共事那段時間，有些事宛如我們之間的祕密，不過以現況而論，即使我有意喚起朱利安對其他事的回憶，可是要證明荒誕不經的事情屬實，我覺得無論再怎麼說或怎麼做，都毫無助益。所以此刻面對朱利安的疑問，我仍在猶豫自己究竟是否應該回應。

「我原本想對您啟齒的事，不僅令人難以置信，而且還異常得讓我寧可放棄對您說它。不過話說回來，老實說，雖然我會向您吐露隱情，不是由於擔心您對我會有什麼評價，但我希望您對我的看法，和昨天您在皇家橋上那時看待我的觀點，或許可以因此有所不同。」

「您認為怎麼做比較好，就怎麼做吧。」朱利安以親切的嗓音對我表示：「儘管我不想對您失禮，不過我得承認，要是您三緘其口，我應該會感到失望。」

哪怕我這時依舊遲遲無法決定是否要將這個祕密和盤托出，然而撒旦卻推了我一把，促使我這麼做。

「總而言之，既然你已經相信自己目前打交道的對象是瘋子，那麼我也不會因為自己對你說了這些，就有什麼風險。朱利安，即使我接下來要對你說的事荒謬又超乎尋

14 十六世紀的法國男爵雅爾納克（Baron de Jarnac）與另一位貴族因謠言引起爭議，而且雙方都不讓步，就在一五四七年七月十日，於巴黎西郊的聖日耳曼昂萊城堡前舉行決鬥。

常，不過，我確實就是你朋友羅烏爾・塞律希耶。昨天我遇到你那時，我才剛剛換了張臉，而且我完全沒察覺這件事。」

雖然他聽到我這麼說，連眉頭都沒有皺，看起來彷彿若無其事，不過這種反應反而令我不安，也使我動念想收回這時說出的話。

「這個世界上什麼事都有可能發生。」朱利安彬彬有禮地低聲說道。

「不，別這樣，大家都沒辦法相信我，所以你別對我說什麼事都有可能發生這種話。你至少可以行行好，對這件事有點反應，也可以向我提出一些會令人感到不舒服的疑問。你不妨把我當作精神錯亂，卻還能講理的人。或許你就可以說服我從此能相信自己不是羅烏爾・塞律希耶，也會使我因而痊癒，誰曉得會不會這樣呢？我們先來看看，對於我的聲音和疤痕，你有什麼看法？」

「這些巧合顯然都很古怪，」儘管他這時候已經走進我設下的圈套裡，卻沒有掩飾他對這件事的反感：「但它們都不能證明什麼。」

「其實這裡面也許有某些證據，可以證明什麼。像是我們之間有某些回憶，是我們倆才知道的事。剛剛我本來有意讓你想起這些回憶，可是心裡又想，即使能讓你憶起那些，又怎麼樣呢？對你來說，這只能證明我充分瞭解這些事情而已。要是我對你敘述有天晚上，同樣是在這個地方，我們坐在這張小桌子這裡，碰運氣決定誰可以抽我們當天下午從雷寇爾樹老爹盒子裡偷來的那支雪茄，我確定你也不太會因此訝異。話說當時弗朗哥黛大嬸來信，指責老爹在繼承謝內維埃[15]遺產的利益上，偏袒他表兄弟麥特羅。所以那天下午，我就向老爹提出回覆這封信的草稿，藉此引開他的注意，由你來動手偷走雪茄。當天晚上我們在這裡對坐，同時在桌上放了一份晚報，把那支雪茄放在上頭，約好誰猜中對方的褲子吊帶顏色，這支雪茄就歸誰所有。然後你表示我的褲子吊帶是藍紫色，我則猜你是白色，結果我贏了。後來確認我穿的是米色吊帶時，你對我說：『羅烏爾，我真是低估你了。』」

朱利安雖微微點頭表示同意，然而他的眼神卻變得更為尖銳。於是我接著又說：「諸如此類的回憶，我可以滔滔不絕講到明天。不過，我得承認這麼做是在浪費我的時間。畢竟塞律希耶這個人要陳述自己生活中的某些情況，無論是對誰說，都會詳盡陳述。」

「話雖如此，我會聽到這些回憶，還是很怪。就算姑且認為這些都是您從塞律希耶那裡聽來，這種狀況還是令人困惑。」

「也許令人更加困惑的事，」此時我按捺不住，就對朱利安說：「是聽到我回答您

15 謝內維埃（Chennevières）位於法國東北部。

對我提出來的一些問題。有必要的話，或許我可以再詳細說說塞律希耶生活中的某些片段，但不是講他的生平。您就問問我吧！」

「我很樂意這麼做。那麼，有一天早上在事務所裡，當時公證人雷寇爾榭不在，所以就由我迎接一位來自蒂耶里堡[16]鎮的公證人。但我只記得這樣，忘了他姓什麼……」

「那位公證人的姓氏嗎？也許是布爾坎？」

「對，正是。不過就在以為辦公室裡只有我一個人，我同事塞律希耶卻走了進來……」

「而且他走進辦公室的時候，嘴裡還唱著：『會沒事的，會沒事的……所有擔任公證人的人，大家都會絞死他們。』這下子，那位來自蒂耶里堡的可憐公證人原本好好戴著的夾鼻眼鏡，就因此掉了下來。而你那時假裝發火，還對我說：『塞律希耶先生，為了讓你能戒除喜歡開玩笑的習慣，我會請公證人雷寇爾榭回絕你提出的加薪要求。』」

「事情就是這樣。」此時朱利安咕噥著說：「那托卡詠檔案呢？當時出現了特殊情況……」

「對，那時紅墨水流出來，幾乎染紅了檔案裡的所有文件。」

「這件事讓人愈來愈困惑了。就算繼續再問，我也不相信會有什麼幫助。如果可以的話，倒不如您對我說說是怎麼注意到您的五官突然改變呢？」

我迫不及待，就對朱利安說起證件照造成的糾紛，以及之後我由於渴望平靜，就對自己最初的揣測麻木不仁，並一路說到我們在皇家橋上相遇的事。朱利安不僅始終都聽著我說，而且他對於我說的話，以及我這時候流露出的眼神，起碼都同樣認真留意。

「朱利安，這就是我如何發現我這個人的存在，以及我的朋友都瞬間遭到剝奪的來龍去脈。此刻我下定決心要向你吐露隱情，同時也希望能說服你，讓你相信我說的話，因為我需要重新找到一個朋友。畢竟驟然置身在這個你們都不明白的世界，還得承受這種突如其來的孤獨，是一件恐怖至極又糟糕透頂的事。朱利安，對於我陳述的事，我無法向你提出證據，況且你想要的那種證明，我永遠都無法給你。不過這個時候，你應該要往前跨出一步，向我走來。你不但做得到這件事，而且你走向我的時候，還可以對自己提出這個簡單疑問：『他說的是真的嗎？』我懇求你，考慮看看能不能這麼做。你不妨想像一下，你眼前這張陌生臉孔後面，其實囚禁著你一位老友。

「朱利安，我記得曾經有那麼一天，我們同樣坐在這家咖啡館裡，那時你千方百計，幻想自己能離開雷寇爾榭事務所。當時你對我說：『這些穿著硬領衣物的歲月真是

16 蒂耶里堡（Château-Thierry）位於法國北部。

悲慘。為了要洗刷這段日子帶給我的苦難，藉此向這段人生報仇雪恨，將來我絕對不要經歷那種非比尋常的離奇遭遇。』你看，這種超乎尋常的奇遇，也就是你口中為了要報仇雪恨，絕對不要讓自己經歷的那種懲罰，此時卻發生在我身上。對於這種前所未見的際遇，如今你已經失去辨識與理解它的能力了嗎？還是我們已經生疏得友誼都褪了色，現在它淡薄得不足以承擔起這種考驗了呢？要是我們目前都還二十五歲，朱利安，你不僅會相信我，而且從我開口說第一句話，你就會對我深信不疑。」

說到這裡，我已經激動得說不出話，也覺得朱利安這時候深受感動。

「的確，」此時朱利安說：「這段奇遇應該非比尋常。不過，儘管我能想像這種事，要它喚起我的情感，必須同時有其他條件，否則我完全無法相信會有這種事情發生。您在這種情況下對我提的要求，已經不只是信念問題，而是在要求我改變自己的宗教信仰。不過就連神明自己，也不會苛求人家改變自己的宗教信仰。在我看來，至少有一件事可以確定，也就是您非常倒霉，而我想幫助您。只是我要如何著手協助您呢？從我們開始交談之初，我就如此自問。或許我做得到的事情之中，對您最有幫助的事，就是將我對您目前處境的看法坦率表達出來。因為您既然選擇向我吐露祕密，那麼對您來說，我對這件事情的判斷，就不會對您無關緊要。」

「唉！我就知道，所有人的看法都是這樣。」

「就是說啊。我怕無法麻煩您讓這件事就此告一段落。雖然您聲稱自己是羅烏爾．塞律希耶，可是您完全沒辦法證明這件事。所以這看起來，好像是法律上對於無法肯定是否存在的事，都重視能透過推論加以認定，而您對於這段推定過程，卻有許多認知都不切實際。這件事對不偏袒任何一方的觀察者來說，其間只有一項巧合，也就是塞律希耶的聲音和您的嗓音聽起來非常相似，再說導致您犯下這起錯誤的開端，很可能就是這項巧合。」

「但那些回憶呢？我是說我們已經相當明確追憶過的那些往事。」

「塞律希耶以前會寫日記，而且對於他的生活，他都寫得非常詳盡。先前他可能已經把日記交到您的手裡。由於你們倆聲音近似，這讓您對他所寫的這些生活片段都很有興趣，最後甚至還使您將他視為知己，乃至於在自己手掌上也弄了傷痕。不過您這張臉，卻一點也無法令人想起羅烏爾那張臉。於是您接著就設想一段經歷，表示自己的外貌改變。事實上您這種情況不會令人太過訝異，因為我相信這就是大家在醫學上所說的『人格障礙』。」

「所以您建議我去看醫生？」

朱利安不但沒有立刻回答我，而且這時候還垂下眼簾。我從他的聲音裡，察覺他謹慎的語氣中還帶著惶惶不安。

「也許有更好的方式能處理這件事。要是可以親眼見到塞律希耶，或許您會因此痊癒。您希望我們和他約時間碰面嗎？我們可以隨後就打電話給他。」

「打電話給他也沒有用，有人會跟您說他去布加勒斯特了。」

「還是可以打打看，我們等著瞧。」

朱利安語氣中的迫切，令我瞬間瞭解他懷疑我殺害了他的朋友。如果我是他認為的那種瘋子，他當前這項推論實際上非常合乎邏輯。之後我們同時站起身來，朱利安做了個手勢為我指路，要我走在他的前面。這家咖啡館的電話在地下室，我們下樓時我想起忘了向朱利安出示我的字跡樣本，可是我想這麼做可能只會讓我的處境更加惡化，目前還是先不要吧！然後朱利安就把我推進電話亭，並將話筒遞給我。

「塞律希耶先生昨晚動身去布加勒斯特了。」電話中傳來露西安的聲音說道。

「昨天晚上我和他有約，」朱利安強調：「所以他去布加勒斯特，卻沒有要您通知我，這實在不太可能。您看到他那時候是幾點鐘呢？」

「他四點半離開辦公室。」

「好，那他要去布加勒斯特多久呢？」

「十五天。或者是去三週。」

「希望他回來時您告訴他，請他立刻知會我說他已經回到這裡。有件事至關重要，我得通知他，謝謝您幫忙。」

朱利安此時明顯擺脫焦慮，放鬆下來。他掛斷電話，走出電話亭時對我說：

「希望您不會指責我，說我串通那位祕書。好吧，您現在和我一樣，都已經聽到我朋友塞律希耶昨天下午四點半鐘還在他辦公室。換句話說，他還在辦公室的這個時間，是我們在皇家橋上遇到的一個多小時以後。如此這般，您不妨自己下結論吧。」

雖然我可以向朱利安解釋，說我導演的這齣戲騙了祕書，而且還幸運至極，居然能如此輕易就從這齣戲裡頭脫身，然而我只裝出一副羞愧謙卑的模樣。由於朱利安心腸很軟，如此一來，他就不會當場指控我的罪狀，也只會暗暗提醒我，要我多留意自己的所作所為，萬一我聽不懂他的暗示，他才會刻不容緩，警告他朋友必須當心我的行徑。除此之外，與朱利安道別之前，我也竭盡全力讓他感覺是在和一位不會傷人的狂躁症患者打交道，而這位患者的狂躁程度，已經藉由濫用文學與毒品有所降低。我相信我成功做到了這件事。

之後我走了兩個小時，穿越巴黎市區，抵達瑪尼耶咖啡館。儘管疲憊不堪地來到這裡，主要是期待能遇到薩拉琴，可是我的等待只是枉費心機。於是我獨自用過晚餐就接著回家，並立即上床睡覺，隨後卻陷入夢魘之中。在這場嚇人的噩夢裡，我試圖冒充我表弟賀克托爾，藉此接近我太太。然而就在我即將成功，朱利安和薩拉琴卻揭穿真相，也就是我的聲音和安東尼舅舅一模一樣，而我的字跡則與大地懶毫無二致。

第八章

翌日早晨，我搭火車前往沙圖，打算在安東尼舅舅家永久安頓下來。留在巴黎生活的話，放眼未來，我只會恍如幽魂，在孤寂中經歷「有名無實」帶給我的凜冽酸澀，同時在精神上，還得不斷忙著藏匿「我」這具屍身，這種前景會令我心神不寧，又飽受創傷。將近九點鐘，我先在沙圖火車站下車，接著就開始步行，因為火車站離舅舅的養豬場還有三公里遠。話說安東尼舅舅有一輛廂型車用來送貨，而他興高采烈迎接我時，正好在為那輛廂型車重新油漆面板。我發現他先在面板上寫了他的名字，然後又寫下「專門處理任何髒東西」這段說明文字。舅舅表示他是在夜裡想到要開這個玩笑，而且這個念頭浮現時，令他如孩童般樂不可支。隨後他又說有很多事要告訴我，首先是蕾妮著魔似的迷戀著我。他描述我在博物館離開他們以後，蕾妮不但開始和他吵架，指責他嚇跑了我，還擔心我對她和她的家庭會有什麼看法。最後，在安東尼舅舅眼裡，他外甥女為我著迷最明顯的跡象，就是她拒絕搭他那輛破爛老爺車回蒙馬特，即使她過去已經忍不住以尖銳措辭談那輛車。

「舅舅，這不能證明什麼。再說我得告訴您，我幾乎已經打算放棄勾引蕾妮這項計畫。除了其中的背叛讓我有點倒胃，更嚴重的是，這種背叛令我害怕。雖然透過鑰匙孔來仔細看我太太的心或許誘人，可是我們應該期待自己從中得到幸福嗎？這一點我倒是看不出來。昨天蕾妮帶給我的些微訝異，已經使我受到警告。夫妻生活要過得幸福快樂，雙方都必須對彼此視而不見，而且希望兩個人能平靜度日，雙方也都必須不懂對方。夫妻就像列車的兩道鐵軌，不但要緊挨著彼此前進，也得重視雙方間隙，否則萬一這兩條鐵軌碰在一起，夫妻生活這輛列車的運行就會毀於一旦。為什麼您會想要我勾引蕾妮呢？是由於您聽說有人會將自己不告訴丈夫的事都告訴情人？還是有其他原因？雖然我料得到這種情況，不過我習慣用點技巧，讓自己巧妙地不理會它，也寧可始終都不知道有這種事。此外，同時要請您注意的事，是大家只會告訴情人的這些祕密，對我來說根本無用。所以為了讓目前的我深入瞭解這些祕密提出的便捷方式，全都讓我很不耐煩。」

「真可惜，」安東尼舅舅說：「我已經為你們所有人的幸福設想了美好計畫，就是你這幾天先和你太太同床共枕，然後我在大約兩週內，就來安排讓羅烏爾自殺。這樣的安排適合現況，又無關大局，像是有一天早上，有人在塞納河畔發現羅烏爾的帽子和外套，而且外套口袋裡還有一封信。這麼一來，蕾妮就會成為一無所有的女人，是吧？不過蕾妮有兩個孩子要撫養長大，所以擁有高貴情操的你，這時就來到這裡，出現在蕾妮身旁。你得知這個消息以後，就對蕾妮說：『我親愛的戀人啊，我的姓氏與我的未來，都可以送給你。』」

「謝謝舅舅，但我不喜歡寡婦。」

「到時我會為蕾妮準備嫁妝，而且你們蜜月旅行期間，孩子也由我照料。」

「以現況來說，安排羅烏爾．塞律希耶自殺，很可能為我招來麻煩，目前已經不可能這麼做了。因為我昨天離開你們之後，做了一件蠢事，導致我現在不得不小心一點。」

隨後我就向舅舅轉述前一天和朱利安．高提耶的交談內容。安東尼舅舅聽了，不僅為此憤憤不平，還指責我當時面對這位不夠格的朋友，居然沒有賞他兩耳光。只是接下來，他突然又開始好奇地打量著我，而且還一面玩弄他的八字鬍尖，用它來伸入耳朵裡搔癢。

「事實上，」而後安東尼舅舅猛然開口：「你朋友說得或許沒錯，你根本就不是羅烏爾。」

這時候我感覺自己面無血色，心跳也因而緩了下來。

「話雖如此，」只見安東尼舅舅接著又說：「這件事無關緊要。因為你很真誠，這就夠了。不過話說回來，即使我嘴裡這麼說，我卻非常確定你就是羅烏爾。關於蕾妮的事，之後你再考慮看看，一位丈夫遲遲沒有回家的年輕女子，總會有點引人側目。你聽好，我信得過蕾妮。可是到頭來，要是最壞的狀況必然發生，大家也不要為此遺憾，會比較好。」

儘管安東尼舅舅後來轉而談其他事，並重新開始油漆，但他最後說的這幾句話，卻令我印象深刻。隔天早上，我回到巴黎。在沙圖度過的這一整天令我獲益良多。在那裡的這段時光，不僅讓我能躲開別人，也避開其他人和我過於近似，也是我太過熟悉的那種生活，使我能在這段時間，擺脫自己受不了的那份孤寂。特別是安東尼舅舅透過足以撫慰人心的方式，接納了我的現況，這對我有莫大助益。聽他說來，大家應該都會相信我的外貌變化，只不過是一樁令人心煩的意外，隨後這件事就會逐步融入大家的日常生活，順利成為生活裡的一部分。我回到巴黎後做的第一件事，就是打電話給露西安，向她提出一位可能會成為我們客戶的顧客姓名。完成這項程序後，由於有位製造商在巴黎西北方的克利希（Clichy）鎮，而我打算拜訪對方，其實已經有一段時日，所以就動身前往那裡。我在那位製造商的辦公室待了一小時，也因為自己能著手進行一樁重要業務，而感到心花怒放。於是接著又拜訪那家製造商附近的一所機構，不過那裡的人只說了些模棱兩可的話，沒有給我明確承諾。走訪這兩家公司，不但讓我在下午一點鐘前都留在克利希鎮，這一整天的其餘時間，我也全神貫注，在思考拜訪這兩家公司的事。重新開始工作，非但令我幾乎沒再想到我太太，也把薩拉琴忘得一乾二淨。

能夠在展望未來看到合宜前景，使我不費吹灰之力，就調和了滿懷憂慮。只要能細看眼前難題，就會發覺它永遠都對我們有利。即使我的困境，還涉及錯綜複雜的情感，經由工作，我同樣可以從中獲益。對男人而言，工作除了代表一種進展，也是一個人與事物建立關係時，向外界表露出來的沉思默想。一個人能好好工作，就意謂他可以好好生活，大家應該不需忍受外貌改變帶來的林林總總，就能懂得這個道理。可以擁有這種堅韌意志，我就能安然度過岌岌可危的這段歲月，也不至於在危難中蕩然無存。所以第二天和接下來的日子裡，我都帶著和這天相同的堅韌意志持續發奮工作。既然做這種苦工，往往都白費心思，那麼我做這份工作時，就應徹底放棄仰賴「羅烏爾」建立的威信，甚至我努力工作，或許還能重新獲得以往體驗過的那種喜悅，也能讓我恢復過去生活的均衡狀態。

儘管驟然來到我生命中的這場騷亂，導致我如今一刻也不得閒，但它實際上沒有那麼動人心魄。此刻我假借騎士[17]的眼光，來看待自己演出的這齣戲。這種觀點能讓我與這齣戲保持距離，將它當作在看電影。我完全毋需掙扎就努力工作，純粹是為了蕾妮，也為了孩子，況且我已經決定蕾妮將會先成為我的情婦，要是可能的話，她接著會再成為我的妻子，而要重新創造一段關係，就必須要有顯而易見的事實，才能證明我為這段關係付出的努力，所以致力工作於我而言，是非如此不可的事。

這幾天我在戈蘭古街曾數度遇到蕾妮，而且每次我遇到她，都是在快到家的地方。遇到蕾妮的時候，即使我都盡可能讓眼神顯得熱情感傷，可是我都只向她打招呼致意而已。儘管她感謝我這時候謹慎行事，不過，後來我才知道她遇到我，心裡也有幾分焦慮。

有一天下午，我從安東尼舅舅口中得知，蕾妮有事要去馬德萊娜大道附近的一家商店。於是我就在那裡等她，並在她走出店家時向她走去。蕾妮迎向我的時候，臉上雖帶著微笑，也趕緊伸出手來，但神情卻顯得侷促不安。由於蕾妮最重要的優點，就是向來都冷靜沉著，這次出乎意料相遇，會使她突然陷入慌亂，這實在令人動容。相對而言，我倒沒有為此太過激動，甚至可以說這次相遇沒有在我心裡激起太多情緒。畢竟要來等她這個念頭，以及原本就對她抱持的情感，都讓這件事不至於束縛我的心智，也讓我能維持鎮定。既然蕾妮已不再讓我想起那段荒謬絕倫的奇遇，而她也成為我工作計畫的一部分，況且我在工作上的兩次會面間，還解決了一個公司內部的政策問題，這些都讓我眼前不再有任何障礙，所以此時我先對蕾妮說了些客套話，就接著向她告白。我將自己對她的這份愛戀，描述成一份深思熟慮的穩固情感。在此同時，我也對她說明，我已經理解自己愛她，而對她的這份戀慕，也成為我目前度日的根本所在，讓我能過好單身生活。除此之外，對於我給她的這份愛先前一直祕而不宣，我也請她原諒。因為我們這兩顆心是否能坦然結合，並非由我決定，再者促成這段戀情開花結果的機緣，先前也已有所耽擱。蕾妮聽我說這番話時一心一意，只有偶爾為了要辯解反駁，她才會開口。她聽了我的告白不僅驚慌失措，還雙頰滾燙，而且她提心吊膽凝視我的眼神，對我的信任也畏縮不前。

「我習慣過沒有謊言欺瞞的生活。在家裡需要遮掩這件事，我會覺得痛苦。況且和我的孩子在一起時，我也會因此變得沒那麼無拘無束，甚至我和大家在一起，會時時刻刻都不再像過去那樣從容自在。」

「你對我說這些話的意思，我可以瞭解。你說的沒錯，我對你提出的要求極大，

17 騎士原為中世紀歐洲的低階貴族。後來在中世紀晚期，意謂英勇、忠誠、謙卑、憐憫、公正等美德的騎士精神，不僅成為歐洲社會的道德修養規範，也塑造了歐洲人的行事準則。

而且你此刻身不由己，我也深信不疑。再說這類愛戀通常都輕浮短暫，面對這樣的一段感情，也確實需要衡量，所以請先別急著回應。即使你目前對於要如何回覆已經有萬全準備，也請拖延幾天再告訴我。我希望自己至少能在這幾天內，認為你將成為我的情人。」

我們在耐人尋味的沉默中道別之後，我轉過身，望著蕾妮的苗條身影在來來往往的行人中消失無蹤。而後我懷著內疚，情不自禁想到我們倆目前在玩的這場遊戲，事實上並不公平，因為只有蕾妮陶醉在這段戀情之中。於是我責備自己，為何沒有再稍微表現得更興奮一點。畢竟人結婚以後，往往都找不到和我現在同樣有利的方式，來善用配偶心裡的幻想。大概是我的外在形貌改變，讓我對那些動人情境和出人意表的狀況，都已經變得無動於衷，所以我白做了這件事，也覺得自己似乎錯失良機，不但沒得到原本應唾手可得的好處，還對於自己缺乏浪漫主義的精神感到害怕。由此看來，在後續計畫裡，我得做個無可匹敵的情人，或是起碼不會令蕾妮失望，這對我來說非常重要。

當天晚上，我先買了一些羅馬尼亞郵票，而且都蓋上了郵戳，同時還買了奇特的信紙和一瓶膠水，還有其他偽造郵件用的道具。買這些是為了捏造一封寄自羅馬尼亞的信給蕾妮，我會在隔天趁女管理員不知不覺時，悄悄將這封信放進寄到我們家的郵件裡。這天晚上，薩拉琴始終都沒有在瑪尼耶咖啡館現身，於是我離開咖啡館附設的餐廳，就開始著手偽造這封信。製作信封不是最棘手的部分。不過我想寫一封信，信件內容除了會提到大家飲酒作樂的夜晚，也會展現聚會中洋溢熱情的下流言行為我所帶來的強烈歡愉，但又完全不會引發配偶猜忌，只會藉此讓不在場的人產生動機，比較自己和對方處境，即使這種比較其實沒有什麼好處。這是其中一段文字：

「午夜時分，我們所有人都喝醉了。布朗老爹堅決要用他的筆，在一位胖女孩的臀部上畫座鐘樓。我從來沒有笑成這樣，而布朗老爹也和我一樣。雖然那時的我顯得異常好笑，不過當時發生的事我都記不清了。即使你會認為我這麼做，是在讓自己過放蕩的生活，但你放心，在這裡發生的所有一切，始終都沒有超過我對你描述的範圍之外。況且我告訴你，我善良的小姑娘啊，我們倆都已經到了在任何情況下，都能夠信任彼此的那個年齡了。」

四天過後的週一下午，我和蕾妮一起在電梯裡，當時電梯裡只有我們。於是我就下定決心，既然悲慘的週日時光難以讓為人妻者定下心來，使她們能好好過家庭生活，那麼在週一著手進行我要做的事，就只會對我有利。此時我按下六樓的電梯按鈕，但蕾妮沒注意到。當電梯載著我們向上攀升，我就開口對她說：「啊，蕾妮，現在的我宛如置身地獄，忍受著極大痛苦，我的心要爆炸了！天啊，蕾妮，我已經不能再繼續等待你對我們的事究竟有什麼打算。在這種情況下，我應該會一命嗚呼。」此刻我對蕾妮咆哮出的所有一切，我從前天就開始反覆練習。我那時心想，大家表情達意時，非但不該畏懼誇張的表現方式，也不該害怕熱情如火地大聲叫嚷，反而要避免以溫和節制的方法，來向對方暗示愛意，即使從前蕾妮和我訂婚那時，我相信間接含蓄的示愛方式不僅高雅別緻，日後也會因而使蕾妮回想起我們訂婚的這個時刻。然而此時蕾妮卻抓住我的手，並緊握著它，嘴裡還呢喃著我的名字。縱然蕾妮會接受我的愛不出所料，也是我一心盼望，但沒料到會發生這種情況，所以我忍不住為此大發雷霆，又覺得自己命運多舛。心裡的那把熊熊怒火，以及我滿懷嫉妒的絕望之情，都使我衝動地對眼前這位不夠格的妻子發起飆來，也讓我這時候緊抓住蕾妮雙肩用力捏壓，弄痛她的肩膀，同時以受了傷的聲音對她說道：「蕾妮啊蕾妮，這是不可能的事。」只是我這句話，卻使蕾妮誤會了我的意思。

這時候電梯停了下來，我們走出電梯口後，走在蕾妮後面的我，隨後就打開自己承租的公寓大門。蕾妮略微遲疑，才明白自己目前在我住的那層樓，也才理解剛剛在電梯裡發生了什麼事。只見她眼神慌亂，向後退了一步，嘴裡還說了聲「哎呀」。

「也許有人會看到你，」我緊接著就對蕾妮說：「所以快進來吧。」我說的這句話，使她下定決心要這麼做。我住的公寓前廳昏暗，而我太太的臉這時逆光，所以看不清她臉上表情如何。對我來說，這很幸運。因為這當下要是有光，我可能會在無意間看見她臉上流露的溫柔神情，這不僅會使我開罵，甚至還可能做出更糟的事。之後蕾妮脫下帽子，放在靠牆的小桌子上，她此時的舉動慵懶迷人，令我險些叫出聲來。接著她伸出雙臂，摟住我的脖子，並將頭靠在我的肩膀，低聲說道：「我的心上人啊。」而且還說了好幾次。儘管此情此景堪稱奇恥大辱，但我除了勉強忍住情緒，沒有當場冷笑，還以幾近苛求的方式逼自己逆來順受。這時基於也許能稱之為愛的一股狂熱，我一把摟過蕾妮，讓她緊挨著我，而這樣的一份情感對蕾妮而言，或許也同樣能稱之為愛。後來我覺得不說話倒也不錯，就默不作聲，讓鼻子緊貼著她的一頭秀髮，眼中凝視著盥洗室的門鎖按鈕。只不過現況於我而言，終究還是倒霉透頂。畢竟我沒有先認清蕾妮，就盲目信任她，還放任自己沉浸在對她的敬重與愛慕之中。雖然我很難得欺騙她，可是每當我騙了她，都會自責得睡不著覺。看看現在，只不過第一次來了個油頭粉面的年輕男子，況且她和這傢伙見面相處，總共還不到一個小時，她就已經摟住對方脖子，並稱他為「我的心上人」了。

話雖如此，該做的事情還是得做，我們總不能永遠都待在前廳，於是我把蕾妮拉進客廳。客廳的長沙發上方，掛著寫在犢皮紙上的馬西永神父作品，我就讓她坐在這張長沙發上。「府上多漂亮啊！」聽到蕾妮這麼說，儘管我只在匆忙間粗魯回應，不過我身為人夫的那股怒氣，很快就因而排解開來，再也了無痕跡。以往蕾妮從未像此刻這樣千嬌百媚，即使是我們結婚之前，她也從不曾如此美麗動人。面對她此時的嬌柔豔麗，我只能竭力說服自己，試圖相信眼前會有這種現象，都是由於以前我不懂得如何看出蕾妮的美。畢竟身為丈夫的我忠實虔誠，所以昔日所感受到的妻子形象，可能都顯得單純質樸，也讓它掩飾了我太太的真實面目，再加上我們共同生活以及這些年來維持的生活習慣，都使這種錯誤印象持續。可是今天晚上，蕾妮真的成了另一個女人。她那張臉在這當下，生平首次看起來這麼熱情靈動，恍如雕像的臉龐瞬間有了生命，變得生意盎然。足見蕾妮當前這副容顏，反映了她內心深處潛藏著一股活力，而這股活力非但我知之不詳，恐怕連她自己也從未體驗。這股活力也玩弄了蕾妮的五官，因為她的每項臉部特徵，這時候都有了前所未有的靈魂，也讓她整張臉出乎意料地勻稱協調。就像蕾妮的父親過去曾以「工頭之眼」稱呼蕾妮那雙眼睛，但她清澈冷冽如水的雙眼，今晚所閃耀的光芒卻不同既往，而她眼裡的溫柔，這時候也不僅止於款款動人，還略具獸性，甚至她說話的嗓音也有了變化。我由於焦慮不安，就開始關心起女性的這種狂喜，即使我可以在自己身上找到我對它的共鳴，而它也向我顯示了屬於我的全新幸福。這種濃情蜜意的溫柔，不但使蕾妮變了個人，也令我不由自主為之神魂顛倒，而且還淪陷其中。

我以為自己安排演這齣戲是我在戲弄蕾妮，沒料到我卻反而受到它的愚弄。這種情況於我而言，意謂的已經不只是我的儀表變得年輕，還代表了一份煥然一新，和往日截然不同的愛戀之情，而這份愛也令我不禁懷疑起自己從前是否愛過蕾妮。直到目前為止，我始終都將自己堅定誠摯的情感獻給蕾妮，只是如今看來，這份情感不僅微渺又令人尷尬，幾乎還可以說它很可笑。甚而有好幾次，這樣的情感令我自己都覺得羞愧，因此在我們激情之際，有那麼一會兒我也想到：「我的外貌變化或許才剛開始，但它卻已經令我大吃一驚。有這樣的改變，真是謝天謝地。」

我們在椅子上，衣服都弄亂了。後來蕾妮睜開眼睛，她蒼白的臉上這時又有了血色。而我在這個當下，除了注意到自己喜不自勝，也畏懼這份喜悅會像幻影般消散無蹤，一如我的肌肉鬆弛以後，可能就不會再恢復結實的模樣。要是這份喜悅能長久持續，會令我歡天喜地，甚至大喜過望。只是蕾妮盯著我的臉龐，凝眸沉思良久，而且望著我的眼神不僅凝重，幾乎還可以說是嚴厲。然後她又閉上雙眼，把嘴湊近我的耳畔，低聲耳語說：

「羅蘭，我不懂。對於愛情，我一無所知，這件事我可以發誓。哎！我不瞭解這個。我對愛情一竅不通，也什麼都不知道。」

「這可能嗎？」我輕輕對蕾妮說，語氣中還帶著一絲苦澀。

「羅蘭，」她接著又對我低語，而且說話聲調始終很輕：「我要你知道為什麼我進了府上大門之後，會比先前更愛你千萬倍。這其中原因，在於大家對我所說的愛，我向來都只感覺到它是煩惱。」

「蕾妮，別這麼說，這很恐怖。」

「不，要是你知道這是怎麼回事，就會曉得這件事情很美。總有一天，我會一五一十都告訴你。」

此時公寓裡的電話響了起來。打從我住進這裡，這個地方的電話是第一次響，唯一知道我電話號碼的人是安東尼舅舅。電話雖然在隔壁房間，可是這裡隔間的牆板很薄，所以我即使聽到電話鈴響，卻動也不動。對於我這種反應，蕾妮不禁感到訝異。

「可能是重要的事情也不一定。麻煩你，去接電話吧。」

儘管我勉強聽蕾妮的話，起身去接電話，可是我處心積慮地拖拖拉拉，心裡希望舅舅也許會掛斷電話。只是我打錯算盤，他沒有放棄等我。這天晚上，他可能會一直等著我接起電話，即使要等到世界末日，恐怕他也會等。

「羅烏爾，是你嗎？還是我需要說：『貢特朗，是你嗎？』我是你的老舅舅啊。自從你來過沙圖之後，就再也沒有動靜，這讓我很擔心。」

「您知道我很忙。我那部關於脊椎動物的作品，花了我很多時間。」

「你說什麼？啊，對了，是脊椎動物，」我的話讓舅舅突然放聲大笑：「總而言之，有你的消息就好。孩子啊，你知道，現在我很高興。而你，接下來你也會和我一樣高興。你想像一下，今天早上，我有個點子實在很棒。這件事的首要問題，完全在於所有事情都已經改變，而且還弄得天翻地覆。所以對你來說，勾引那個可憐的小蕾妮，不是需要討論的重點。」

「我們之後再談吧。目前令我憂慮的事，是某些脊椎動物攝取食物的模式已經固定，例如狐猴和奇蹄目動物都是這樣。您瞭解我的意思嗎？」

「為什麼你一直在和我談脊椎動物？你到底在吞吞吐吐什麼啊？」

「因為我們應該要談這個。您不妨看看靈長目動物和羊亞科動物。大家目前要面對的問題，是動物在生理方面受到抑制以後，不知不覺所養成的規律習慣。」

「天啊，」這時候舅舅壓低聲音：「蕾妮在那裡對吧？她現在就在你家？又來了，你又讓我的計畫全軍覆沒。這下子，一切都完了。哎，我太晚聯絡你了嗎？」

「嗯，沒錯，是太晚了。」

「羅烏爾，你在這種情況下做的事真是卑鄙。我可憐的小寶貝，也許我明天應該去看看她？」

「當然不行。尤其是在這種情況下更是如此。您提出來的反對意見，我會再想想看。我敬重的先生，再見囉！」

這具話機上方的牆上掛了一面鏡子。我掛斷電話時，朝鏡子裡的自己看了片刻，凝視我那雙漂亮的眼睛。想來蕾妮突如其來有了奇妙變化，活力也瞬間提升，究其根柢，應該就是我這雙眼睛使然。原來只要有一副嶄新容貌，就足以令蕾妮意亂情迷。那麼要做到這件事，只需要戴上面具即可。然而愛情的到來是如此偶然，基礎又如此薄弱？還是說，在愛情的世界裡，相貌真如此重要？也許到頭來，蕾妮終究會發現隱藏在這張迷人面具背後的那名男子，正是昔日在自己身邊的那個他。屆時蕾妮對這位男子的情感，很快就會只剩下共同生活的夥伴之間，那種溫和平靜的感情，而這種感情，也是她藉以度過十三年婚姻生活所仰賴的情感。我不知道自己在這當下是根據什麼推論，來制止我相信她此刻對我懷抱的這份感情。不過目前還有件事要留待未來，才能向蕾妮揭露，揭穿這件事會使她擺脫幻象，也會讓她將來有所收穫。話雖如此，即使現在先不談我這張臉，也先不談我過往尚未投身探勘的種種領域，我覺得蕾妮從我這裡發掘了她的敏感，甚至可以說她透過這件事，為自己發現了另一種才智，所以當前在她身上呈現的這些特質，不僅都是我前所未見，也都令我難以捉摸。除此之外，剛剛在蕾妮身旁，我實際體驗了某些交流，而這些交流的開端以及成果，都在我自己也不熟悉的內心深處。只是我剛剛才感受到的這種情況，是否真的這麼令人驚異？

此時我想起不久之前，有天曾經思索過一個人外貌與內在之間相互依存的關係，和其間所產生的交互作用。倘若我的靈魂展現出來的那股氣息，體現了人的外貌與內在這兩項要素間的關係，那麼對於注意到我的那些人來說，我的外貌與我的內在何以會有所不同？我真的相信「相由心生」並非無意義的虛妄隱喻。因為一個人的容貌確實會顯露出他的靈魂樣貌，而這個人的靈魂是什麼模樣，也會按照這個人特有的折射率在臉上折射出來。這種認識人事物的方式，應該不會讓我們產生絲毫錯覺。一如太陽會依據天空究竟是清澄明朗、雲層厚重，或者是濃霧瀰漫，來讓我們感覺到這一天有多麼溫暖明亮，我們對一個人的靈魂抱持什麼看法，不但正如我們眼前所見，對方的靈魂樣貌，也正是我們內心領會的那副形相。

此時我從鏡子裡看見房門打開，也看到蕾妮出現在那個地方。她肩上披著大衣，羞怯地從門縫中擠進房間，於是我開口問她：「你會擔心嗎？」蕾妮回應道：「會。」

「我沒有再聽見你的聲音，這使我害怕，也開始發抖。起初我認為自己這樣很蠢，因為在電話中你談的是脊椎動物的問題。只是話雖如此，我卻開始起了疑心，而這也讓我自以為發覺了你在考慮些什麼事。羅蘭，你現在在做什麼呢？」

「我在看鏡子裡的自己。我想要像你看我那樣，來看看我自己。」

「你不會看到我眼裡的你是什麼模樣。畢竟我在你眼眸深處看到的事物，是那麼遙不可及。」

第九章

如果我可以確定自己能相信蕾妮所言屬實，那麼可能就得避免告訴她我外貌改變的事。後來有一天晚上，我和安東尼舅舅一起待在瓦格蘭大道的一家咖啡館裡。

「事到如今，」舅舅對我說道：「蕾妮已經愛你愛得發狂，無論你要她相信什麼，她都會深信不疑。這樣的話，你為什麼不把真相告訴她呢？」

我搖搖頭，並突然臉紅。

「要是你把真相告訴蕾妮，原本複雜的情況，可能就會變成簡單得要命。」安東尼舅舅提醒我說：「你們倆不妨一起商量看看。這麼一來，或許你們就能找到某種藉口，可以重新一起生活，而不是讓你們倆分別花時間氣力，為了各自的目的在對方面前耍花招，是吧？為什麼你不把事情全部都告訴她呢？」

「不，我永遠都不會告訴她！」眼見我咆哮大怒，舅舅除了一臉詫異，也好奇地盯著我看。

「我知道了，」他隨即微笑對我表示：「和夫妻之間的親近相比，情人之間的親密更加迷人。」

「完全不是這麼回事。我向您保證，我最大的願望，就是我們平常一起過日子的生活可以復原。」

儘管此言不虛，不過我沒有對舅舅完整說出我的想法，於是他等著我繼續往下說。只是我即使能對安東尼舅舅實話實說，但這件事的真相卻隱晦得要我談它，都會讓我羞愧得支支吾吾。我只好拐彎抹角，推託說我的外貌改變對蕾妮而言，目前依舊是難以置信的浪漫外遇。安東尼舅舅不太明白為什麼要我重新成為「羅烏爾．塞律希耶」這個人，會令我恐懼。他不懂我身上發生的變化，其實已經不限於我的外貌，而是每天都會讓我這個人的轉變更為深入，所以他不瞭解我現在已經成了另一個人。

對於羅烏爾．塞律希耶這個老男人，我確實沒打算要徹底剝奪他的存在。雖然我從自己感受與思考的方式中，時時刻刻都可以感覺到他，然而除了暗中懊悔的時候，我的感觸與想法向來都很少表現出來，況且現在一顯露自己的感觸與想法時，那些隨之而來的反應我往往都不熟悉，又表現得扭扭捏捏，只是在其他狀況下，目前的我面對外界產生感受與思考的方式，又會專橫地要求我必然得那麼覺得或那麼想。以這些變化的細節和它們發生的瞬間而論，這些轉變都很細微。再說我察覺它們出現時，自己也沒能明確表達出這些變動。要是我細看自己性格中的主要特徵，應該就會比較有把握能判斷出自己究竟有什麼變化。舉例來說，不久之前，責任感在我心裡堅如磐石。儘管如今我依然有責任感，可是它或多或少已經變得比較鬆散，也和先前有著微妙差異，而且還變得比較有可能會傷害別人。一言以蔽之，我現在的責任感和過去相比，已經不那麼強而有力，況且我有過好幾次機會都體驗到這件事。縱然這些隱密蛻變所帶來的好處令我疑神疑鬼，而我也注意到這種好處之中，包含了人家會建議我做的事，但我在這些改變裡發現的某些事不會騙人，這當中也不可能看到什麼裝神弄鬼的事。

如此這般，當我在自己的轉變中領會了先前不曾感受過的某種情緒，並因而理解了某種情感，又或者是聽到當前的自己說了某一句話，這些要不是會使我覺得身體舒適愜意，就是會讓我為此痛苦，而我探索這些棘手課題時，蕾妮常常會在無意間助我一臂之力。

話雖如此，我還是忍不住會以自己昔日的心智運用習慣，來衡量目前的某些發現，而這些事都令我感到不安。像是從一方面來說，我覺得自己現在比較有能力品味生活。可是在此同時，要是從另一方面來看如今的我，則會發覺現在我比較少會為了捍衛生活而武裝自己。對於這種轉變，我非但毫無遺憾，反而還急著想要我的靈魂能夠以此時我這副容貌作為榜樣，變得和它一樣美好。

自從蕾妮來過我家，我花在工作上的時間就少了一點，因為大部分的午後時光我都獻給了她。我從未因此內疚，即使不久前我還因為從事休閒活動、浪費工作時間而感到自責。我變成這樣，不僅沒擾亂我認定自己得埋頭苦幹的這份覺悟，我身為一家之主的意識也沒有因此放下。這是由於現在的我已經知道會令我擔憂的事其實都無須掛心。既然我懂得該如何擺脫憂慮，它們就不會再像從前那樣尾隨著我，況且現在我還有其他比較自私的事需要擔心，像是認識自己，以及如何表現出生命給予我的一切。更何況目前的我既然能從容度日，而這種狀態使我比較容易理解情緒與感情，所以我也要設法保持這種狀態。

我覺得自己此時對蕾妮抱持的這股熱情似乎格外強烈，也確定自己以往體驗過的情感都不能與它相提並論，甚至我還渴望自己能有機會為蕾妮犧牲生命。儘管如此，念及我們這段戀情，正如我想到自己生命中的某個片刻那樣，我認為其間蘊藏的幸福快樂有天全部會消耗殆盡。蕾妮現年三十四歲，這一點我心知肚明。於是當她在我面前，有時我會想像自己應該導致她懷抱劇烈憂傷，而這也讓我更加愛她，縱然更加愛她不會阻止我們這段感情告一段落，甚而不會讓結局的到來有所耽擱。這段愛戀讓我從中看到自己的生命將會持續，也會飽受折磨，同時還會充滿熾烈情感，而蕾妮的生命則會在憂愁的陰影中軟弱退卻，踉蹌度過。至於我們的孩子，儘管我對他們的愛不比蕾妮少，可是我不習慣讓他們涉足我的人生。這世上有某種事物，它可能是我如今存在人世間的理由，也是我過去生存的原因。然而我在這個當下，卻傾向將它視為不介入我命運的某種東西。畢竟以往的我或許會願意以無拘無束的心，讓自己接受所有桎梏，不過此刻的我，卻嚮往能拋開一切束縛。

我工作的時間雖少，成果卻相當令人滿意。儘管大幅縮減工作上的作為，我的收益卻和先前至少相同。打從我著手開拓業務以來，不僅有幾項買賣已經展開，而且其中三件生意即將開花結果，有一項重要業務也已完成。縱然以往在工作上，我面對的情勢比較簡單，付出的努力也比現在更多，可是當時的斬獲卻不比現在。當前的我有所成就，原因不在於我對做生意變得比較敏銳，也不是變得比較能洞察客戶心理。況且從另一方面來說，從事我這一行不但商品簡介微不足道，商品本身也幾乎沒有哪裡需要誇耀，這一行的所有一切，都得回歸販售者提出的商品價格，以及製作出來的參考資料是否精確。既然阿諛諂媚客戶的那種推薦函，就能讓我和前去拜訪的公司主管平起平坐，所以代表過去我通常都只帶著這種推薦函，就大著膽子上門拜訪客戶，也向來都只讓自己在這種已經備妥的陣地中碰碰運氣。此刻由於我外貌改變，往日建立的人際關係已無法帶給我任何好處，讓我只能繞著圈子間接仰賴既有的人脈，因此今天的我得以成功，訣竅僅在於能讓人注意到我。但是要做到這件事，幾乎可說是毫不費力，因為我去拜訪的客戶中，有人會想再見到我，有人則會邀請我再度上門，或請我用餐。這副嶄新容貌讓我拜訪客戶時，能擁有從前的我不曾有過的輕鬆自在，而且大家之所以對我感興趣，起因正是他們覺得我自己就是對我最有興趣的人。

昨天早上，為了要報告前一天談成的那筆生意，我就去了事務所。儘管先前在那裡落淚之後，我就沒有再見過露西安，然而對於我在事務所再度露面，她此時所表現的詫異，卻沒有像她對我身上發生的某種變化那樣強烈。話說要前往事務所前不久，我才剛假裝從布加勒斯特打電話給露西安，問問她對我「朋友」羅蘭．科爾伯特看法如何。露西安談到他時，不僅滿懷同情，也遺憾他沒有再過來事務所，而且她言談間流露的那種憂慮，幾乎像是母親擔心孩子一樣。她在電話中表示，那個可憐的小夥子處境如此艱難，又完全不懂得如何自衛，同樣糟糕的事，是他在自己選擇的這份職業上也無法成功，所以她希望有可能再見到他，也盼望能指點他走上另一條路。

露西安原本對我懷抱惻隱之心，但我一走進事務所，她就發現自己對我抱持的那份憐憫只不過是她的幻想。因為此時我身上穿著一套全新西裝，不但使用了昂貴布料，剪裁也極為出色。既然我來到這裡，是為了要讓她看到我出乎她意料之外，談成了一筆生意，我就更要表現出對她的感謝之意，試圖再度激起她對我的認同：「雖然我運氣好，不過，如果不是您用那種熱忱又慷慨大方的態度接待我，讓我因此受到鼓勵，我也不會從中得益，談成這筆生意。」

「可是我對待您那種態度，您不應該稱讚才是。」露西安提醒我說：「要是打從我們開始交談，我就對您和藹可親，那麼您著手工作時，就可以有大量資料，它們會讓您的任務變得比較簡單。除此之外，我也想過要把這些資料給您，可是我沒有您的地址。」

「我忘了留地址給您，這倒是真的。不過，和那些資料相比，我更看重我的意願，也就是我渴望自己能成為值得您信任的人，請您務必要相信這件事。畢竟先前呈現在您面前那個場面，實在是可笑又可憐，而我是那麼希望能補救當時在您眼前表現出來的形象，好讓您能忘了那個場景。」

我的謙遜感動了露西安，而且我賦予她的重要價值，也使她感到得意，所以她此時提高聲量出言反駁。我跑來找露西安並對她說這些，看來是犯了錯。因為露西安需要憐憫他人，也需要保護別人，我對她說這些，等於是無意間把我的希望寄託在她這些需要上。只是即使我相信猶豫不決和意志薄弱，都是我性格上的本質，後來我還是和她談這些談了很久。

不過，對露西安談到我性格中的討好順從，還過於做作地向她坦白我個性懦弱，恐怕已經得罪了她，而且向她道別以後，我才理解自己說了這些會令她不快。回想這整件事，剛剛我對她說的所有一切，都顯示出我多嘴饒舌，又欲蓋彌彰，彷彿是文學上含糊其辭的告解，有時會翻轉為一個人在生死關頭對女性說出的那種恭維。我厭惡自己這麼做，也為此焦慮不安。由於我自視甚高，認為自己不會做這種事，於是就怪罪「羅烏爾・塞律希耶」這時候重新出現實在惱人。除此之外，我也開始認為先前我相信隨著外貌改變，我在內心深處也發現了一些深刻變化，這可能只是某種讓人感到愉快的幻覺而已。我會有這種錯覺，都是受惠於蕾妮所致。畢竟情人機伶倔強，我卻只顯得個性溫順，所以我面對她，就會天真地急忙想表現出她希望我表現出來的那副模樣，也一心想趕快看到自己能成為那樣的人。

而後我在地鐵月台上陷入沉思，同時望著磅秤上方那面玻璃，出神凝視我映照在其中的這副容顏。不幸的是，我覺得自己似乎有理由害怕我的所作所為。因為我臉上這雙俊眼，目光看來恍如永遠都在追尋什麼，這使我不由得想起曾經在某些男子身上看到過這種眼神，而那些男子都樂於編織各種謊言，也都擔憂自己做不到所說的事，於是反遭這種憂慮吞噬。我想著這些，即使地鐵列車駛過，我也置之不理。身旁乘客看到我如此沒分寸地關心自己相貌，都大感驚異。有位地鐵站職員也一直盯著我看，我們的目光在玻璃中交會時，我才發覺這件事。這位職員可能會指責我獨占磅秤，為了要證明自己堂而皇之站在磅秤上是正大光明的事，我就往機器投幣口投入一枚五法郎硬幣，也因此確認自己瘦了六、七公斤，這大概是外貌轉變為我帶來的種種擔心和情緒使然。然而此時此刻，我沒有額外注意自己變瘦這件事。隨後另一班地鐵列車進站，我在車廂裡坐下，才想起我失去的那幾公斤，也才赫然想到發生在我身上的外貌變化，會不會不單只限於我的容貌，而是我的肉身和所有一切都有所改變，包括我的雙臂、雙腿、心臟、肺部、頭腦、腳趾、神經系統等等。如此一來，儘管我幻想羅烏爾．塞律希耶依舊存在，可是他在我身上，卻已全然不復存在。

於是我凝視自己這雙手。目前它看起來似乎沒有變化，始終都是我那雙手掌短小、手指方正的手，而且先前我曾經讓朱利安看過的疤痕，此刻也依舊在左手上。由於當前只有體重變輕這項證據，我不想就此屈服，所以就趕緊吃過晚餐，讓我能快點回家。站在家裡的鏡子前，我注意到我的身材和肩膀都變得削瘦。既然體重少了六、七公斤，會有這種變化也就不足為奇。以往我沒有習慣像這樣細看鏡子裡自己的身體，那時我即使會看，也只是漫不經心隨意看看。話雖如此，我相信自己昔日在肚臍附近有一顆痣，然而那顆痣此時卻不在那個位置。只是話說回來，我也不能完全確定那顆痣真的存在，畢竟我很有可能把自己的肚臍和某位親戚朋友的肚臍混在一起。不過，我還是非常願意先在腦海中對此事保持疑問。也許等恰當時機，我再判斷自己當哪個人比較合適，藉以決定要採用誰的人格。只是這個疑惑使我心裡充滿矛盾，以致當孩子們出門上學、蕾妮前來與我相聚時，我還在和自己爭論。

蕾妮穿著一襲嶄新漂亮的連身洋裝出現，令我不禁想到她應該是以對她有利的便宜價格來花這筆錢。雖然我的讚美讓她露出笑容，表示她很高興，不過她的神情卻沒有因此變得愉快。只見她緊靠著我，低聲呢喃：

「我是這麼想要變美。因為我怕，現在我已經會害怕了。我覺得你似乎只會帶給我一段露水情緣，不會真正在這裡安頓下來。再說你好像對你自己，以及對所有一切，都無法確定。難道我錯了嗎？」

「是啊，蕾妮，你是錯了。大家都說有一種人和不安於室的那種人正好顛倒，我就是這種人。我的性格與情感，不但都有一種穩定性質，而且它還平穩得甚至讓我為此略感羞愧。蕾妮，自從認識你，我身上確實有什麼已經變了，而且這種變化也突顯了我的人生和生活態度，都已經隨之轉變。我感到不安，這是真的。不過我感受到的這種不安，也恰如其分回應了你的不安。和你一樣，我也會怕。況且我還試圖告訴自己，你的人生……」

蕾妮不想讓我把話說完，就開口說：「啊！別這麼說！」而後她接連說了三次，就悲不可抑地開始落淚。儘管我對蕾妮表示，我的愛人啊，這時候不需要哭，但她的淚不僅濡溼了我的臉頰，也沾溼了我這雙手。此時我心亂如麻，只能想像自己對蕾妮的同情宛如吸水紙般，在她耳際說道：「親愛的，我溫柔的愛人，我的小寶貝。」

「羅蘭，請原諒我，我有點難過。從我打電話給你那天晚上，我就已經有點難過。羅蘭，抱歉，我打電話給你，可是你不在。」

「怎麼會這樣呢？電話是你打的？你打了兩次，是嗎？電話第一次響的時候，我以為我在作夢。第二次響，我不太清醒，等我過來接電話時已經太遲。天啊，我的小寶貝，要是知道是你打電話來，我當然會接。哎，沒錯，我一定會接起電話！」

「你千萬別以為我打電話給你，是為了要知道你凌晨一點鐘是否在家。我可以發誓，我不是要這麼做。那時我很傷心，所以需要聽到你的聲音。啊，羅蘭，我好想聽到你叫我的名字。今天早上我好想哭，而且還收到這封信。」

「什麼信？你嚇到我了。」

「別擔心，那封信沒什麼，事情不是你想的那樣。那封信從布加勒斯特寄來，它沒有絲毫意義。雖然內容寫了四頁，卻顯得平淡無味，也沒有談到什麼。可是我因為這封信，覺得心頭有陰影掠過，或者說是我感受到一種恐嚇。哎，你別以為他回到這裡，會妨礙我們見面。即使他回來，我們要見面也不是問題。我說我感覺到一種恐嚇，想到的只是我自己的事，再說我考慮的事，也只有他這次回來對我的生活，以及對我人生在世的每一天，會造成什麼影響罷了。如果你知道他是什麼樣的人，也懂得我在說什麼，那就好了。雖然我向來都不想對你提起他任何事，但我已經心碎，不能再保持沉默。那傢伙真的很讓人受不了，而且又惹人厭。啊，不對，我說得太過分了，我說的不是事實。他不會讓人很受不了，也不會惹人厭，甚至他完全不笨，而且我也應該要承認他有某些優點。只是他很遲鈍。對，他這傢伙就是遲鈍，一點也不敏感。況且他對於自己是否遲鈍，甚至一點也不懷疑。從另一方面來說，他完全沒感覺到這件事，也一點都沒猜到自己是遲鈍的人。對他來說，世界上只有穩固實在又一目了然的事，也只有粗劣蹩腳的情感存在。他避免表達出來的所有一切，不僅都從他身上消失無蹤，也完全無法從生活裡的其他事物上察覺出來。我到底是從哪裡找到力量與耐心，能和這麼平庸的男人一起生活呢？也許我們相遇那時，我就有某種說不出來的期望，或者是我有某種預感，但自己也不知道該怎麼說。羅蘭，你覺得呢？」

「蕾妮，事情有可能是這樣沒錯。對，這件事應該就是這樣。女人往往都會有這種預感，但男人也是。蕾妮，你知道的，男人也同樣會有這種預感。」

「親愛的，你不但人帥，又很敏銳，還人品高尚。我說的事，你聽得懂。這所有一切，我可以全部都說給你聽，而且只對你說。和你在一起時，我不用克制自己。我可以盡情說話，也可以潸然淚下，然後哭完之後再繼續說。我永遠都是你的蕾妮。只要你在這裡，我就能變得坦白直接，也需要成為單純的人，這簡直可以說是非常罕見的事。不過，你不認識我這個人。我是個可悲的家庭主婦，也是高傲又虛榮吝嗇的小資產階級，況且我還是有夫之婦——這女人到底是什麼跟什麼啊。我會成為這樣的人，是因為面對他的時候必須自制。他很遲鈍，這我跟你說過。他看待一切的方式，是把所有東西都視為食物，也認定人類能使用世間一切。他動身前往布加勒斯特前一天，午餐吃了豬血腸，還咂著嘴說：『這片豬血腸好好吃，有好吃的豬血腸還是一件很棒的事。』我的老天爺啊！雖然他喜歡豬血腸，甚至咂著嘴說那句話，我都沒指責他，可是為什麼每次他要開口說話，我就料得到他即將要說出口的話，一定都會是這種話呢？這個人最糟的部分，也許就是他的遲鈍和粗俗的外表。他的行為舉止倒沒有任何地方會讓人嚴厲責備。他活潑開朗，又有責任感，不但是好爸爸，也是個好丈夫。他竭盡所能討我歡心，也沒有什麼負面的事可以拿來議論，令我飽受折磨的事，正是這一點。畢竟對我關懷備至的男人無可挑剔，而我卻為此痛苦，那麼我除了怪罪自己，還能責怪誰呢？我只能承認自己的錯，指責我犯下的過失令我丟臉，並譴責自己這項疏忽卑鄙可恥。男人在女人的事情上犯了錯，可以與對方一起生活，也可以為此受苦。但女人面對自己不愛的男人卻要忍受對方，則是玷汙自己，又無法有所補償。

「縱然他令我感到羞愧，而我在你面前，也因此覺得羞赧，可是我的外遇更讓我自己倍覺慚愧。請看著我，並藐視我。要嘗試將就這個男人，並努力把自己拉出自己犯下的錯，我可能會花上好幾年時光才做得到。我幾乎不敢承認心裡這股怨恨，也幾乎不敢公開表明這個男人始終都讓我想遠離他。可是話說回來，儘管這時候我嘴裡這麼說，但是我恨他，我真的恨他。」

「蕾妮，人不應該誇大其辭。」

「對，我很清楚，我的處境尋常可見，也就是一個女人認為自己的人生少了什麼，還幻想自己的命運應該會比目前來得更好，屆時過上的生活也會更加適合自己，這種事常常發生。我同意你的見解，也認為我的話非常荒謬。雖然這世上是有些什麼，會讓才智敏捷的人受到刺激，並因此靈機一動，讓他能熱情生動地對別人敘述他的遭遇、感受，或者想法，但是一個人如果日子過得很好，性格也很寬容，出了事的時候，他就只會面帶微笑，對別人表示：『人不應該誇大其辭。』」

此時蕾妮再度淚如泉湧。比起她第一次落淚，我覺得這次我對她比較沒有那麼寬容，也比較不同情她。話雖如此，我還是盡力安慰她。這次我不再叫她「小寶貝」，而是認真對她說話，也稍微擺起架子，以這種方式來仔細研究她的處境。我這麼做，撫慰了她的痛苦。蕾妮心裡的哀傷我很清楚，而且我得知她喜歡哪一類男人，所以她的苦悶之處，也正是我傷心的事。儘管此刻苦澀難當，我依舊讓自己興致盎然，為蕾妮描述那個和她所言十分相似的男人究竟是什麼模樣：「總而言之，他就是個老實傢伙。」蕾妮同意我說的這一點，但她也補充那人可笑的部分，使它們真的變成笑料。於是我放任自己和蕾妮一起笑他，也因此覺得自己和那個可憐的塞律希耶，確實已經不再有絲毫相同的地方。

將近五點半的時候，蕾妮準備回到五樓，她想起隔天是週日，又開始淚眼汪汪。既然孩子們週日不會上學，就會占用她的午後時光，而一天沒見到我，她就覺得恐怖。此時蕾妮語帶羞怯，提議要在女傭離開後前來和我相聚，畢竟那時孩子們都已經上床入睡。聽到她這麼說，我瞬間驚覺自己身為人父的身分，也突然變得非常像塞律希耶。我不只拒絕蕾妮，還告訴她永遠都不能這麼做，因為她如果將兩個孩子丟在一旁不理，什麼意外都有可能在這時候發生。儘管如此，我接著又對她說：

「如果你願意的話，蕾妮，我親愛的，我下樓到府上去吧。」

我的話令她倍覺震驚。起初她嚇了一跳，但隨後就接受提議，雙眼也變得炯炯有神。在此同時，暗中進入我家的那副景象則令我肉身不時戰慄，內心也為此七上八下，起伏不定。

蕾妮離開以後，我著手處理近日的業務往來信函，所以在家裡待到很晚，下樓前往瑪尼耶咖啡館時，已經是八點半。儘管一週以來，我都沒有再想起薩拉琴，不過這時她就在瑪尼耶咖啡館與人共進晚餐。薩拉琴看到我走進咖啡館，就對我露出微笑，顯得歡喜甜蜜。至於我回應她的微笑，則顯得很有節制，甚而幾乎可以說是冷淡。在這當下遇到薩拉琴，實在令我為難，畢竟目前全副心神都在蕾妮身上，況且對於明晚要以外人身分回家的那場戲，此時也令我心心念念。只是薩拉琴再度出現不會令我無動於衷，再說她這時候現身，我對蕾妮以及回家抱持的情感，也都因而受到阻礙。

薩拉琴用餐的那張餐桌上，眾人交談得非常熱絡，而薩拉琴這時也參與交談，完全沒有看我。她此刻所展現的活力與興高采烈，我都可以感受得到，甚至她擁有的蓬勃朝氣與歡樂之情，也都快要令我嫉妒。比起薩拉琴第一晚同樣在這家咖啡館用餐那時，我發現她現在更加漂亮，美麗容貌中略帶男子氣概的五官，這時候彷彿籠罩在比平常更溫柔又更朦朧的燈光裡，也使她深灰色眼眸中閃耀的光芒比平日更加溫和。她身著一襲連身洋裝，布料是羊毛粗呢，顏色是柔美的深藍色。那件洋裝上有一排硬鈕扣，不僅朝上扣到她的下巴下方，也在她身體隆起部分形成曲線，隨著她胸部的起伏節奏搖曳生姿。我從先前就一直在想，薩拉琴的魅力之一，就是她的純淨雅緻，而這項特點與其說是她留心打扮所致，倒不如說是她的身體曲線使然。

薩拉琴過來我這張餐桌、面對我坐下時，正是我開始享用晚餐之際。只見她用手背托住下巴，與我四目相交，同時以略微沙啞的嗓音對我說：

「你終於來了。我見到你的第一晚，你就冷不防丟下我揚長而去。這讓我非常火大，也不想再見到你，所以隔天沒來赴約。之後我就出門旅行，卻在旅途中想到你。縱然想到你會使我感覺幸福，不過，我怕自己已經不會再見到你。先前你也同樣在等我嗎？你曾經想到過我嗎？」

「薩拉琴，你多美啊。」

「請看看我坐的那張餐桌。在你對面，有位年輕的棕髮女子。有天晚上，我為了要和她談話，就在午夜時分去她房間找她。我向她提到我是『薩拉琴』，而且我愛你。談到你的時候，我就像是在談自己的未婚夫那樣。儘管沒有你的地址，但我寫過一些信給你，那些信都像出自一位十六歲女孩的手，只是我都已經撕掉。是我的感覺改變了嗎？安娜說我看起來似乎比以前年輕，這是真的嗎？你什麼話都不說。昨天我才剛旅行回來，今晚又要啟程——對，等一下我就要動身，這次要旅行五天。我最晚週四晚上會回來。你週四晚上想和我碰面嗎？我們約八點鐘好嗎？要約在哪裡呢？好，我們就約在朱諾咖啡館吧！我愛你。」

第十章

接受薩拉琴出門旅行留給我的這一週緩衝時間，於我而言，幾乎可說是如釋重負。我們短暫交談的過程中，薩拉琴曾經暗示我她從晚餐結束，到出發前往火車站之前，可能有兩小時空檔。儘管我或許能要求她將這兩小時留給我，也知道她不會拒絕要求，但是我什麼也沒有說。後來她離開我的餐桌，重新回到她朋友那裡去時，她朝餐桌俯身，低聲對我說道：「目前我幾乎感覺不到你的喜悅，不過我不想為此害怕。我去旅行期間，會在腦海裡重溫你這副保守慎重的神態。這會使我想到我們的相遇對你來說，是非常重大的事，而我也會因此感到安心。」

說真的，這段外遇當前在我心目中還不算非常重要，但我心裡有數，要是有一天這段外遇真的展開，屆時就會非同小可。畢竟到了那時，我已經沒有妻子，也不會在妻子面前臉紅，那麼我一定會縱容自己，讓薩拉琴馴服我。更何況到時候我可能已經有合適理由忘卻蕾妮，也忘掉我的孩子，所以要我制止自己投入這段外遇，那時我應該會更無能為力。既然如此，目前我也就不太急著落入薩拉琴的掌握之中。只是話說回來，對於我們的約定，雖然我完全沒有打算失約，可是依然隱約期望它能再度延期。

除此之外，翌日晚上和蕾妮另外有約，也讓我心無旁騖。儘管週日白天我全心全意在想這件事，誰曉得事到臨頭卻功虧一簣。話說那天晚上我回到家，在大門下方發現一封信，是蕾妮來信表示有位住在布盧瓦[18]的表姊要來巴黎幾天，而且就住在她家。既然我們過去一直都很殷勤接待這位表姊，這次要打發她去住旅館，根本是癡心妄想。況且珍妮特表姊很喜歡蕾妮，也幾乎總是與她寸步不離，所以接下來這幾天，蕾妮都很難有空。我為了這件事打電話給安東尼舅舅，請他來接珍妮特表姊，將她留在沙圖至少二十四小時。不過根據舅舅所述，他的車子正處於蛻變期，所以引擎、車輪和車體外貌全都四分五裂，也全部一團混亂，而這些都需要他細心照料，目前無心遠離養豬場。由於舅舅心思不在這件事情，因此在電話中只是漫不經心地聆聽我的擔憂，實際上一點也不關心這件事。

週二下午，蕾妮要陪表姊去樂蓬馬歇百貨公司（Le Bon Marché）之前，先寫了張

18 布盧瓦（Blois）位於法國中部羅亞爾河谷（Vallée de la Loire）一帶。

便條通知我，表示她會設法在人群中悄悄溜走，藉此丟開表姊，這樣我們就能在塞夫勒街上的咖啡館相見。只是珍妮特表姊不但熱情，警覺心又很高，所以她兩度在人群中逮住蕾妮，不讓她開溜。後來蕾妮前來赴約，已經是五點多了。我感覺自己彷彿等了很久，心情也受到影響，就以怒氣沖天的眼神看著蕾妮買的豹皮大衣。前一年我花了九牛二虎之力，才讓她接受一件阿斯特拉罕羔皮大衣，因為這筆治裝費看在蕾妮眼裡不但無用，還是一種揮霍。最後蕾妮選了一件價格最便宜的阿斯特拉罕羔皮大衣，才心甘情願同意我買下它。在我看來，此刻蕾妮身上穿的豹皮大衣，品質比去年買的那件大衣來得更好，不過那件阿斯特拉罕羔皮大衣的價格，大概比這件豹皮大衣便宜四分之三左右。儘管身著豹皮大衣的蕾妮非常高雅，她走進咖啡館時，也引起其他咖啡館顧客的興趣，令我為此心滿意足，然而對於大衣本身我卻什麼都沒有說，只是以相當冷漠的神情聽蕾妮抱怨珍妮特表姊的事。

「時間不早了，」過了一會兒，我開口提醒她：「你願意的話，我們去稍微散個步吧。」

隨後我們在塞夫勒街上靜靜漫步。我的冷淡使蕾妮很不好受，我自己也為此疲憊不堪。蕾妮抬眼望向我時，我雖然發現她的目光令我焦慮，卻假裝自己不以為意。後來我們轉入龍之街，她挽住我的手臂，並以略微顫抖的聲音畏畏縮縮說道：

「羅蘭，我惹你生氣了嗎？如果是的話，請原諒我。」

「不，我沒有生氣。為什麼你硬是要說我在生氣呢？」

由於我拒絕就此心軟，蕾妮不僅大失所望，也因此受到傷害，就沒有回答我的問題。儘管這條街顯得昏暗，而且行人不多，不過我心裡那股癡傻的傲慢之情，此刻卻依舊讓我壓抑自己，不但制止我將她擁入懷中，也讓心理的抑鬱在這當下不得舒緩。我感覺到蕾妮挽住我手臂的那隻手正在發抖，而我們這趟漫步接下來的好幾分鐘，也都陷於令人痛苦的沉默之中。走到聖日耳曼大道的公車站附近，蕾妮又將我的手緊握在她的手裡，然後抬頭望向我這張因為苦惱而失去了理智的臉。

「羅蘭，」她對我說：「我們這段感情沒有告一段落吧？」

「蕾妮，你在想什麼啊？剛剛我糊裡糊塗，又亂發脾氣。你處罰我吧，別再擔心這個了。一個人讓自己心愛的人受苦，而且還發覺對方眼裡滿是不安，這個人應該要終其一生愛著對方才是。」

我的話讓她表情變得和緩，於是她先吻了我的大衣袖子，然後把頭靠在我肩膀上，露出喜出望外的微笑。此時在公車站步下公車的乘客發覺這件令人歡喜的事如此美好，都忍不住凝視眼前這副景象。朱利安．高提耶也在這些乘客裡，只是我們走到他附近才看到他。他注視我的眼神既嚴厲又緊迫盯人，可見他肯定已經認出我了。由於我曾經向朱利安吐露隱情，加上他那時的揣測令人生畏，在這當下相遇，讓我有點擔心這可能會導致他想起當時對我的懷疑。畢竟蕾妮和我表現出來的親密，以及我們不太遮掩的態度，不但會使朱利安對我不滿，他也應該會想到何以我們居然不怕蕾妮的丈夫知情。如此一來，他可能會根據這種情形，假設我已經殺害蕾妮的丈夫，或者是只差一步就得手了。除此之外，既然朱利安已經知道我是蕾妮的戀人，他必然會以全新角度看待我的瘋狂行徑，甚而有可能會想成是我不知不覺，就迂迴地展現了我的犯罪意願。

雖然我思索這一切沒花多少時間，而蕾妮此時不僅什麼都沒發覺，甚至連自己身在何方都一無所知，但我還是催促她，要她趕緊加快步伐。只是這時朱利安不但走到我們前面，還可能因為無法確定我懷中摟著的女子是不是塞律希耶的妻子，就朝我們轉過頭來，毫不客氣地以陰森焦急的眼神打量我們。他似乎在猶豫是否要開口和蕾妮說話，而我相信要避免他這麼做的唯一方式，就是運用蕾妮一直都對他所抱持的那股反感。但蕾妮此時已看到朱利安，就飽受驚嚇地放開我的手臂，低聲對我說：「那是我丈夫的朋友。你有沒有發現他有多麼執意要盯著我們？這麼做真沒教養。之前我始終都和他保持距離，今天他應該會報復我。」由於蕾妮已預先看出朱利安和我婚前結識的每位老友，都可能會喚醒她最溫馴的丈夫想體驗無拘無束生活的既有習性，進而為婚姻生活招來危險，因此她以往對這些人都懷有敵意。

話雖如此，朱利安卻向來都沒有嘗試要讓蕾妮對他改觀。況且我太太從我們結婚之初，就幾乎可說是明顯討厭朱利安這個人，以致他們後來很快就彼此厭惡。我一向都很清楚這個道理，而且我對朱利安吐露祕密那一天，他之所以事後沒有前去知會蕾妮，也正是這個理由。

不過蕾妮此時的態度，以及遇到朱利安帶給她的不安，都令我有點訝異。雖然不到五分鐘前，蕾妮才剛為了我那句能使她安心的話，而視若無睹地願意眼見自己建立的家庭就此破碎，然而從她脫口而出的這幾句話，我還是可以明白她此刻非常畏懼朱利安會不識相，在眾人面前說長道短。於是我暗自思量，蕾妮為人妻子理應擔負的職責，以及她目前作為戀人的角色，恐怕一直在她心裡彼此鬥爭，一如我自己的雙重身分之前也曾處於相同情況，而我的處境也導致我那時推論外貌改變所帶來的一切，無論是誰遇到，都可以在自己身上發現。這時候我們走在聖父街上，而朱利安走在前方幾步。我認為自己是男子漢，又對朱利安絲毫無懼，應該要一路尾隨著他。於是並肩而行的蕾妮與我，就保持適當距離跟在他後面走。朱利安可能認為我們剛才展現的從容自然，只不過是表象，所以有時會回過頭來看看我們。倒是蕾妮愈來愈緊張，最後終於開口責備我。

「為什麼要緊跟著他？」此時她對我表示：「這實在很荒謬。大家可能會說你們兩個卯起來相互挑釁。」

儘管想對蕾妮說明我的打算，可是她不給我時間。

「當然啦，你可以隨心所欲，根本不需要擔心這次遇到這個人可能會造成什麼後果。你啊，你活得自由自在。而我，有丈夫也有孩子，雖然你不必關心這些，但這是我的人生哪！」

「蕾妮，別發火。他可能會聽到你說的話，也可能會以為這是情侶吵架。」

說完以後，我還突如其來稍微乾笑幾聲，就像是在戲劇中大家為了讓對話裡的巧妙應答顯得尖酸刻薄，最後會加上幾聲乾笑那樣。不過蕾妮始終都憂心忡忡，心情也一直苦澀難當，所以沒有察覺我這時候為什麼忽然乾笑。後來我們轉向雅各街，朱利安已不見人影，她才露出溫柔微笑說：「親愛的，剛剛是我不好。」我回應她：「不不不，你只是單純質樸，事情就是這樣。」「哎，羅蘭，你不會想知道的。」「別這麼說，我很想知道。」我們倆就這樣你一言我一語，持續交談到六點半鐘。

不過於我而言，名符其實的慘劇，卻是當晚將近九點鐘才真正展開。那時我在承租的公寓裡，在孤單寂寞中，開始尋思朱利安．高提耶遇到我們之後，接下來可能會做什麼事。要是他決定報警，我就完了。既然大家可能會無法證明我殺了塞律希耶，那麼有必要時，我就得否認自己對朱利安吐露的隱情才是。只是我沒有戶政資料，也沒有保證人，再加上先前打算弄來的偽造文件，在這種情況下可能也沒有用，我即使否認自己對朱利安說的，也不能證明什麼。後來我終於想起，朱利安以為自己已經掌握證據，也能證明他朋友已經前往布加勒斯特，我才寬心。儘管他應該會擔心塞律希耶旅行回來就會置身險境，也會命在旦夕，況且今天晚上遇到我們，可能也會讓他認定自己這項推論無誤，可是沒有任何證據認為這樁罪行已經發生。所以對朱利安後續舉動的合理推測，是他可能在羅烏爾回來時，要他時時刻刻都得保持警覺，甚至可能會寫信要他小心。

總而言之，朱利安這番推論純粹只是他的懷疑。假設他真的向警方表示羅烏爾有生命危險，也可能不敢提到蕾妮背叛丈夫，並以這件事作為依據。因此，就算他真的報警，應該只會向警方報告我們在咖啡館那段交談，對於我這個人只會含糊地描述體型外貌。之後警察除了可能會來我家，或者是前往我的事務所進行調查，也可能會打電話給羅馬尼亞領事館，而我之前早就注意到這個部分，也已經去羅馬尼亞領事館為我的護照申請簽證，那麼警察就會消除疑慮，這件事也可能會就此告一段落。由於塞律希耶沒有現身的時間會持續延長，況且延長的方式也非比尋常，總有一天，警方應該會重新調查這件事。不過在那之前我應該還有一點時間，能妥善安排相關事宜。晚上我不但睡得很糟，而且還花了部分時間猜想自己遭到逮捕的情形，特別是想像我接受偵訊時的狀況。

「這麼說來，」屆時警察局分局長會對我說：「您是一九〇〇年六月一日生於甲城。好，那麼您的雙親在那個城市擔任鐘錶師傅，是這樣嗎？」「分局長大人，是這樣沒錯。」「您又在撒謊了。您的出生地不是甲城，也不是乙城或丙城，況且戶政資料登記本上，也沒有記載您這個人。這真是夠了，我已經受夠您的謊言了。勒福保安隊長，給我好好折磨這個男人，直到他說出自己真正的身分為止。」「分局長大人，我蒙受外貌改變之苦，接下來我會一五一十都告訴您。」「外貌改變啊，這還真是有趣。我一直都對外貌改變很熱衷呢！」「對，突然有那麼一天，我的長相就改變了。這讓我占用了另一位男士的臉，也讓我不能再硬說自己是羅烏爾．塞律希耶，所以必須改名換姓。」「既然您遭遇的事這麼奇特，那麼，保安隊長，稍微過來一點，萬一我們這位朋友需要您協助他，到時您就可以幫忙。話說回來，您的外貌因而改變，想必您覺得非常倒霉。」「分局長大人，我相信您可以想像這件事。請想想看，這會有多混亂啊！」「小夥子，放心吧！您先前承受的苦難要結束了，接下來我們會好好照顧您。我正好知道一所機構，那裡的醫生都是整型外科的專科醫師。」「不，讓我離開！我不要去！放我出去！我不要去那裡！不，我不要，我不要啦！」「保安隊長，給他穿上拘束衣。」

這一夜糟糕透頂，以致我睡醒時煩躁不安，而這種狀態或許能說明我這天早上何以對露西安做出古怪舉動。話說這份工作不但讓我現在每天都有理由前往我的事務所，也讓我無論如何都有藉口能去那裡。由於露西安的態度向來都會顯示出她對我的看法，所以每次走進事務所，一想到如今擁有這副容貌時，我通常都打算觀察她對我採取什麼態度，藉以瞭解她對我評價如何。只是當我在她身邊，想要討好賣乖的欲望就會不自覺支配我，使我無意間又開始回頭耍卑鄙詭計，裝出需要人保護的模樣。

人之所以會想討好他人，其實事出有因。況且人會有這種欲望，也意謂這個人渴望能重新獲得某位女子的愛與友誼。此時我的確感覺需要人家保護，才能抵禦自己承受的那份孤寂，而我身旁這位女子除了坦率美麗，她明亮目光所蘊含的力量與溫柔，也在在促使我向她尋求庇護，彷彿只要能將她緊緊擁在懷裡，自己的靈魂就能獲救。話雖如此，露西安面對我不僅愈來愈矜持，甚至還常常對我冷眼相待，顯然不鼓勵我依賴她，也讓我失去勇氣對她說知心話。要是我眼神迷濛，大膽對她表示「我的天啊！你好迷人」，或者是我們一起讀一份文件時，我把頭倚著她的頭，又或者是我們的膝蓋在桌底下碰在一起，露西安每次都會以讓我丟臉的無情方式，設法改變我勇往直前的言行舉止，並引導我重新成為溫順馴良的人。

這天早上，我看到拉格若女士不在事務所小門那裡，就問露西安：「拉格若女士不在嗎？」「她剛剛打電話給我，說她身體不適。」聽到露西安的回應，我得知目前只有我們單獨在事務所，也讓我為此心蕩神迷。這個消息宛如管風琴低沉悠揚的音色會帶走世間所有一切，讓我在這當下無法自制，我為了要找點樂子，不但立即想到要拉開嗓門表明情感，也考慮要熱情叫嚷。於是，我先以莊重平穩的語調告訴露西安，有位客戶猶豫不決，而且這位客戶理想的成交價格可能會低於公司訂定的售價限制，但這時候只有露西安能決定是否要以這個價格出售商品。我們就這樣站在辦公室中間，針對這個問題交流看法。此時露西安這個人、她那張明淨認真的臉，以及她那副猶如運動員般修長，又帶有青春芬芳的軀體，都令我怦然心動，也讓我在為這樁生意的重要性辯護時，看起來一副懶洋洋的模樣。隨後露西安開始在記憶中尋尋覓覓，試圖找到具有參考價值的前例。她閉緊了嘴，也皺起眉頭。我目不轉睛地凝視她，乃至心馳神往，就伸出雙手捧住她的頭，並將我的嘴靠上她的嘴，同時對她呢喃細語，說著一句句火熱情話。不料她卻粗暴地推開我。只見她眼裡怒火中燒，並以冷靜的嗓音對我說：

「這麼做真是太傻了，你這個白癡。」

「露西安，我愛你。麻煩你聽我說——請你嫁給我吧！」

「不可能啦！」

「露西安，你要瞭解我。我知道我笨手笨腳，也曉得所有人都厭惡我。別說這不可能。目前你在氣頭上。不要隨隨便便就回答我，也別在受到怒氣影響時回答我。你是我生命中的所有一切！」

「我可以回答你，而且這次回答時一點也不生氣——不可能啦！」

儘管露西安這句話說得毅然決然，這件事也沒有轉圜餘地，我心裡依舊滿懷強烈情感。在我看來，我這份愛非常美好，所以這件事從一開始就這樣出師不利，我實在無法接受。既然動人心弦的內心衝突，會讓我的慘敗有實質內容，也讓它變得豐富，那麼我即使失敗，也應該至少要有足以令人心碎的內心衝突才是。於是我趁拉格若女士不在事務所裡，就開始大喊大叫，不但表示我的人生會就此破碎，還說我先前肯定瘋了，才會相信人的命運會轉禍為福、否極泰來，畢竟我一直都活得那麼心滿意足，所以我的際遇會這麼坎坷，我只能詛咒自己生不逢時。如果這世上有一種孤寂，會環繞與常人大相逕庭的所有怪物，那麼身為其中一員的我，生來必然得承受這種孤寂帶給我的厄運，而且這就是我的命。露西安此時一言不發。由於我一心希望能在我們兩人之間引發爭論，因此不僅開口責備她愚弄我，也指責她雖然想盡辦法鼓動我對她付出情感，卻同時在心裡醞釀要設法讓我一鼻子灰。這時候露西安受不了我說這些，就走向辦公室門口。

「我讓你感到厭煩嗎？」

「嗯，是有一點。」露西安要走向事務所另一個房間之前，對我這麼說道。

露西安此時說這句話的輕蔑語調，令我勃然大怒。我充滿焦慮與夢魘的這一夜，就在這當下發揮作用，使我陷入萬丈深淵。儘管這時候我依然保有足夠理智，明白自己此刻的行徑會使我名譽掃地，然而眼前急遽冒出來的沖天怒火不僅高升到我的大腦，還宛如醇酒令我神智不清。於是我跟在露西安後面猛然衝去，險些撞壞了門。只見她坐在桌上蹺起腿來，並將頭轉向窗戶。隨後我靠近她開口說話，只是這次完全沒拉開嗓門大聲叫罵，而是對她咆哮大怒：

「我讓你厭煩嗎？那麼，塞律希耶呢？他就不會讓你厭煩，是嗎？塞律希耶這個人啊，你很愛他。我們在勒布爾熱時，塞律希耶就已經全部都告訴我了。十五天，這段感情持續了十五天。這段感情的所有一切，他全部都已經對我說了。有一天，就像今天一樣，拉格若女士不在辦公室裡，那天你上午都在塞律希耶辦公室裡整理文件，而且，他曾數度來擁抱你。後來中午時分，塞律希耶在你耳邊低語：『我去把辦公室入口的大門鎖上。』你為此動情，也因為他這麼說而倍感幸福，就滿臉通紅。我告訴你，你和塞律希耶的事，他全部都已經跟我說了。」

露西安聽了這些話，起初露出驚愕的目光盯著我看。後來她的表情轉為冷酷，讓我以為她隨後就會賞我巴掌。然而她只是別過頭去，望向窗外。我發現她這時候其實在努力強忍淚水，以致她睫毛顫抖，下顎緊縮。此時我在這裡，非但不會再傷害她，我說的話聽在她的耳裡也置若罔聞。儘管意識到自己說這些會使她崩潰，也會讓她的靈魂飽受創傷，可是我不僅想看到她淚如泉湧，心裡還懷抱強烈的嫉妒之情，盼望自己能見證她聽了我這些話會淚眼汪汪。雖然當前我的嫉妒也攙有感激與讚賞，所以它事實上還混合了其他情感，不過我內心想要毀壞她、混淆她的那股執迷情緒，目前卻占了上風，也讓我在這當下兀自發起火來。

「塞律希耶對我可說是言無不盡。之前他去南錫[19]出差，你都陪著他，但你那時卻對拉格若女士表示自己身體不適。兩位在那裡共度兩天時光，也一起消磨了兩個晚上。當時你好像穿著一襲白色睡衣，它還美得令人如癡如醉。『老兄啊，』塞律希耶對我說這件事時告訴我說：『我這人有點粗俗，你也知道，所以我說老兄啊，她穿那套白色睡衣，看起來就像人家說的白雪公主一樣。』哎，塞律希耶告訴我的所有一切，我不會全部都向你複述，比方說，關於在南錫第一天早上那雙絲襪的事，或者是兩位搭計程車閒逛的事，我應該都不會說。我啊，雖然沒有運氣知道該如何讓人愛上我，況且我只是粗人，又無足輕重，然而有某些事，我還是會讓自己有所堅持，不會付諸行動。但我可以向你保證，塞律希耶會情不自禁做那些事。這種情形令我為塞律希耶感到可恥，在認識

---

19 南錫（Nancy）位於法國東北部。

你之前，我也為你悲哀。即使我只是塞律希耶的某位好友，再說十年來我們都沒見過，可是我這番話說得有多麼坦白。哎！你真的不瞭解他這個人。」

露西安此時抬起頭來。她睜大雙眼開始落淚，淚水沿著雙頰，一路滾落她漿得筆直的雪白衣領，在衣領上形成一顆顆隆起的小小水珠。

「那時他對我說你的事，一路說到你交歡後對他說的第一句話。那句話說得是那麼美，你也知道，那句話是『你的眼眸……』」

露西安先是嗚嗚咽咽，而後開始抱怨她有多麼痛苦。她口中的怨言聽起來宛如小女孩受傷時的那種埋怨。在此同時，我也看到她那隻大手垂下張開，彷彿已經沒有任何東西需要抓在手裡，可以任憑她的人生就此流逝。眼見此情此景，我霎時覺得自己的心似乎一分為二，於是就跪下來請她原諒我。

「請別相信我，羅烏爾從來就沒有對我說任何事。我向你發誓，總有一天，我會寫信告訴你我怎麼知道這些。既然到時我一定會告訴你，那麼現在就請你務必相信無論是什麼事，羅烏爾都從來就沒有對我說過。唉！露西安，這時候你已經不會再相信我了，可是在你無法相信我的這時候，我說的才是實話。」

「滾開，」露西安低聲說道：「讓我一個人靜一靜。」

於是我站起身來，倒退離開事務所，完全沒發出任何聲響。此刻我萬念俱灰，不僅厭惡我的行徑，也憎恨自己，所以在街上開始奔跑，恍如想逃離此地，並將剛剛突然出現在身上的那個醜陋畜生遠遠拋在後面。我奔跑時撞到了人，對方身穿羊毛針織衫，體型像大力士。他伸出手臂一把捉住了我，再讓我向後回轉，同時還對我說：「哎哎，天馬行空胡思亂想的人啊，大家應該要告訴你，人要稍微有點教養才是！」由於我先前一直在跑，沒有留意方向，所以這時我邁開步伐，往回走去，一路走到事務所所在的那棟樓房才停下腳步。在這當下，我驀然想到露西安的處境多麼難以忍受，而我卻丟下她，況且她原本已將自己完全投注在情感重心上，好讓心理狀態能自然達到絕佳平衡，可是我就這樣了結了她的情感重心。這除了使我感到她恐怕難以承受現況，也讓我覺得她可能因此自殺。這時候忽然冒出這個念頭，令我害怕得動彈不得，雖然我很想再上樓去待在她身旁，卻不敢這麼做。畢竟我滿心羞愧，加上我再次現身事務所不僅令人不快，也只會使她更傾向採取這種解決方式來改變自身境況。所以我只能佇立在那棟樓房前動也不動。剛剛我撞到的那位壯漢此時走了過來，而且這次他走過我身邊，不但出聲叫我，說話的語調中也帶著同情。我聽到他對我說：「先生，你是有什麼困難嗎？」可見我心裡的焦慮變得顯而易見。

我猶豫了幾分鐘後，就決定拐個彎面對露西安，假裝是羅烏爾從布加勒斯特打電話給她。

「喂，是拉格若女士嗎？」
「不是。」電話中傳來的哽咽嗓音，我幾乎認不出來。
「是露西安嗎？我是塞律希耶。我從索菲亞[20]旅行回來，現在從布加勒斯特打電話給你。一切都好嗎？」
「謝謝你。」
「事務所最近有什麼事嗎？業務進行得都順利嗎？那位新來的仁兄稍微開始工作了嗎？」
「嗯，他有在工作。」
「露西安，你聲音有點怪，好像快生氣了。我打電話給你，是因為想和你說話，也渴望能與你在一起。」
此時我聽到話筒中先傳來啜泣。而後傳來的聲音則顯得含糊不清。
「露西安，你在哭。」
「我？沒有啊。對了，你朋友科爾伯特先生剛剛問我，他能不能為一位新客戶打破慣例降價？」
之後露西安就詳細向我敘述那樁生意，我也趁機和她討論了工作方面的事。這時候露西安似乎忘了她的悲傷，說話的語調也已經恢復正常。最後我對她說：

「我是這麼愛你，愛到覺得應該要贊成你的意見才是。所以你高興怎麼做就怎麼做吧！但你得向我發誓，保證不會忘了我。」

「天啊，」露西安嘆息低語：「這個我當然可以向你發誓。」

由於我故意在這時中斷通話，露西安聽在我耳裡彷彿無限溫柔的那聲嘆息，就成了我們這段交談的結尾。要是此刻聽見她說無論如何都會永遠愛我，我可能會難以承受。儘管目前沒有任何依據讓我相信露西安應該會這麼說，況且從她說話的語氣來看，那句話也可以理解為其他意思，而且意思還和我想的完全不同。可是自從勾引了自己的太太之後，我就覺得我的直覺極為靈敏，尤其是在感情方面。

由於在市中心有事需要處理，下午我又情不自禁來到事務所周圍閒逛。縱然此時我已經不再為露西安感到擔憂，不過早上那樁令人難過的偶發事件依舊纏繞我心，以致我三度經過事務所那棟樓房門口，卻毫無意願走進那裡，只一心渴望我揮之不去的那件事能就此平息。這種猶如旋轉木馬似的可笑行徑，最後讓我自己也倍覺尷尬，於是打算要換人行道走。然而此時，我卻瞥見朱利安．高提耶獨自在街道中央的安全島邊緣，等待穿越馬路。朱利安目睹蕾妮陪在我身邊的隔天，就在這附近出現，難免令人驚慌。以往

20 索菲亞（Sofia）位於巴爾幹半島，是保加利亞共和國首都。

他常來事務所探望我，而且他不但認識露西安，也覺得她很迷人，所以朱利安會想到和露西安商量該如何才能抓到那個瘋子，這應該是可想而知的發展。果然，我看見朱利安先走進事務所那棟樓房，接著又走進電梯。隨後電梯從一樓開始緩緩上升，然後在四樓停下。此時我確定完全不會有人看到我，便走進那棟樓房。

第十一章

安東尼舅舅打電話表示他擔心我，也提醒我要小心，同時還通知我，說他當晚一定要和我碰面，地點是克利齊大道的一家咖啡館裡。我九點半抵達咖啡館時，他還沒到。我心情煩躁，不太受得了坐在咖啡館長椅上等，寧可讓自己在等待時，至少能在街上稍微來回走動。此時天氣溼冷，霧氣也在路燈周圍形成圓圈。對於喜愛在夜裡出門尋歡作樂的人，這條街的兩條人行道目前幾乎沒有任何事物能滿足好奇。我邁開步伐，踩著大步，在這兩條人行道之中的一條走來走去，而我走動的這條人行道在這當下，也已經失去它白天的生氣勃勃。我來回走動多次之後，街角有位年輕女子對我說：「喂，小惡魔，你看我長得多美啊！」這位女子說話的緩慢語調，不僅令我想起老家那種外省腔調，而且她年紀很輕，加上個子嬌小、身材苗條，看起來似乎比實際年齡更小。她應該是小女傭，而且才剛入行，所以這條街上的居民最近才剛開始品嘗她烹調的伙食。她這時抓住我一隻大衣袖子，我因此看得到她的手。它雖然小巧，卻由於沒時間保養而顯得紅腫。我停下腳步，凝視這位女子美麗的臉。她的外貌略顯伶俐，看起來也格外天真。此刻必須在險惡處境中搏鬥的我，覺得這位小女傭似乎能讓生活出現縫隙，使我擺脫現況。這時我一心想跟著她，說得更確切些，是全心渴望能與她一起逃走，兩人攜手遠離巴黎。這位女子帶來的這股牽引儘管脆弱，此時的我卻只希望能將人生和種種憂慮全都託付給它。畢竟活得用心認真的男人，可能都不知道置身艱辛繁複的職責之中，該如何才能交上好運，因此只有這種男人，才會突然強烈感受到想擲骰子的這股欲望，並將賭注全都狂熱地押在這種最不可能發生的好運上。

「小惡魔，怎麼了嗎？」

「天氣很冷，」我對她說：「這種天氣特別討厭，生活又尤其令人厭倦。告訴我，你是不是想稍微忘掉這所有一切呢？如果其他國家陽光普照，也有這裡缺乏的種種事物，你是不是寧願前往那裡？我們或許可以搭上火車，也可以搭船……」

「等一下，」小女傭打斷我：「別麻煩了。我已經明白你說的話，不過我不會把自己交給人口販子，也不會走上賣淫的路。」

說完這句話，她除了漾起憐憫似的微笑，眼神中也閃耀著驕傲喜悅的光芒。

「我目前在這裡從事的這份職業，應該不是你想像的那樣，它只是我這段期間暫時的工作罷了。你不妨仔細看看我，並請好好記得我。我有朋友在電影界工作，再過兩個月，也可能是不到兩個月後，我就要拍電影了呢！」

我對這件事感到好奇，也渴望能再進一步多加瞭解，就提議我們可以一起去喝杯摻水烈酒。後來她邊走邊聊，途中喋喋不休。

「我在這裡從事的工作，就像我跟你說的那樣，只是暫時的而已。儘管如此，這份工作的環境和氣氛，卻可以讓我一邊工作一邊為接下來的演出預做準備。維克多他希望我在電影裡飾演的角色，是注重現實的人。可是我啊，比較喜歡演的是那種住在寄宿學校裡的學生，也就是性格中始終都保有天真無知特質的少女，或者是活在社會菁英階層的年輕女子。不過能扮演重視實際的角色，這也很好。就像維克多說的，每個人都有自己的才能。我這個人啊，我很務實，而且他看到我的第一眼就已經充分看出這一點了。他目前在為我籌備一部電影。未來這部電影的拍攝地點，如果不是在蔚藍海岸周圍，就是在阿根廷，這個部分維克多還在猶豫。我妹妹蕭歐妮到時也會在電影裡演出一個角色，這讓我很高興。我們這幾天就會讓她從外省過來這裡。」

一路上我都任由她帶著我，走向她挑選的那家咖啡館。只是我們尚未離開我散步的人行道，就遇上一輛廂型車，而且它在離我們很近的地方停了下來，引擎還轟轟作響。為了要讓小女傭能聽到我說的話，我伸出手臂先抓住她，再向她俯下身大聲說道：

「可是這很蠢啊！拍電影這件事不是真的，你還是別接受這種事吧！這件事顯然是子虛烏有，可見你的維克多是個混蛋，你得明白這一點才是。」

「等一下。我知道有些傢伙會試著以這種方式欺騙年輕女孩，維克多曾經告訴過我。但現在先別急著這麼說。因為我啊，維克多已經讓我實際試拍，我也已經在銀幕上看到自己。沒錯，是在銀幕上喔！我在銀幕上看到自己呢！這實在是棒透了，我出現在銀幕上耶！」

就在這時候，有隻手拍上我的肩頭，並將我往後拉。我認為是維克多，就轉過身準備好要應付對方，然而出現在眼前的卻是安東尼舅舅，而且這時候他的眼神似乎會使人驚慌。小女傭看到這位留著長長八字鬍的男人，大概以為他是警察，於是拔腿就跑。這位年輕女子就這樣穿越克利齊大道，消失在人群中。舅舅則露出鄙視的神情，一直盯著我看，他以這種態度對我，令我倍覺訝異。最後他終於開口，以不容分說的語氣對我說道：

「小子，您竟然捏造自己外貌改變的事來愚弄我。雖然您這麼做實在是瞧不起我，可是我啊，我居然從一開始就上了當，真是夠笨的了。不過我已經竭盡全力拆穿這段謊言，從中醒悟過來。」

「舅舅，您怎麼了嗎？您說自己一下子就相信了什麼啊？」

「所有一切。現在我眼前的所有一切，都讓我相信這件事了。我就這樣看到所有一切，這還真是可悲。儘管如此，要是我沒有無意間撞見您在追求狐狸精，您編造出來的謊言可能還是會騙倒我。然而事到如今，我不但已經發現您是什麼樣的人，也已經認清楚您這個人了。」

「我不懂。在您說的追求狐狸精，以及我的身分之間，您到底認定有什麼關連？」

「我認定這其中有什麼關連？哎，小夥子啊，您自以為冰雪聰明，事實上也是這樣沒錯。不過您的思慮不夠周詳，或者應該說您不太瞭解我的外甥女婿。您要知道，羅烏爾這個男人認真可靠，也只懂得要擔起他該承擔的責任義務。總而言之，無論再怎麼說，他都是男子漢。即使羅烏爾會覺得孤單寂寞，他也從來不會趁這種時候讓自己挽住風塵女子的手臂，像我剛剛看到您所做的那樣。羅烏爾不會這麼做，他一向都不會做這種事。」

「原來如此！羅烏爾雖然認真可靠，但他也有脆弱的時刻。況且您現在這麼說，讓我得用第三人稱來談羅烏爾的事，這實在很荒唐！」

「啊哈哈！我抓到您的把柄了！」

「舅舅，我求求您，請您仔細看看我。不對，請您不要看我，而是要仔細聽我說話。請好好聽您外甥女婿的聲音。酒肉朋友很可能會弄錯這件事，但您不會！您如果不相信我，至少得讓我向您說明怎麼會發生這些事。先前我一面等您，一面在街上來回走動，當時有個女孩前來與我攀談。」

隨後我就向安東尼舅舅敘述小女傭的事。他聽我說話時，完全沒有打斷我。

「您來到這裡時，我正試圖讓她明白她有多麼天真。當時我抓住她的手臂，是出於憐憫。或者說得更確切些，是由於那時我在發火。我這麼做就像是為了要搖醒她，讓她就此振作，也讓我說的話更有分量。」

「可憐的小傢伙，」此時舅舅說：「這好恐怖。我們也許可以試試看能不能再找到她。」

「這不可能，而且這麼做也沒有用。事到如今，舅舅，您還是會以同樣的理由認為我不但是小混混，還是個冒牌貨嗎？」

「當然不會。我只求自己能相信您是我的外甥女婿。」

儘管安東尼舅舅或許沒有察覺，但他這時候的回應不僅含糊其辭，也有所保留。除此之外，他對我說話時，也持續使用表示客氣的人稱「您」，而非像他從前始終都以「你」來稱呼我。我幾乎可以肯定舅舅不是故意要這樣對我說話，所以這也令人更加不安。我們接著就前往先前約好的咖啡館。經過舅舅開來的廂型車旁邊時，他不但向我說明那輛破爛老爺車目前尚未復原，所以還不能開，也對我描述那輛車此刻在承受什麼重大轉變。安東尼舅舅一直都在談這些事，甚至走進咖啡館坐下時他還在談。談論這個話題除了使他感到自在，也彷彿藉由車子的外形變化，使他重新找到理由相信我的外貌是因故有所不同。於是這時候，舅舅又開始用「你」來稱呼我。

「所以說，」安東尼舅舅問我：「有什麼事不對勁嗎？我們講電話時，你讓我很擔心。」

「我的處境變糟了，甚至可以說變危險了。因為我相信朱利安．高提耶這時候已經開始採取行動。」

朱利安．高提耶這個名字，不但讓我想起有人對我這段奇遇抱持某種態度，也讓舅舅的臉色變得陰沉。我感覺他這時在努力抑制內心深處意識到的某個疑問。儘管他的眼神此刻已有所轉變，我還是繼續往下說：

「接下來就是我發生的事。昨天晚上六點鐘左右，我和蕾妮一起散步時，朱利安遇到我們。他不但回過頭來盯著我們，還走到我們前面確定自己沒認錯人。當他目睹我伸出手臂讓蕾妮靠著，在那當下，他變得更為訝異。對他來說，他明確知道那是什麼情況。雖然他完全沒有對我們說話或是打招呼，可是他觀察我們的樣子，有點像在端詳要為自己辯護的罪犯那樣，毫無節制可言。由此看來，顯然他肯定想到他朋友羅烏爾的生活不但已遭我大幅掠奪，甚至我還可能已經徹底將羅烏爾的生活據為己有。」

「這是當然的囉。」舅舅勉強開口說這句話，彷彿是我的想法震撼了他。

「為什麼您說『這是當然的囉』？」

「我這麼說，是由於這是理所當然的事。」

此時我順著安東尼舅舅的情緒，向他提出這個疑問。舅舅雖然以虛張聲勢的語氣回答我，然而稍過片刻，他又補充說道：「我對事情可以有自己的看法，這是我的權利。」我認為自己對安東尼舅舅說知心話，應該要說到這裡就好。這時候我們之間，有那麼一會兒沉默得令人難以忍受。要是安東尼舅舅拒絕信任我，也不肯為我作證，我可能會以為自己這段奇遇全部都只是想像力作祟所致。畢竟對我來說，唯一會注視我命運的兩個不同面向，也因此能證明我這段奇特際遇的人要是不信任我，也不願意成為證人，這不僅會令我感覺遠離真相，也覺得自己似乎命在旦夕。在這當下，種種猜疑必然矇騙了安東尼舅舅的心，以至於外在形貌改變這種事在他看來，顯然愈來愈不合邏輯，而他只是忠於自己的情感，目前還在遲疑是否要相信我真的是他的外甥女婿。舅舅此刻的困惑不安不會比我來得少，況且他這時候還憂慮地端詳著我。由於舅舅選擇支持我或反對我，會決定我究竟是個惡棍還是受害者，於是我們之間的友好情誼以及彼此形成的同謀關係，絕對都會導致他進退兩難，而他恐懼得面對這種窘境——這些都對我有利。既然剛剛那件看來顯而易見，卻不是實情的事蒙蔽了他，而他其實可以趁著在氣頭上就輕易做出結論，只是他冷靜下來，也花了點時間思考之後，反而開始猶豫到底要站在哪一邊。面對此情此景，我相信我可以試著取得優勢。

「舅舅，我們就打開天窗說亮話吧！您目前依舊在懷疑我，而且還不只是懷疑而已。如果我們要進一步詳加討論，有個問題我已經問過朱利安，接下來我也會詢問您——假設我不是羅烏爾・塞律希耶，那麼我到底是見了什麼鬼，才會向您吐露隱情呢？既然對我來說，這麼做風險很大，那麼我會向您透露祕密，是因為我需要您，才能成為蕾妮的戀人嗎？不，事情不是這樣。還是說，由於您資助過我，我或許可以從您的信任與慷慨中獲得利益，可是先前我有這麼做嗎？我有嘗試向您敲詐勒索嗎？除此之外，也許有人還會想到我對您說那些，是因為您有權待在蕾妮身邊，而我想藉此確保自己會獲得您的協助，才能使蕾妮相信我就是她的丈夫。不過之前您每一次向我提議要介入這方面的事，我卻都斷然拒絕。您不妨回想在沙圖的那個晚上，當時我還為此生氣。儘管我在想方設法，也在竭盡全力動腦筋處理這件事，可是我始終都沒有同意讓您插手管這件事。既然如此，除了我對您說的那些就是事實真相，我真的看不出有任何理由，足以解釋我為什麼會採取這種方式處理這件事。對於這一點，您有什麼想法嗎？」

「我嗎？你認為呢，我一點想法也沒有。」

「可想而知，目前您依然認為我根本瘋了。朱利安確信我是瘋子，因為對他來說，光是我聲稱自己長相改變，就足以向他證明我精神錯亂。可是不管怎麼說，無論是和昨天相比，或者是與三週前相較，如今您都不會比先前更有理由認為我是瘋子。您只是由於看到我陪著一個小狐狸精，就大聲嚷嚷我是冒牌貨，假冒羅烏爾．塞律希耶。儘管您這結論下得有點快，但所有人都會在情緒衝動的剎那，就讓自己遽下結論。總而言之，既然您已經確認我陪在小女傭旁邊的意圖純淨無瑕，那麼我們就不該為此爭論。至少我希望您對於這一點，不會再有任何疑問。」

「是啊，我對這一點毫無疑問。我會這麼想是很白癡。再說你這麼做的意圖即使摻有邪念，現在我也得承認，我以這種方式推斷相當輕率。」

「所以說呢？」

「沒錯，這件事當然就是這樣。只是在此同時，我也意識到目前沒有任何新的事實，能向我說明心裡最微不足道的揣測，其實只是捕風捉影。」

之後安東尼舅舅沉默不語，目光在我的領帶上游移不定，同時也開始拉他自己的八字鬍尖。此時我心驚膽戰，等待他深思後的結論。最後，舅舅宛如要為自己的信念辯駁那樣，沒有抬眼看我，就以抱歉的語調低聲說：

「即使是羅烏爾，就算是他，像這樣改變容貌，而且是一下子突然變化，這實在不合常理。對一個智力健全，能夠正確推理的人來說，這不是可以接受的事。」

事情已經陷入絕境。相信荒誕無稽的現象存在，是一種聽天由命。因為置身這種狀態，我們彷彿能藉由魔法，讓自己奇蹟似的突破難關，同時遂其所願。要是上天恩賜的魔法因故解除，無論是什麼原因破壞了它，所有基於理性付出的努力都無法保證這個人得以成功。安東尼舅舅必然明白自己無緣領受這份非比尋常的恩惠。

再說我也感覺到舅舅退縮不前，以致他在這當下的言辭表達變得貧弱。此時他因為變節膽怯，所以注視我的時候也顯得偷偷摸摸。無論如何，安東尼舅舅這時候沒有勇氣明確表達立場，而他多次對我談到朱利安・高提耶，也讓我瞭解他不但遇到朱利安，也讓朱利安說服了他。為了設法讓安東尼舅舅向我承認他遇到朱利安，我提議不妨讓我和朱利安對質。舅舅感激地同意了我的建議。

「我這麼做也許錯了。」我嘆了一口氣說：「錯了的話，那就算了。至少到時我會挺身而出，為自己辯解。我希望這場爭論可以就此告一段落。儘管我沒自信您是否會欣賞我的立論根據，但也許您那時判斷力公正公平，可以聽聽我的論證。我一心期望的事，也不過就是這樣。」

此時舅舅心直口快提出異議，表示對他來說，重要的是必須弭平他意識到的疑問，讓他得以安心。我們約定後天中午在星形廣場附近的一家餐廳碰面，就彼此道別。至於朱利安，則由我負責通知。

於我而言，赴約去吃這頓午餐大概不成問題，不過我為了節省時間就先發制人，是因為生怕舅舅第二天又開始和朱利安聯繫，也擔心朱利安會利用舅舅提供的情報，這無疑會威脅我的人身自由。況且朱利安下午去找露西安商量的時候，勢必會向她描述有位狂躁症患者有意取代羅烏爾・塞律希耶，而露西安一定會認出「我」就是他口中的危險分子，這會讓朱利安更加憂慮。既然朱利安發現我不但占據了他朋友在妻子眼中的地位，還首度發覺我在工作上用計代替他的朋友，而這對朱利安非常重要，因此他正在考慮的事，應該就是通知警方。所幸朱利安可能以為羅烏爾現在在羅馬尼亞，再說那些蓋過布加勒斯特郵戳的信也都能證明此事。只是話說回來，朱利安可能會察覺我騙了他，尤其是露西安如果想起我離開辦公室那個下午，她完全沒機會瞥見我的五官特徵，或許朱利安就會猜到我的騙術。不過說真的，露西安和拉格若女士一樣，也以為自己當時確實看見我，所以她不太可能會想起這一點。

不管怎麼說，朱利安都沒有我的地址。由於先前我給露西安的地址不是真的，就算已有人察覺此事，我在戈蘭古街的住處曝光前，應該還會有兩天時間。雖然此刻我希望自己第二天就能開始找地方搬家，可是沒有再見蕾妮一面就遷離這個地區，甚或是離開巴黎，都令我心有罣礙，因為我期望動身時能誘使蕾妮帶著孩子一起離開。話說明天是週四，而蕾妮的表姊明天下午應該就會啟程回布盧瓦，所以我們已經約好要在明天晚餐後碰面。等明晚九點過後，孩子們都已入睡，蕾妮就會在家等我。儘管同樣在這個週四夜晚，薩拉琴也會在朱諾咖啡館等我，但我毫不猶豫，甚至可以說是心安理得，就把這段時光用來與我太太相會。

然而這個時候，我腦海中卻冒出一個念頭：要是朱利安確認我給露西安的地址不是真的，那麼他可能會待在我太太住處附近，期望能再度發現我的蹤跡。為了要以吉拉東街那裡的山坡掩蔽行蹤，我就行經蒙馬特高地，冉走到我家所在的那個十字路口回家。幸而戈蘭古街此時冷冷清清，街上杳無人跡。我在十字路口注視我家，仔細觀察情況。蕾妮和我的臥室位於陽台盡頭。儘管目前是晚上十一點鐘，我們臥室卻燈火通明，而且所有百葉窗都還開著，後來抵達六樓，我才發現蕾妮在電梯口等我。

「剛剛我在陽台上看到你回來。」

「你表姊呢？」

「她在電影院。今天下午我們先向電影院預約座位，可是出門前我頭很痛，所以珍妮特就和女傭一起去看電影。不過你回來晚了，我的頭痛幾乎沒帶給我任何好處。」

「要是我知道就好了。」

隨後我們就走進我獨居的那層公寓。由於安東尼舅舅倒戈令我非常痛苦，所以這時我漫不經心地聽著我太太說話，一面想著自己先前始終都迴避外貌改變帶給我的種種結果，也想到能見證我過去人生的每一位都會離我而去，如此這般到了最後，我會徹底形單影隻。此刻念及這些，使得我像老男人那樣嘆了口氣。

「你怎麼了？」

「沒事。」我說話的同時，又嘆了口氣：「只要今晚能見到你，我就準備跟你談談。對於你的事，今天我問了自己許多棘手問題，只是現在我已經想不太起來。那些問題我都很想問你，但我提問的方式會相當巧妙，也會十分突然，因為我想藉此迫使你務必回答我『是』或『不是』。如果你回答『我不知道』，那麼我就有權詮釋你說的話。」

「羅蘭，無論你提出任何問題，都是要我面對自己眼前的衝突矛盾，這個我已經知道。如果你想當個有分寸的人，就什麼也別問我。我能夠為你安排的所有一切，我都會準備妥當。至於你所想到的矛盾衝突，原本就包含在我們許下的諾言裡，這一點你比我還先明白。」

這段交談的開端，就足以讓我料到下文，因為我太太絲毫沒變。在此同時，我太太瞬間就能恢復她身兼人妻與熟女主婦的冷靜頭腦，也令我佩服。既然此時她的澄澈目光在對我說「雖然我愛你，但我們現在必須離題談其他事」，那麼我們繼續再往下談，似乎只會徒勞無功。畢竟我的命運已經隨著這副嶄新容貌有所調整，與它同樣煥然一新。況且露西安和安東尼舅舅目前都已經拋棄我，我太太可能也和他們一樣，準備要這麼做。「你在想什麼呢？」這時候蕾妮問我。

「我在想的事你剛剛禁止我講，所以我不能告訴你。你表姊留在巴黎這幾天過得高興嗎？」

「年輕人，來吧，現在就提出你的問題。我稱呼你年輕人，讓你覺得好笑嗎？這實在沒辦法，畢竟我的年紀不是之前對你說的三十歲，而是快要三十五了。況且我還是家庭主婦，但三週前一時衝動，帶著父母的退休金突然來到巴黎的你，卻是討人喜愛的年輕男子。你的父母或許曾經想阻止你娶個在商店工作的年輕女子，那時你卻提出想像個男子漢那樣獨自生活，而他們說：『有何不可？到時他就會忘了那件事。』於是你始終不曉得自己來到巴黎，究竟該說是雙親將你送上火車，還是出於自我意志搭火車來。反正事情就這樣迅速發生，快得讓你沒時間帶走你的植物圖鑑、成套的蝴蝶標本，以及想娶的那位年輕女子。你來到巴黎不但就此成了博物學家，還征服了一位已婚女子。這件事的來龍去脈，差不多就是這樣。雖然我不太想知道其間細節，不過究其根柢，我對這件事應該沒有弄錯太多。

「親愛的，面對會導致我們分離、也對我不利的一切事物，我是多麼想忽視它們，把它們全部都忘得一乾二淨。可是你還年輕，我應該要考慮到愛情也許會無法長久滿足你的需求。因為你最珍視的是想知道世上所有一切，也想要全部擁有，而這一點我非但視而不見，也對它抱持疑問，因為它所具備的特質不僅最容易阻撓愛情發展，也會讓愛情輕易冷卻。我曾經對你說過，我丈夫這個人相當遲鈍，又十分普通，而我也不太順從他——這樣很好，你不覺得嗎？如果我們之間就是告訴戀人他宛如太陽，是自己獨一無二的幸福泉源，並在戀人面前謹慎藏起自己平淡無奇、與眾人相同的面向，同時對戀人遮掩住自己和身旁男人一起生活帶來的種種憂慮，以及彼此共同經歷的那些考驗，那麼我們就會發現這令人非常愉快。身為有教養的年輕男子，你不僅應該順從遊戲規則，也不該錯失良機幫我一把，和我一起製造出美麗假象。如今，你不但沒這麼做，還自以為發現我丈夫的影子就近在咫尺，也為此失去耐心，但那個可憐男人卻只是個目前還待在布加勒斯特的傢伙罷了。你一點都沒有深入瞭解我，我表姊珍妮特也是，羅烏爾也一樣。雖然先前我對你隱瞞我丈夫的名字，但他有名字——他叫羅烏爾。從昨天開始，你凝視我的時候，就像在我眼裡看出背叛。如果真是這樣，好，那就算了，你把那些問題提出來問我吧！或者說得更確切些，提出你想問我的『那個』問題。你已經不想問了嗎？要是你還想問，那就問我：『媽的，總而言之，你愛他嗎？你究竟愛他還是不愛？』」

此時我情不自禁露出微笑。原因不是此情此景看來滑稽，而是蕾妮在這當下實在迷人。

「除了我已經年滿三十八歲，而且明明年紀不輕卻還是個幼稚鬼之外，其他你說的都沒有錯。我確實有些蠢問題想問。不過在我看來，最重要的疑問卻不是你所說的那樣，想知道你是否愛著對方。我特別想問的問題，其實是你是否準備好要跟著我到天涯海角。儘管日後我會避免問你這種問題，可是一段愛情故事永遠都不會因這類疑問黯然失色，我想這一點你也同意。甚至當我提出這種問題，我還可以說些甜言蜜語。」

「羅蘭，我確定自己會這麼做，而且會好好考慮這件事。可是有另一件事，我也不能再瞞你，那就是我剛剛做了果醬，所以我們現在該考慮是不是要吃掉它們。目前我在為托妮特織一件羊毛針織衫，我還打算要織幾件背心、一些短襪，和一些腳踝襪。我們何必要去天涯海角呢？我來這裡與你相會，就已經是我最長最遠的旅程了。我這麼說讓你難受了嗎？」

「沒這回事，你的睿智反而令我讚賞。我覺得我們彷彿已經結婚多年，只是這三週我忘了這件事。你確定你丈夫目前真的在布加勒斯特嗎？」

要是考慮到我的處境，也考慮到我的外貌已經與從前不同，那麼戀人之間的這個把戲就會在轉眼間變得愚蠢無聊。由於蕾妮問我，我是否確知我想娶的那位年輕女子此刻身在何方，我就打斷她這時所說的話。

「傻話說夠了吧！根本就沒有什麼在商店工作的年輕女子。再說你想像的那些，也根本都是子虛烏有。這裡就只有一位愛著你的男子，也只有老天知道他為何會愛上你。這個男人不但會為你和你的孩子維持生計，而且還認為未來的你會需要他。你通曉生活的藝術，所以能活得如此平靜。只是生活中環繞著許多事，而你卻有辦法讓生活過得波瀾不興，這讓人無法告訴你究竟生活中有哪些遭到隱瞞的事，從而打破這種風平浪靜。因此你得知道，你丈夫經手的那種業務微不足道，所以他實在沒有理由離家至今三週之久。他這趟行程當然沒有必要。況且無論再怎麼說，即使他要安排業務，在那裡待上一週也綽綽有餘。由此看來，顯然你丈夫這次離開，為的是不要再回到這裡。」

這時蕾妮面無血色，而且鼻子抽搐。眼見這種情形，我以為她差不多就要昏倒。

「你在嚇我，」此時蕾妮用可憐的嗓音說：「這些都是你胡說八道。」

「有可能是我弄錯了。但他這麼做，很可能是和某個狐狸精一起離家。不過話說回來，我們顯然可以希望他最好就是已經和某個狐狸精攜手離家。他離開的時候帶了很多錢嗎？」

「他在電話裡告訴我，離開時要兌現一張支票，面額是四萬法郎。」

「這不是好兆頭。就你所知，他以前經常有外遇嗎？」

「啊，沒有。他的生活非常規律，而且我可以說，要騙過我的警覺絕非易事。再說他甚至有點怕我，所以我很確定一旦他有了外遇，只要我表露出一絲疑心，就足以讓他中斷那段關係。在日常生活最細微的事情上，有一種方法能制伏男人。這種方式會使男人始終感覺有人陪伴自己，即使當他們遠離妻子也這麼覺得。」

蕾妮提起她支配丈夫的能力時，看起來似乎已完全打起精神，而且她的臉龐這時也因此恢復光彩。

「你該害怕的事情就是這個。」我對蕾妮說：「有些妻子會藉由緊密相依的關係來掌控丈夫，我從這些男人身上懂得了這樣的事。這些男人作為丈夫都表現得無懈可擊，直到有一天他們情緒爆發，屆時這場風暴就會導致他們出軌。到了那時，他們不但會掙脫枷鎖，之後也沒任何理由再回到自己的家，所以都寧可墮落到最卑鄙下流的地步。我記得其中有個傢伙……」

而後我對蕾妮敘述這件事的始末。我談到某個極為令人尊敬的男人除了家境富裕，也是四個孩子的父親，而且還深愛他們，不過這位男人卻著魔似的服從妻子。不幸的是，他過了二十年的婚姻生活之後，突然有那麼一天，他再也不理會原本承擔的責任義務，選擇和一個不三不四的女人一起逃家，即使那蕩婦既不年輕又不漂亮。

「某天我在馬賽遇到這個男人，當時他在馬賽舊港招攬遊客，要帶他們去海邊漫步。那時他向我解釋先前他為什麼會拋棄他的家庭。我不曉得有什麼事比這男人的遭遇還更淒慘。話說有天晚上他離開辦公室時，由於受一位年輕女子慫恿，令他生平第一次心猿意馬。而後他一想到為了自己這個道德瑕疵，回家就得面對他太太的目光，就嚇得乾脆住在那位年輕女子帶他去的旅館裡。我記得我那時勸過他，要他恢復鎮定，還斥責他這麼做會讓他的家庭有多麼悲慘，包括他的孩子幾乎都吃不飽，以及他太太因為幫傭而累垮身體。我同時也提醒他，這些人對他來說依舊很珍貴，況且他們的生活都仍受到威脅，只是那些危險狀況目前都暫時還沒有發生。話雖如此，這個男人最初感受到的那種恐懼，也就是那天導致他留在骯髒旅館房間裡的那種恐懼，在他離家三年之後依然掌控他，使他不敢回家。」

「這好恐怖啊！」此時蕾妮低聲說道。

隨後她陷入沉思，還以黯然的眼神緊盯著牆壁上的壁紙圖案。我的內疚雖然沒讓我感到絲毫不快，卻使我不堪負荷。於是我伸出雙手握住蕾妮的手，讓自己宛如忠實摯友般凝視著她，並對她說：

「蕾妮親愛的，讓你置身這種焦慮不安，我很抱歉。或許我應該再等幾天才談這件事。無論如何，沒什麼好急的。對，我應該等你自己思考這件事情才是。我實在很笨！你不妨試著稍微忘記剛剛我對你說的那些話，至少今天晚上試著這麼做吧。現在已經很晚，你表姊馬上就會回來了。對於這整件事，隨後我會再想想看。有必要的話，我也會打聽相關消息。明天晚上我們在府上相會時，再從容地重新談這件事情就好。」

蕾妮摟住我的脖子對我表示，我可能永遠都不知道她有多麼愛我。此時她的語調中，有她一貫的堅定沉著。她嗓音裡的這種特質，也令我相信自己有可能成為她的丈夫。

第十二章

翌日我害怕在住處遭到逮捕，不僅一大早就清醒，七點半的時候也已經置身街頭。此時天色清朗，即使氣候乾冷的時節尚未到來，天氣卻已經變得又乾又冷。眼前展開的這一整天漫長孤寂，我只能在街上隨意漫步，藉以抵禦這一天帶來的無聊不快。既然朱利安可能會在辦公室設下陷阱，此時去辦公室在我看來，似乎是危險之舉，所以我放棄要著手進行的一些業務，儘管這麼做大概會中斷這些業務。無論如何，晚上與蕾妮相會的時刻到來之前，我都必須確保自己不會遇到舊識。只是漫步穿越巴黎街道一小時後，我不但湧起倦意，這股倦意還轉為沮喪消沉，讓我彷彿厭倦日復一日活在習以為常的狀態那樣，對自己再也沒有一絲好奇。於是不再有興趣探索自己的我，就轉而開始研究這段奇遇。可是這種境遇的荒謬不合邏輯，使我對自己感到陌生，所以我既未因此自豪，也沒有為此興起任何一種狂熱。

這天早上在我眼裡，顯然世上沒有任何事物比那種異常奇特、荒誕不經，而且還難以置信又顯得非凡神奇的事，還要更枯燥乏味，又窮極無聊。畢竟那種事裡沒有絲毫成分，能夠為心靈與感性提供精神食糧。我因而惱怒地想，所謂奇蹟根本就是枯樹一棵，而且這棵小樹既沒有根，也沒有任何枝枒。話雖如此，宗教信仰都會那麼自然而然就在奇蹟裡發現神明顯靈，這真是令人驚訝。對上天來說，祂為什麼會需要反對自己、否定自己，還讓自己作繭自縛呢？要是從這個角度來看待奇蹟，它可能只是愚蠢、狹隘又偷偷摸摸的撒旦，在展現自己小小的本領而已。此刻我終於感受到人世間只有信仰能引發想像，也只有它能使靈魂陶醉其中，而且這些都唯有信仰才做得到。

想到這些事的同時，我也覺得上天遺棄了我。這麼一來，我如果不是得要求自己，別再期待外貌改變會讓我過得幸福快樂，否則就是得讓我的外貌變化對我來說只有好處，使我歷經長相轉變這件事變得既有價值也有意義。在我設法讓事情都變得十全十美，也花費時間、精神讓蕾妮同意跟我走的這時候，儘管這段謊言悲傷又令人尷尬，我還是得立足其上，為自己建立嶄新人生。由於這段謊言是我目前生活的根本所在，為了圓謊，我只得被迫向其他許多人說些鬼話，藉此維持假象。其實我在這當下，不只該藉機離開巴黎，還應另外找個藉口別再跟安東尼舅舅見面，況且這個藉口還必須足以說明為何我沒有家庭，以及為什麼一直都保持某種程度的小心謹慎，那麼我才能永遠都準備妥當，讓自己無論何時何地，都能回答猝不及防來到眼前的那些問題。有鑑於我的孩子可能不只會視我為不速之客，他們或許還會恨我，縱然我不覺得自己有對策能誘導他們不這麼做，也不覺得我有幹勁能在這方面獲得勝利，可是此時在具體範圍內可能遇到的種種難題，我也應該要好好重視才對。由此而來的這些考驗，儘管蕾妮都能勇於承受，然而她也不是全然沒有辛酸苦澀。不過幸福時光給蕾妮的暗示必然會影響她，也會使她難以忍受原本過的日子。相對於此，我卻得拋妻棄子，翻新自己生活中的所有一切，可是我缺乏衝勁做這些事。畢竟要一個即將邁入三十八歲的人做這種事，如果沒有動機驅策，也沒有跳板讓他方便做到，他就會非常辛苦。再說此時的我確實一心只想重返生活常軌，也只衷心希望能恢復原有權利，讓我能與他人一樣，服從大家都遵循的生活規律。

此時我在里克橋上望著腳下的遼闊景緻，一面想著這些。當前映入我眼簾的這片風光，朝歐貝維利耶[21]鎮延展開來。這時候放眼望去，除了能看到鐵軌和倉庫，還會看到用來儲存天然氣的貯氣槽。不過夏貝爾區[22]的這些設施前端，卻撞上維雷特區[23]的成排房屋。那些房屋不但外觀全部都一模一樣，蒸汽火車冒出來的煤炭煙灰，也汙染了所有房屋正面，所以這天早上，這些房屋門面看起來全都像是無藥可救的乾癬，在陽光下受到刺激一樣。這時候火車頭經過橋下，一股帶有惡臭的灰白色濃密雲霧就這樣籠罩了我，也鑽進我的鼻子和口袋裡。此時一股難以抑遏的頹喪在我心裡蔓延開來，掌控了我，而我就這樣不顧一切，任由自己垂頭喪氣，逆來順受。無論我有沒有家，在我看來，我眼前這幅由鐵軌、倉庫以及乾癬似的房屋構成的巴黎市郊印象，正如人生寫照，顯示我們的生活中都一定會有綱要、偽裝、令人動彈不得的背景、夢魘般的框架、使人惶恐不安的想像，以及位於邊緣地帶的小屋。

隨後我攔住一輛計程車，並將朱利安在哥白尼街的地址告訴司機。現在是早上九點半鐘，而朱利安總是晚起，所以這時候他肯定在家。雖然此時登門造訪或許會使他感到驚奇，不過我打算前去招供，朱利安就一定會接待我。再說打從我們初次相遇，朱利安就懷疑我殺了他朋友塞律希耶，因此我對他坦白一切，他除了會毫不訝異，也會理直氣壯，相信他的擔憂全都是事出有因。計程車載著我前往哥白尼街途中，我在車上不但沉著鎮定，也沉醉於就要解脫的感覺裡頭。我終於就要成為大家有權猜想我做了什麼，而我也能充分回應他人假設的那個人。在我承認一切之後，我的存在應該就會無可爭辯，尤其是在我心目中更是如此。因為到了那時，我這號人物的存在就絕對不容侵占。況且

21 歐貝維利耶（Aubervilliers）位於巴黎北郊，緊鄰巴黎第十八區和第十九區。

22 巴黎在行政上除了劃分為二十區，還細分為八十個街區。夏貝爾區（quartier de La Chapelle）是巴黎第七十二街區，隸屬於巴黎第十八區。

23 維雷特區（quartier de la Villette）是巴黎第七十三街區，隸屬巴黎第十九區。

實際上除了我，還有誰能為羅烏爾的消失負起責任呢？我幾乎不需要玩弄花言巧語，就能說服我相信自己的確是殺人犯。我按下朱利安住處的門鈴之際，心裡非常平靜。隨後有位太太前來為我開門，而我曾經在他家裡見過這位滿頭白髮又戴著眼鏡的太太，知道她就是朱利安的祕書。「高提耶先生不在。」聽到那位太太這麼說，我不但大失所望，也為此動怒。

「這不合理！他從來就沒有在早上十一點以前出門！」

「您和他有約嗎？」

「沒有。有辦法可以聯絡上他嗎？」

「他沒有告訴我要去哪裡。我不認為他今天早上會再回家，但午餐後也許他會回來。」

「算了。希望您告訴他，殺害羅烏爾的凶手來找過他。」

「我不會忘記告訴他這件事。」那位太太和藹地說：「高提耶先生沒見到您，到時候他會覺得遺憾。」

我從那時就知道那位太太把我當作電影演員，而且她還誤以為我用朱利安在某部電影裡擔任的角色來稱呼他。即使以這種方式冒充殺人凶手時，我也沒有將樂趣拋在腦後，依舊讓自己享受嚇唬人或使人訝異的那種快感，因為這是我用來介入一件事的方式，而我也藉此不讓眼前境況導致我的想法在沒料到的狀況下見異思遷。既然我一離開朱利安家，就會忍不住懊悔自己此刻脫口而出的話，那麼我以這種方式提防自己心猿意馬，當然就不是多此一舉。儘管只要希望自己能過得幸福快樂，就會有決心破釜沉舟，而不需要讓事情重新來過，不過我離開哥白尼街時，卻對自己決定的解決方式稍有遲疑。只是話說回來，我要解決這件事的決心卻沒有絲毫動搖。此時我毫不猶豫就邁開步伐，走向九月四日街。我這時前往事務所，不是為了要向露西安吐露隱情，因為我缺乏勇氣，不敢將塞律希耶的死訊通知她；可是朱利安會這麼早起，想來應該是有特別重要的事，所以他有可能目前就在露西安身邊。畢竟朱利安和露西安都關心這件事，況且今天就是他們初次見面的隔天，他們很有可能會為了要檢視收集到的情報，而選在今天再度碰頭，並對我做出裁決。

此時拉格若女士的身體已經復原。她除了告訴我露西安目前和一位訪客有事在老闆的辦公室裡，也輕而易舉就將那位訪客的姓名告訴我——那位訪客就是朱利安．高提耶。

「如果您要的話，我可以告訴露西安小姐說您在這裡。」

「謝謝。我不趕時間，所以我等她事情處理完就好。」

「也許會很久喔。高提耶先生在等一通電話。」

事務所前廳有兩張椅子，放在我辦公室那扇門和拉格若女士座位所在的小門之間。此時我在其中一張椅子上坐了下來。儘管可以模糊聽到露西安和朱利安的聲音，可是我不想聽，而且這時候就連旁邊的人在說什麼，我也不想知道，甚至可以說當前的我對別人所說的話幾乎漠不關心。我只讓自己心平氣和，全心想著我遇到的這段戲劇性變化。這麼做不僅使我安心，也讓我覺得愉快。此刻感受到的這種感覺，令我想起以前有一天，我準備要穿上一套特別適合自己的全新西裝，所以那天早上醒來的時候，我心裡有一種傻瓜似的興高采烈。而後拉格若女士接起一通電話。我除了聽到她說：「喂，對，請別掛斷。」還聽到「喀嗒」一聲。

「是高提耶先生的電話。」隨後我聽到拉格若女士接著說：「來電者是費內隆先生，他是筆跡分析專家。」

聽到最後這幾個字，使我覺得血管裡的血液似乎又開始流動，也感覺到自己之前擁有的矯捷活力，以及逃亡者的那種緊張不安，一瞬間都突然復甦。此時的我由於發現出路，因此身上所有的感官能力都向我發出警報，而這也使我從行動力衰退的審慎狀態中清醒過來，彷彿是一隻野獸遭陷阱捕捉，儘管死亡存活都聽天由命，卻仍奮力衝向驟然開啟的縫隙脫逃。這時候朱利安提高嗓音，每句話都說得口齒清晰，好讓費內隆先生能聽清楚他說的話，所以我也全部都聽得一清二楚。

「喂，我是。先生，您做得很好。您可以由此確認來自布加勒斯特那封信上的筆跡，和樣本上的字跡一致，這樣很好。嗯，出錯的可能微乎其微。啊！不是。是這樣沒錯。幾乎可以確定。」

我沒有再聽下去，就向拉格若女士說明我有急事需要處理，今天稍晚會再回來，並走出事務所的大門。此時我不但唱著歌走下樓梯，走到最後幾階還單腳跳下。如此一來，筆跡分析專家所說的話，就可以證明塞律希耶目前活著。除非有人發現他遭人囚禁，否則眼前的整體情況，都足以讓人相信塞律希耶此刻確實在布加勒斯特，而我也因此成了暫時無害的人。即使大家有意追究我的責任，這麼做也無濟於事。況且筆跡分析專家的鑑定結果，顯然會強迫露西安與朱利安認為「等塞律希耶從布加勒斯特回來，他就會瞭解這個人的所作所為，對這個人的事，到時候他也會自己決定」，而他們採取這種方式看待此事，也讓我有了休息時間，能暫時喘一口氣，這對我來說非常重要。除此之外，筆跡分析專家證實羅烏爾仍在人世，應該不僅能向安東尼舅舅證明羅烏爾這個人先前不在這裡，也能向他說明羅烏爾外貌改變確為實情。安東尼舅舅在前一晚所表現出來的那種態度，以及改變立場造成我的孤立，都導致我徹底感到絕望，所以這個時候，沒有什麼比這件事更容易消除他的種種疑心。如果安東尼舅舅確實能重新信任我，我就會重獲生機，變得朝氣蓬勃。無論如何，安東尼舅舅的忠誠，接下來不僅會為我消除障礙，關於蕾妮的事存在的許多問題，這也會協助我化險為夷。從另一方面來說，現在所有事情在時間上，都已經不再像之前那樣緊迫，我也就不需要加快腳步，讓一切都能迅速發生。

此時我歡天喜地走在嘉布遣大道，對於來往行人和路上店家也都很有興趣。隨後我看到有個玻璃櫥窗，裡頭有一幅廣告看板，上面還以粗體字寫著「造訪羅馬尼亞」。這幅廣告看板不僅吸引了我的目光，也讓我持續往前走去之際，臉上露出調皮鬼似的微笑。然而只不過走了幾步，我就突然停下腳步，彷彿在這當下走到無底洞邊緣。因為我突然想起剛剛離開朱利安住處時，對他祕書表示「希望您告訴他，殺害羅烏爾的凶手來找過他」。我一開始相信自己完了，畢竟這句話會對朱利安造成什麼影響，不費吹灰之力就能預見，這也會導致我大禍臨頭，再說目前已經不可能收回這句話了。朱利安知道以後，再根據祕書對他描繪的訪客樣貌，隨即就會報警，這一點毋庸置疑。儘管這時候我感到失意消沉，是因為想到不久前才再三保證從未犯下的罪行，可是過去的我無論什麼時候，從來都沒有放任自己因氣餒而屈服讓步。所以此刻我雖然垂頭喪氣，卻依然堅決要為自己辯護，也設法要讓自己安心。總而言之，我對朱利安祕書所說的話，朱利安未必會理解為是我的口供。他也可能會將它視為挖苦人的反諷，或當作是我藉此暗示自己對他的揣測，以及對我們初次見面最後他明顯流露出的疑心都心懷苦澀。甚至他還會認為我或許試圖巧妙運用某種花招，好讓他聽到這句話時，就傾向認為我就是殺人凶手。

雖然已經想到這些可能，不過我這時身陷焦躁，形形色色的念頭紛至沓來令我思緒混亂，無法打定主意要怎麼做。我朝著眼前的路筆直走去，行步如風，只是我還是無法藉由步行節奏來調整思慮。後來到了中午十二點半，我依舊沒找到任何值得考慮、採用的方式，所以我制止自己在想出能進一步發展的構想前享用午餐。可是耽擱自己用餐時間的這種方法，卻沒有讓我得到可觀成果。目前除了「去找朱利安，告訴他所有一切」，我還是想不到其他手法比它更為巧妙。

這段時間我沉思默想，不知不覺走到了巴黎的城門之外。此刻是下午一點半鐘，而我在巴黎市郊的街道上遊遊蕩蕩。這裡應該是塞納河畔阿涅爾[24]，否則就是勒瓦盧瓦－佩雷[25]。隨後我決定走進一間房子，與其說是飢腸轆轆促使我這麼做，倒不如說是疲憊不堪導致我下定決心。這間房子外觀像外省資產階級的住宅，屋裡不僅能打撞球，二樓

24 指位於巴黎西北方郊區塞納河左岸的城鎮。
25 指位於巴黎西北方郊區的城鎮。

還有供婚禮和宴會使用的大廳。房子一樓是咖啡廳，而且面積寬廣。咖啡廳櫃檯在一樓的一側突了出來，使得櫃檯這邊靠裡面的部分，形成一個狹隘空間。到了用餐時分，這個窄小空間就會搖身一變成為餐廳。這裡的六張餐桌，此時已經有兩張遭人占用，所以我就在第三張餐桌那裡坐了下來。

離我最近的鄰桌客人，是一位年約三十多歲的女子，和一位年紀在五十到六十之間的男子。那位女子一頭棕髮，體形豐滿，而且還盛裝打扮，坐在她身旁享用午餐的男子則又禿又胖。棕髮女子黝黑的雙眼很美，只是她這時眼裡閃爍的光芒中含有恨意。只見她胃口大開狼吞虎嚥之際，還口齒不清地指責男子。如果她罵得不順，就會喝幾口葡萄酒。至於在動手攪拌蛋白與食物的那位男子，此時則一臉悲痛。肚子不餓的他，除了對女子說：「我的小貓咪，我漂亮的小乖乖，得了吧！」他原本放在背後的那頂圓頂硬禮帽，先前可能曾經滾到地上，所以他這時候也拿著它，用手指不斷輕彈，藉以除去黏在帽子上的木屑。可是這位男子所使的這種伎倆，卻激怒了他的女伴，以致她開口對男子說：「維克托里安，你已經傷害我了。當時你那樣對我真是丟臉。那時公車上的乘客，都對那個人盯著我胸部看的方式感到憤慨，所有人也都期待你能站起來賞那傢伙一巴掌。可是你這個人啊，卻沒有我想的那麼有道德良心。天底下所有男人或許都有可能來冒犯我，而你對這種事卻只會袖手旁觀。唉！大家從裡就能立刻看出你這個人出身如何。話雖如此，即使那個人不是生平第一個盯著我看的男人，對我來說，這種情況還是丟人現眼。維克多里安，我這個人啊，很早就和男人混在一起，所以我應該要告訴你，男人一開始和女人來往，都會先擺出某種姿態，再說有教養的男人剛開始也都不會在午餐前就渴望能與對方在一起。這個你不但得知道，也必須想想才是。雖然你是有錢，可是你出身欠佳，這個大家都看得非常清楚。我最後再說一次，讓我安靜點，別再玩那頂帽子了啦！」

儘管我沒有心情注意人家的家務事藉此自娛，不過那位女子由於吞嚥，罵人的聲音顯得含糊不清，又具有某種節奏，也撫慰了我的疲憊不安。他們的口角雖然無聊至極，卻飽含活力，況且外在形貌改變這件事的荒誕不經，肯定也不會侵擾他們，這些不僅都令我對他們心生羨慕，也讓我動念想取代那位好好先生。然而我要是那個傢伙，我可能會破口大罵，也可能會大聲羞辱那位暴躁的棕髮女子，並打斷她的牙，再說生活中常使用的某些粗話罵了會使人感到安心，此時我可能也會任意使用這類粗話，來讓自己罵得更凶。

除了他們之外，日前我對面那排餐桌只有一位年輕男子。這時他一面用餐一面閱讀，而且還不時望向袖口，好讓自己能知道現在是幾點鐘。這裡的電話亭位於前往二樓供婚禮和宴會使用的大廳樓梯下方。那是個小小房間，而且位置隱密。一點四十五分的時候，那位年輕男子放棄吃餐點中的乳酪，起身走向電話亭。隨後電話亭燈光亮起，他的身影也在電話亭門口的磨砂玻璃上搖搖晃晃。這裡的女老闆目前在櫃檯那裡打著毛線，而且每隔一段時間，她就會固定從餐廳所在的那一側，朝店裡的顧客露出和藹可親的微笑。在此同時，我也聽見遠處撞球檯傳來撞球相互碰撞的聲音，偶爾還會聽見在玩撞球的人驚呼出聲。後來那位年輕男子走出電話亭，不但向男服務生抱怨說電話無法接通，接下來半小時內，他又去撥了幾次電話。那位年輕男子看起來似乎很煩，而他此時表露的擔憂神色，也讓我想起自己的焦慮不安。於是我心裡想，不知道那位年輕男子這時會不會正好在打電話給朱利安。儘管如此，我的疲憊和餐點散發的溫熱氣息都令我反應遲鈍，也使我此刻無力探討這個問題。

鄰座那位棕髮女子在這當下除了在吃她的第三份甜點，也才剛剛又點了些葡萄酒。「你為了要我答應和你在一起，做了些什麼事，我希望能夠知道。」那位女子重複說了這句話幾次之後，不但喝了口葡萄酒，還口出惡言，彷彿不怕伴侶會因此憶起她身上某些醜陋之處，即使先前他對這些都守口如瓶。不過維克托里安此時卻已經受夠這位女伴，所以不但開口表示：「我實在是忍不下去了！」還拿出錢包，並拿起他那頂圓頂硬禮帽。由此看來，所有一切這時都已經告一段落。那位女子面對此情此景，起初眼神驚恐，隨後目光卻轉為柔情萬千，而且還靠過去倚在男子身上，堅定地摟著他的腰。男子雖然掙扎著說：「夠了，這真是夠了！」女子的嘴卻依舊貼近男子帶點淡藍紫色的耳朵，並將她的雙唇貼在他毛茸茸的耳廓凹陷處，對他輕聲細語，之後男子轉過身去。縱然此時我只看得到男子背部，卻發現澎湃的心潮不僅染紅了他光禿禿的頭，裹在他襯衫活動硬領裡的脖子，也因而腫脹起來——這一幕真是動人心弦。後來他們點了一杯咖啡和一些利口酒。我則點了一杯咖啡，以及一瓶渣釀葡萄蒸餾酒[26]。這瓶酒令我昏昏欲睡時，某位玩撞球的人連續得了四分，我的鄰座則低聲交談，對彼此說些呆頭呆腦的話。後來女老闆一陣咳嗽，接著就什麼聲音都沒再出現，使這裡明顯變得安靜。此時電話亭的門冷不防打開，而且開門的人力道之猛，讓那扇門發出一聲巨響。隨後那位年輕男子從電話亭走了出來，邊跳邊叫道：

「兩封信的字跡不同！羅烏爾．德．康布雷[27]喬裝打扮，已經逃離這裡了！」

這時候咖啡廳櫃檯另一側傳來一陣高聲鼓譟。我不但眼睜睜看到所有人此時都盯著我看，旁邊那對伴侶也站了起來，還對我露出嘲諷又嚇人的那種神色。至於女老闆、

26 以葡萄果實壓榨後留下的葡萄渣（包括葡萄皮、果梗與種子）蒸餾製成的酒。

27 主角是羅烏爾．塞律希耶（Raoul Cérusier），而這裡出現了名為「羅烏爾．德．康布雷」（Raoul de Cambrai）的人物。此名若採意譯，即「來自康布雷的羅烏爾」。由於康布雷（Cambrai）是位於法國北邊的城鎮，加上這本小說第四章和第十一章都曾提到主角來自外省，所以此名所指可能就是小說主角。

男服務生，以及在玩撞球的那些人，這時候也都順著櫃檯向前走來，並不約而同發出咆哮。逃跑的可能在這當下已經灰飛煙滅。我為此嚇得冒汗，就站起來跑進電話亭裡頭避難。目前整個咖啡廳雞飛狗跳，宛如大軍壓境那樣緊迫盯人，儘管我想把自己關在電話亭裡，門上的鉸鏈卻已經蕩然無存，以致電話亭的門現在不需要外力推動，就自己會旋轉晃動，同時也讓門的一邊始終都保持開啟。而後我從口袋裡拿出一把刀，並察覺只需要用一丁點力氣抵住刀的尖端，刀刃就會縮進刀柄裡頭。我那些仇敵目前雖團團圍住電話亭所在的這個隱密房間，所幸他們一看到我拿出武器，就都對它畢恭畢敬，而不曉得這把刀有這個缺陷。之後我用自己能自由活動的那隻手拿起電話聽筒，卻笨拙得拉斷了電話線。電話亭外的女老闆發覺此事，就以溫柔和善的聲音對我說道：「這樣也沒關係喔！要打電話的話，只需要電話線就可以了，這樣完全沒有影響。」於是我鬆開話筒，並將垂下的電話線末端放在自己的嘴唇前面。

「麻煩您，幫我把電話接給天主。」我對著電話線說。

「別掛斷喔！」回應我的，是拉格若女士的嗓音：「喂，是天主嗎？有人要與您說話。」

「我是住在戈蘭古街的羅烏爾．塞律希耶。雖然我太太向來什麼都不信，但我跟她相反，我始終都有信仰。」

之後我稍候片刻，上天沒有回應我說的話。於是我開始猶豫自己是不是應該要沉著冷靜，細細對祂陳述我剛剛才想到的某個謊言，好讓祂能注意到我。隨後我幾乎就立刻決定要這麼做。畢竟夢裡的我向來都遠不及我在現實生活中那麼誠實，又勇氣十足，於是每當夢醒時分，我不僅都會覺得尷尬，也都會對自己說：「事實上，或許……」

「天主啊，」這時候我又開始用悲傷的聲音說：「我難以維生，而且還有五個孩子要養。即使這很累人，我還是將閒暇時間全部都用來傳播福音。我都對那些人說：『物質與物質之間產生的作用強度，會與它們的距離平方形成反比，而人與人之間彼此吸引的力道強弱，也是依據這項定理而定。這種情況就是證據，足以證明上帝存在。您不妨注意這項定律提到的距離平方，它的使用簡直可以說是恰如其分，而當這項法則突然降臨人間，它的出現也總是那麼剛好。況且指數的數值可能會包含小數，而機遇是整數這種事則沒有前例。由此可知，人與人之間的吸引力，是以上天預設的法則作為依歸。』」

「你不笨嘛！」此時上帝開口說道。我從祂說話的語調中，明白祂覺得自己受到恭維。與此同時，由於我從前曾經對一位老師開玩笑，現在發現祂長得像那位老師，這讓我感到自在。只是既然祂要開始講解幾何定理，我就打斷祂要說的話。

「我怎麼會變得連『存在』這個動詞的動詞變化，都已經不會了呢？」這時候我詢問祂：「您知道這是為什麼嗎？」

「什麼？這可是天大的錯誤啊！」此時上帝大叫道：「當初創造你，就是預設要用來當作，當作，當作……」

不知道是憤怒還是痛苦，使祂這時候說起話來結結巴巴。而後祂的小腿和手臂都陸續消失，變成一座放在壁爐上的石膏胸像，我再也看不見祂了。此時電話亭的門緊緊關上，我才知道門上的鉸鏈已經又重新裝上。電話亭這扇門在這當下面對空地，而這片空地上的石子與石子之間長著青草，空地盡頭可能是一片沼澤。我只要想到空地盡頭所在的那個地方，心頭就會一緊，而且時至今日，我都還是這樣。電話亭前面此刻只有咖啡廳女老闆，和一位陪著她的便衣警察。這裡的照明不良，使他們的臉都變了樣，而他們所在之處的裝潢也影響了衣服的色澤，讓他們的衣服看起來像是灰色。儘管他們之中沒有人因為要對付我而顯得亢奮，不過那位警察這時候卻轉向我，並以平淡無情的嗓音大聲說道：「我隨身帶著祕訣。這種時候，我們只能設法讓這扇門鼓起來。」他話一說完，就立刻調整腳踏車打氣筒的氣嘴開口，把它接在電話亭這扇門的開關上，彷彿創造出一個氣閥那樣，同時開始打氣。他打第一下時，電話亭的門就開始膨脹，變成像肚子一樣的圓球，還不斷靠近我當前所在的位置，讓我焦慮得僵在那裡動也不動。隨後這扇門鼓脹得超乎尋常，還將我推進電話亭最裡面，讓我動彈不得，也使我一腳踏進自己的墓穴之中。我想呼喚天主，卻忘了祂的名字。不一會兒之後，我不僅全身上下都感覺到有一股壓力朝我襲來，而且越來越強。由於電話亭的門膨脹到電話亭裡，看樣子幾乎就要碰到我目前背靠著的那塊隔板，以致我的胃感受到的壓力最為劇烈。我眼看著自己逐步邁向死亡，於是嘆息說道：「完了。對於未來，我雖然感到遺憾，但也只能這樣了。」

此時店裡的顧客都已離開。睡夢中的我任由自己趴在餐桌上往前移動，餐桌邊緣壓得我胃好痛。男服務生站在櫃檯附近等我睡醒。他臉上的神情雖然得體，卻顯得百無聊賴。我不敢向他再點一杯咖啡，所以即使自己現在畏寒，手腳也不靈光，我還是付過錢後，就從餐桌站起身來。此刻天色陰沉，室外的寒意也令我倍覺訝異。我睡得不好，又消化不良，導致這時候神智不清，而這也讓我對今天早上擔憂的事漠不關心。這裡的街道死氣沉沉，讓我以為自己在這個地方會回到我的夢魘裡頭，也因而弄錯了好幾次路，浪費了四十五分鐘在街上遊遊蕩蕩，最後我終於找到尚佩雷門[28]，可是卻誤以為自己走到阿尼耶門[29]。步行非但沒讓我身體變暖，反而還使我疲倦。既然目前已經快要四點鐘

28 尚佩雷門（porte de Champerret）位於巴黎第十七區的城門。
29 阿尼耶門（porte d'Asnières）位於巴黎第十七區的城門。

了，於是我不假思索就相信朱利安此時已經不在他家，這也讓我以為自己錯過了去向他求情的時機。儘管要確認朱利安目前是否在家可以說是輕而易舉，不過在這當下要我走進電話亭裡，卻令我心生反感，甚至就連我這時確實想喝杯熱飲，卻對於要走進咖啡館這件事也感到不快。我這輩子從來沒有哪個時候覺得自己像現在這樣，敗給自己的消化系統。後來經過電影院時，那裡張貼的電影海報誘惑了我，加上覺得自己需要休息，需要溫暖，也需要遺忘，這些都讓我猶豫自己是不是要在這個事態緊急的下午，浪費兩小時進電影院看戲。不過我接著就對自己複述在夢裡說過的話：「對於未來，我雖然感到遺憾，但也只能這樣了。」

由於電影已經開始放映，我只得摸黑找位置坐下。此刻銀幕上開展的故事，是一位穩重可靠的美國女子，在經商時發現愛情的一段歷程。電影裡有位人微言輕的男性職員，他雖不富有，卻前途無量，還有一位漂亮且勇敢善良的女性打字員。大家看到這兩個角色，必然都對他們抱持好感，對於他們的未來也都會充滿信心。此時我不但忘了自己在餐廳裡作的夢，影廳裡的暖意和這齣戲的趣味，也很快就驅散了心煩意亂與精疲力竭，並使我隱約感覺到一種幸福。這種幸福有點像是人類與生俱來的感受，只是我們的道德良心不但會敏銳意識到它只是我們暫時歇腳之處，也會每隔一段時間，就妨礙我們體會這種幸福。

此時我旁邊坐了一位女子，她身上的香味令人愉悅，而且即使在黑暗中，依舊能判斷出她年紀似乎很輕，身形也顯得雅緻。我為她撿起包包，她向我道謝時嗓音親切，這令我想起自己長得很帥。縱然俊俏的年輕男子正如嗓音美妙的人一樣，都會嘗試利用天賦取得自己所需，不過這時候在昏暗影廳裡暗地發生的事，卻沒有絲毫背離我既有的喜好習慣——話說我這會兒正靦腆地靠向鄰座那位女子，而她既沒躲開，也沒有鼓勵我繼續再這麼做。她會有這種反應，可能是因為害怕與容貌或年齡不太吸引人的男子打交道，所以想等電影中場休息再面對這種情況。我因而自以為是，也為此歡天喜地，等著看到稍後影廳燈光亮起，向那位女子揭露我這副容貌是什麼模樣，屆時她原有的含蓄矜持，就會因為我的魅力與俊帥消散無蹤。話說回來，雖然我這麼想，但其實沒打算要讓事情進展到那麼遠。我只希望這齣戲散場時，我起身離開那位女子會為她留下遺憾。之後電影中場休息時分到來，我的膝蓋和肩膀起初都還緊靠著那位女子的膝蓋與肩膀。隨後我凝視她，才發覺她年輕秀麗，五官細緻小巧，而且還衣著優雅，我心想這機緣來得還真是湊巧。此時女子也轉過頭來注視著我，然而當我設法讓她與我四目相交，她卻立即轉移視線，並將她的膝蓋與我的膝蓋拉開距離，同時她的身體往後退到座椅的另外一側。那位女子希望中斷這場遊戲的願望，這時候表達得再清楚不過。這不僅使我感到尷尬，也稍微有點丟臉。先前作為年輕帥哥的這段經歷，讓我幾乎對這項敗績沒有任何心理準備。於是我想到，有一種女子擁有雅緻又討人喜愛的美麗外貌，可是她們卻都偏愛笨拙粗俗的那種男性，因為這類男子的外表肉多，且毛髮濃密，這種模樣會使她們想起野獸。此時我想到這些，便鄙視這類女子，試圖藉此來安慰自己。

走出電影院時，我在尚佩雷門搭上公車，而後在克利希廣場下車，再往北走到戈蘭古街。現在時間是七點半鐘。我除了因為自己蹧蹋了一整天而感到內疚，也明白我的膽小怯懦，使得原本就棘手的情況變得更難處理。於是我決定晚餐前要先回家，也下定決心要打電話給朱利安，不過我幾乎很清楚他這時候大概不會在家，所以我這麼做還真是虛偽。後來經過販售報紙的店家時，我想要買一份晚報，賣報紙的女子卻以和氣的嗓音對我說道：

「您的夫人五分鐘前剛買了報紙喔！」

為了不要向對方說明她弄錯人，我只得先向她表示歉意，然後又另外買份報紙。離開那家店時，我瞄了一眼報紙頭版標題，卻沒有任何標題引起我的興趣。此時我想到薩拉琴稍過片刻，大概就會在朱諾咖啡館裡頭等我，而我今天晚上卻會下樓前往我太太家，讓薩拉琴空等一場，一想到這點我就開始感到遺憾。這時候我已經回到家門前，也遇到一位我認識多年的鄰居商人。那位鄰居似乎在趕時間，所以只匆忙又恭敬誠懇地對我說了句：「塞律希耶先生，您好！」

第十三章

這時候電梯才剛剛啟動。我沒有等電梯再回到一樓，就邁開步伐跑上六樓。在門口時，我的手不僅抖得厲害，而且我還為此一試再試，才將鑰匙插進門鎖裡頭。儘管這是意料中事，然而在鏡子裡再見到我昔日那副容貌，依舊令我尖叫出聲。在這當下，我已經不知道自己這聲尖叫究竟代表解脫，或者是表示失望。能驟然擺脫兩天以來始終都威脅著我，也不讓我稍事休息的這個險境，當然令我感到寬慰。畢竟從今以後我就不需要再撒謊騙人，也不必再躲躲藏藏，更無須再不斷耍各種花招，況且接下來我會有的種種憂慮，也都是一名誠實男子平常就會有的擔憂。話雖如此，這時候坐在扶手椅邊緣，雙手在膝蓋間交叉的我，想到自己即將恢復的那些日常習性，心裡卻毫不激動。

或許此時我還暗暗抱著期望，所以有時候我會站起身來，看鏡子裡頭的自己一眼。我原有的這副面容不僅打擊了我，還讓我覺得它很礙眼，我從來沒有像今晚這樣，體認到原本的這副容貌是多麼乏味、多麼令人難以忍受，又有多麼不討人喜歡。甚至有那麼一瞬間，我還痛苦地想著剛剛才失去的那副容顏，並責怪自己先前不知道該怎麼做，才能讓自己的一切都能與那張俊臉相稱，也讓我這個人配得上我那張臉。在我看來，我的外貌變化顯然像是燦爛輝煌的奇妙際遇，也彷彿是上天對我的關注，而我彼時置身其中卻無力從中得益。上天不但對我的愚昧遲鈍感到憐憫，也同情我過去致力投身卻始終平凡無奇的那段生活。於是祂賜給我一份好運，讓我有可能嘗試翻轉人生。這種幸運非但不可思議，人類也都不敢奢望能有這樣的一種機運，而身處這段奇遇的我，卻絲毫沒有意識到它在召喚我要這麼做。當時我在乎的事，就只有回到太太身邊、重返職場，以及與情婦重修舊好。縱然那時應該要把握機會，和自己過往人生的一切都一刀兩斷，我卻只心心念念，要將從前生活中的所有一切，全部都重新聚集在當前的生活裡。面對嶄新人生，我卻只急著想將自己眼前的人事景物，全都雕琢為它們的昔日樣貌，甚至是今天晚上也依舊如此。在我的外貌改變之前，薩拉琴這個豔光四射的浪蕩女子，目光從不曾落在我身上，而我今晚卻為了要和太太約會，就犧牲了我和她的約定。甚至我之所以刻意失約，也不是因為深愛蕾妮，而是因為我迫不及待渴望能回到自己家裡過夜，懶散地重新穿上我身為人夫在家裡穿的那雙拖鞋。上天會收回我作為俊俏年輕男子的那副相貌，想來正是因為祂厭惡我這麼做。

只是薩拉琴確實令我心醉，此時想起她，對她的回憶就縈繞心頭揮之不去。於是我開始著手搬家，好讓我能擺脫那段記憶。我重新收拾旅行用的小行李箱，只要是蕾妮可能認出是她戀人持有的物品我都留意不要放進行李箱裡。就算蕾妮看到我擁有羅蘭的手錶或睡衣，無論她會多驚訝，我的解釋應該都能使她滿意。不過我想讓自己看起來清清白白，完全沒有任何祕密，所以收拾行囊時還是謹慎小心。而後我脫掉那套全新的西裝，也換掉我的內衣、領帶以及鞋子，再穿上我動身前往布加勒斯特那時，身上穿的那套黑色條紋的深灰色西裝。當我在鏡子前穿好衣服，蕾妮就打電話來告訴我，說女傭已經離開，孩子們也都已經入睡，她在等我。我怕自己會露出馬腳，就壓低聲音回應她，表示應該會在十五分鐘內抵達她家。只是我雖然對蕾妮這麼說，但老實講，我在這裡已經無事可做。所以我隨後就穿上大衣，戴上帽子，並拿起小行李箱，然後將鑰匙留在屋裡，離開這個地方。未來幾週內，警察局分局長和鎖匠也許就會陪著房東，打開我租下的這層公寓。屆時他們可能會在屋子裡的家具底下，尋找屍體究竟在哪裡。

抵達五樓時，只要把門推開，我就能進屋裡去。我才剛走進門，蕾妮就現身走廊盡頭，身著一襲性感長版睡衣，而且這件白色緞面睡衣下襬，還以天鵝絨鑲邊。它和她之前買的豹皮大衣一樣，價格應該都貴得嚇人。此刻她站在臥室門口動也不動，擺出的姿態和屋裡的燈光，顯然也都經過精心安排。我回家的時機，想來就是這個時候。走廊目前依舊昏暗，我臉上則露出食人魔那種令人毛骨悚然的喜不自勝，凝視站在走廊盡頭的蕾妮，並在她走上前迎向我時，打開了電燈開關。儘管她在這當下大喊「羅烏爾」，還向我伸出雙臂，然而我觀察她的臉，卻發現她的神色慌亂不安，而她那蒼白臉色、緊繃五官、睜得大大的雙眼和閃爍不定的眼神中，除了為人妻子理應會有、不言自明的那種情緒，沒有其他情感可言。況且她這種混亂狀態，只不過持續了幾秒鐘而已。

「親愛的，我好高興！」蕾妮先擁抱我，再以愉悅的嗓音說道：「我就知道今天晚上你會回來，我從今天早上就已經有預感了。」說完她後退一步，展示那件全新的長版性感睡衣，而且還壓低聲音，露出害羞卻淘氣的神態補充說：

「你看看，我在等你呢！」

蕾妮天生就厭惡人家故意撒謊，先前我也曾多次證明她確實這樣。所以她這時候維持謊言的那種輕鬆自在，讓我痛苦地留下了深刻印象。

「這好迷人。」我說這句話的尷尬神色應該顯而易見。在此同時，我表現出來的這種窘態，也讓我對自己生氣。

隨後我們走進臥室，蕾妮問我家裡大門是否關了。

「嗯，我想應該是關了。」我回答蕾妮之前，就打算要以遲疑的語氣說這句話。因為這種不確定的口吻會使她心生疑慮。

「我去確定門是不是關了。」

「這事不急，等一下再去就好。現在已經很晚，你希望有誰會在這種時候進到我們家裡面來嗎？還是先跟我說說孩子們的事情吧！」

蕾妮不敢堅持要去關門。只是她這時雖然保持微笑，說起話來也顯得平靜，但嗓音卻不時顫抖，雙眼也會偷偷瞥向走廊，這種情況持續了將近十五分鐘。然後我脫掉大衣，蕾妮將它拿去掛在屋裡的另一頭時，我聽到大門「砰」一聲關了起來。如此一來，她再也不用擔心她的戀人會為了要來到臥房門口用指甲輕扣房門，而得在黑暗中躡足前行。這個時候，在一片寂靜之中，我覺得她的表情看起來像是鬆了一口氣。隨後她坐進扶手椅中，同時蹺起腿來，說話時還用趾尖勾住她原本穿在腳上的鞋，讓那只白色皮質穆勒鞋能在她腳尖上來回晃動。蕾妮這時候這種懶散隨便，以及當下眼神中的同情、她對待我的那種親切和善，都讓我對她承受的痛苦竟結束得如此迅速感到遺憾。然後她問起我在布加勒斯特那段時間的事，我卻以手勢要她安靜，並低聲說道：「剛剛有人敲門。」蕾妮聞言不僅隨即站了起來，而且動作還匆促得使她的穆勒鞋從腳上掉了下來。不過她完全沒花時間重新穿上鞋子，就蹣跚地搶在我前面去到臥房門口。「我去看看，」這時候蕾妮對我說道：「你留在這裡就好。」

「得了吧，你衣衫不整，所以你不能去。」

當我置身走廊，臥房裡的蕾妮也跨出一步踏進走廊。而且這個時候，她還以響亮得樓上肯定聽得見的聲音，口齒清晰地叫我的名字，並對我大聲喊道：

「羅烏爾，我拜託你，別去那裡。這可能會很危險啊，羅烏爾。」

後來我朝電梯口看了一眼，就關上大門，回到我太太身邊。此時蕾妮不僅又已經坐回扶手椅中，也已經重新穿上她那雙穆勒鞋了。她望著我的時候，臉上的微笑雖溫柔多情，卻也帶著奚落之意。隨後我們接著先前中斷的話題繼續交談。蕾妮這時候那種挑釁似的興高采烈，以及她身處危難之際，自己得耍點花招的清楚頭腦和敏捷思緒，我全部都可以感受得到。

「總而言之，」這時蕾妮對我說：「你這趟出差絕對會是白忙一場。」

「顯然是這樣沒錯。原本我希望成績更好，可是目前得到的成果都不出色。在那裡的所有一切全部都不如預期。再說我也沒料到我動身離開這裡三天之後，市場價格就開始暴跌，說起來還真是倒霉。」

「這樣也好。你是那種沒有先見之明的人。雖然我不會責備你這一點，不過既然從第三天起，你就確定此行難以拓展事業版圖，我不明白為什麼你會不知道在這種情況下，應該要立刻打道回府。」

「我不能這麼做。我向你保證，當時我一直都希望自己能開始做點什麼，好讓我能有憑有據，向人家解釋我為什麼會有這趟行程。」

「我可憐的老公啊，狗改不了吃屎，以後你永遠都會這樣。不過這沒關係，看到你回來，我實在是欣喜若狂。」

此時蕾妮露出的微笑親切寬容，我也才意識到剛才說的那些，彷彿都是罪犯在為自己辯護。以蕾妮的作風而論，她提出的意見都很好，況且過去我有很長一段時日，都習慣膽怯畏縮地接納她的批評，以至於只要她有可能指責我，我就會忘記自己身為老練丈夫理應有的優勢，最後也會因此再度忍受她的強勢，並趕緊表現得卑躬屈膝。即使事後我會傻乎乎地反抗，可是既然爭論已經告一段落，我也就和反抗的時機失之交臂。

「這種迎接方式還真是誘人。」此時我冷笑著說：「原來我離家三週回來，就是為了聽自己的太太指責我愚蠢，讓她指出我這個人就是這樣。哎，事情永遠都一成不變！不過令人高興的地方，也就是這個部分。只是話說回來，可能有人想讓我覺得我這時候回到家，實在是令人掃興，因為我害人家不太能開始做什麼事。」

我認為最後說的這句話顯得機智，又能如我所願，讓聽到的人感到心神不寧。況且說這句話時，我也想像自己展現出來的態度和臉上的表情，都能突顯出我在這句話裡包藏的那種暗示。只是口出此言的我，卻弄錯了最重要的事，也就是我目前所說的這種看法，不完全是我的觀點。因為此時我依然透過幾小時前已經不再是我的那名男子，來看待我眼前的這種境況，而且我是在鏡中倒影裡看見自己真正的容貌時，才赫然察覺此事。想來回到現實於我而言實在是意想不到，而這種意外令人痛苦，又讓人丟臉，才會使我這時候發起飆來。

「好了啦，羅烏爾，這樣很可笑耶！你很清楚你沒有理由說這些。」蕾妮以愛深責切的語調說。

「可笑？對，我是可笑，你不用跟我說這個。你對我懷抱哪種感情，以及在你眼裡我是哪種男人，我早就都已經確定了。我這人笨拙粗魯，所以你認為我可笑是理所當然，你不是還認為我很遲鈍嗎？我知道你嫁給我那時，就覺得自己嫁錯了人。我也知道我們一起生活這些年來，你不但始終都在將就，也一直都在設法擺脫自己犯下的錯。我缺乏理解力又魅力不足，況且能讓女人過得愉快的所有一切，我也全部都付之闕如。我是遲鈍沒錯，但至少在這方面，我沒有欺騙自己。雖然你先前就已經找到力量，讓自己能與如此平庸的丈夫一起生活，但卻沒有能力讓我瞭解自己對你來說，究竟是什麼樣的人。或者說得更確切些，你把我想得太過遲鈍，認定以我的敏銳程度，根本就理解不了這件事。」

此時蕾妮站起身來，以驚愕的目光注視著我。由於她在這當下又聽到自己說過的怨言，而且我說這些話用的詞彙，也都和她當時用的字眼完全一樣，這讓她詫異得沒想到要提出異議。不過她這時候儘管惶恐不安，卻只聳了聳肩，而她這種反應，也導致我怒氣更盛。

「你做的好。和我在一起時，你向來懂得如何用藐視我的手段使我屈服，而這也的確讓我變得順服，所以你就繼續這麼做吧！為什麼要不好意思呢？我這人十足笨拙，又極為遲鈍，到時無論你說什麼，我全部都會接受，你別怕我會心生抗拒。在日常生活最細微的事情上，有一種方法能制伏男人，而且這種方式還能一勞永逸，使男人永遠都會任由自己的妻子擺布。雖然能注意到這種方法很棒，但你應該知道總有一天會有人意識到生活中除了讓自己像狗一樣，趴在傲慢的小女孩腳邊，其實還有其他事情可做，那就有得瞧了。

「之前我會去布加勒斯特，不是為了公司業務，而是因為厭倦了與你同床共枕的這間臥室，厭倦面對你總是對我嚴加批評的那種狹小心胸。我當時動身離開，其實沒打算要再回來。我這趟行程非但不可思議，它也是你這個精於算計的無知頭腦無法理解的一趟旅行。生命這麼重要，生活又如此豐富，況且我有那麼多事情想做，也有那麼多事準備要著手進行。這間屋子令人窒息。究竟我懷抱什麼內疚，又是哪種愚蠢顧慮，才會使我認為自己應該要回到這裡，也才讓我又回來讓自己的人生蒙塵，在這裡囚禁自己，同時讓自己變得糊裡糊塗，神智不清。」

氣憤與懊惱使我這時候宛如喝醉，不但看見眼前出現河流、為了釀酒採收的葡萄、熱帶叢林、高樓大廈，以及具有中國風情的珍奇古玩，我還想到了薩拉琴也絕望地呼喚著她。儘管我的話裡透露的事起初令蕾妮驚慌失措，但她目前已慢慢恢復端莊，也已經在諸多回擊方式中尋找只有她在行的那種機智回應，讓她能在反駁我時讓我不由分說。只見蕾妮此時因竭力思索瞇起雙眼，目光也顯得冷靜沉著。不過當她眼中靈光一閃要開口說話，我就轉過身背對她冷不防走向走廊：

「我要閃了。」

蕾妮這時候不僅開口大叫，還匆忙跟在我後面追了上來，而且又哭又叫。只是這當下無論她做什麼都已經都沒有用了。此時此刻，什麼都攔不住我。我一心只想再踏上旅程，回到布加勒斯特重新展開人生。我走到外面毫不猶豫也幾乎不假思索，就往北走到朱諾大道。由於剛剛才下過雨，街道和路燈目前都還顯得溼潤。街上有位怕冷的窮苦男人嘴裡叼著根熄滅的菸開口向我借火。然而我經過他面前卻沒停步，以致那男人以悶悶不樂的語調說：「借火給我又不是壞事啊！這麼做也花不了半毛錢吧？」

我一走進朱諾咖啡館，就看見薩拉琴。此時她獨自在咖啡館大廳另一側最裡面的地方讀著報紙，手裡一面攪拌咖啡。她聽見我的腳步聲就抬起眼來，隨即又重新開始讀報。我在薩拉琴對面那張餐桌旁坐下，從那裡凝望著她。儘管這時候一股悲痛的悔恨之情，以及一種不明所以的荒謬指望，都令我抑鬱難當，然而她那張宛如貴族般的側臉看在我眼裡，卻彷彿由於她心裡的深切喜悅而容光煥發。有好幾次，埋頭讀報的薩拉琴雖未抬頭，卻將視線移向咖啡館大門，而她憂傷的眼眸中，也反映出她已經等得心焦。此時我不禁想道：「她目前在等的人就是我啊！再說她心裡在想的人也同樣是我。」縱然我凝視薩拉琴，也會在她肩膀上方的玻璃中瞥見自己的臉，不過我竭盡全力，設法讓自己只看得見薩拉琴的臉龐就好，不讓自己這張臉映入眼簾。畢竟此刻的我，依舊在等待奇蹟出現。之後薩拉琴摺起報紙，抬起頭來環顧咖啡館大廳時，有那麼一瞬間，她的目光落在我身上。話雖如此，她看我的時候卻只像是在看某個東西，沒看見我這個人，以致我覺得自己遭到活埋，也由於完全無法表現出我的存在而束手無策，心頭為此沉悶得幾乎透不過氣。可是我終究還是離開了座位，走向薩拉琴所在的那一側。只是薩拉琴認為前來與她打交道的人是個冒失傢伙，眉頭也因而皺了起來。

「抱歉，」這時候我低聲說：「這位女士，請問您是薩拉琴嗎？」雖然我這句話使薩拉琴感到詫異，也令她擔憂得很，不過她只點頭示意作為回應。由於在這種情況下，我非得開口對薩拉琴說的那些話，可能都會導致事與願違，所以我對於這時該對她說些什麼，心裡其實一無所知。儘管如此，我還是朝薩拉琴走去，心不甘情不願地繼續對她說：「我朋友羅蘭．科爾伯特不得不匆匆離開法國，而且未來有很長一段時間，他都不會再回到這裡，所以他託我代他來向您道歉，請您原諒他。他委託我這麼做的時候，很希望我能幫他告訴您，他不能親口告訴您這件事，他覺得這樣很糟。我認為他不知道您的姓氏，也沒有您的地址。」

薩拉琴此時不僅一臉震驚，而且為了掩飾慌亂不安，她還垂下眼簾。我覺得薩拉琴目前表現出來的神態不單純只是失望，而是一種貨真價實的悲傷。不過相對於剛聽到這件事的瞬間任由自己流露的那種反應，這時候的薩拉琴不但已恢復鎮定，也因為想看看她所愛的男子選來作為親信的男士長相如何，就帶著幾分好奇在打量我。只是後來她的臉色始終都保持冷漠，所以我認為她對我這張臉應該是大失所望。雖然我這時有意想告訴她，說我先前失去了真正屬於我的這副容貌，而這種令人難以置信的外貌變化，也讓我自己成為悲慘的受害者，可是對她吐露這種含有隱情的話，可能只會讓我變得荒謬可笑，所以在這當下，我只低聲下氣地向她提出建議：

「如果您希望的話，之後有他的消息，我會讓您知道。」

薩拉琴沒有回應我的提議，只任由耐人尋味的寂靜默默橫亙在我們之間。而後她先看了一眼自己的錶，就稍微將上半身往後挪動，同時露出親切有禮的微笑向我道謝，表示這件事實在是麻煩我了。事態發展至此，整件事已經告一段落。

隨後我回到原本坐的那張餐桌。但我沒有坐下，而是在那裡付清帳單。我走到咖啡館大門時，忍不住回過頭去。只見薩拉琴這時候伸出一隻手來，用手肘拄在餐桌上，手背則支住下巴。正在抽菸的她，此時也從嘴裡吹了一口煙，雙眼直視前方。雖然我依舊期望薩拉琴會為了能與我談她的戀人而開口叫我，就在大門那裡停留片刻，不過她卻沒有注意到我。

此時又開始下雨。斗大的雨滴落下，櫛次鱗比打在柏油路上，發出劈劈啪啪的聲響巨響。朱諾咖啡館的露天咖啡座當前空無一人，所以我就在這裡躲雨。先前在朱諾大道上向我借火的那位男子也同樣在這裡躲雨。或許我當時行經他面前過於匆忙，那位男子看起來似乎沒認出我，還以慎重其事的口吻對我說：「這個季節的天氣就是這樣。」之後我們交流了幾句話。我離開露天咖啡座前，給了他幾根香菸以及一盒火柴。那位男子除了樂不可支地收下這些，可能也因為想到我把他當流浪漢（也幾乎可以肯定他就是），就巧妙地說了些話讓我安心：

「我不是這一帶的人。」他對我說：「將來我會定居的地方，可能比較接近貝西區[30]那一邊。不過我們大家常常都莫名其妙，就遠離自己家園所在的那個地區。我們總是這樣離開，又這樣回來，不是嗎？而且到了最後，我們都會遠離自己的家。」

雨下得比較沒有那麼猛了。此時我翻起大衣領子，往南跑到朱諾大道。事與願違的結局突然到來，迫使我這時候無論如何都得回家，我也決定讓自己像個無事可做的男人，就這樣乖乖回家。和我之前考慮是否要去和薩拉琴相會那時相比，在這當下我決定回家簡直是不假思索。畢竟十五分鐘前，我的奇幻遭遇已自動宣告落幕，而且它的結束，和這場雨毫無關連。一打開家裡那扇大門，就看到蕾妮和我剛剛看到她的時候一樣，站在走廊盡頭。只是她目前已經穿上了絨布浴衣，取代原本那襲白色緞面長版性感睡衣。但我這會兒沒走向她，而是走進兩個孩子的房間裡。已然熟睡的兩個孩子中，托妮特總會和她的娃娃一起睡，即使那個娃娃在她這張小床上很占空間。通常托妮特睡著時，就會有人從她身旁拿走那個娃娃。可是今天晚上有人忘了這麼做。至於路西恩，這時候我只瞥見他蓬亂的頭髮，有一綹從床單之間露了出來。我在這兩個孩子的房間裡待了一小段時間，不僅凝神注視他們，也留心傾聽他們的呼吸聲，覺得這個時候，生命似乎又將我帶回正常的生活節奏裡，而我也由於找回自己這副容貌，明天就能好好擁抱這兩個孩子，我終於體會到那種純然的喜悅之情。在此同時，我想著自己等一會兒就要啟程，活出我的人生，所以臉上露出的微笑中，也帶著寬容的憐憫之意。

離開孩子們的房間時，我發現蕾妮仍在走廊，只是她這時倚著家裡大門站著。蕾妮以為我又回家，是為了要向孩子們道別，所以她這時候露出果斷的表情，雙眼也筆直凝視前方。

30 貝西區（Quartier de Bercy）位於巴黎第四十七街區，隸屬巴黎第十二區。

「羅烏爾，」隨後蕾妮對我說：「你得聽我說。我不會要求你日後得留在這個家，這個你可以放心，不過我有事要向你招認。」

至於我呢，我聽了蕾妮的話不僅心煩，還幾乎為此方寸大亂。面對蕾妮坦白告訴我的供詞，究竟我該以什麼態度接受呢？於是我做了個手勢，表示我不想聽。

「剛才你無緣無故罵我一頓，」蕾妮沒理會我而繼續說：「然後你就離開。可是你這麼做只會讓自己理虧。一個男人就算被妻子惹火，或是無法面對妻子長久以來的缺點而心生不悅，他也不能因為這樣就離開妻子。你這麼做，可能會導致你在生活中扮演的角色變得卑鄙下流。不過你是有理由離開這裡沒錯。況且這個原因，也是你確實能離開這個家的真正理由。為了讓你的良心能平靜下來，也讓我在道德良知上的騷亂就此平息，我希望你能知道這個理由——我騙了你。你不在家這段期間，我曾經有過一個情人。」

「我知道這件事。」

蕾妮聽到我這麼說當場愣住。這種情形看在我的眼裡，實在令人開心，也讓我不由自主露出微笑。她大概以為我在苦笑，然而我這時候的笑容卻只表示心情愉悅。在此同時，我還裝出認真嚴肅的表情，而且盡可能讓自己看起來像奧林帕斯的神祇那樣很有威嚴。

「我當然知道這件事。像這種事，你以為無論如何都能瞞過我一時嗎？先前我回到家，就已經從你的眼神和姿態中發現了這件事。除此之外，你說的每一句話，也都讓我對這件事一清二楚。女人對於自己掩飾事情的能力都有很多幻想。實際上女人格外精通的技藝，是把事情說得天花亂墜，所以沒有受騙聽她話的男人，向來都知道自己該堅持什麼。於我而言，甚至我還沒有再見到你，就已經確定這件事了。因為我最後一次從布加勒斯特打電話給你的時候——那是上週五的事，你的嗓音和說話方式都不一樣，所以當時我就已經明白究竟發生了什麼事。」

此時我太太極其訝異地注視我。毫無疑問，她這時也對我刮目相看。

「藐視自己的丈夫，永遠都是不對的事。開始瞧不起某個人的時候，我們大家就會停止瞭解對方，也會將對方置於股掌之上，而且你剛剛以為自己可以用那種毫不客氣的傲慢態度來對待我，就已經讓我很清楚看到這一點。即使你直到現在都還在猶豫到底要不要坦白招認這件事，但你說的每句話和表現出來的每種姿態，卻都已經老實向我招認此事。我可憐的小妞啊，我承認你是真心誠意向我招供，不過你的供詞沒有向我揭露任何事，這沒有誇大其詞。畢竟對於你的外遇，我知道的或許比你還要更多。話雖如此，你沒有對我完整說出事實真相，因為你對我說的是『我曾經有過一個情人』，但你應該要對我說『我現在有一個情人』才是。」

此時蕾妮出言反駁，表示一切都已經結束。儘管她以誠懇的態度如此斷言，但說這句話的語氣，卻不是那麼肯定。

「要是你們之間的所有一切，目前真的都已經結束，」於是我說：「那麼它出現的時間也沒有超過十五分鐘。我可以打賭，目前你甚至還沒有通知你的情人，表示你決定中斷這段關係。不過現在可以確定，你今晚在等的男人不是我。你不怕和對方約在這裡，也完全沒考慮到孩子們全都在場，由此看來，這個傢伙啊，恐怕連孩子們都認識他。再說你這麼做，也讓孩子們都成了共犯。哎！要是我事先知道這件事就好了，真是該死啊！」

這時候我真的怒火中燒。蕾妮則搖搖頭開始落淚。眼見她如此丟臉又這麼悲慘，我不禁想到過去那段歲月，我若非老擔心自己會惹蕾妮不快，就是害怕會與她意見相左。此時悲從中來的蕾妮吸吸鼻子，我則將手帕遞給她，並鼓勵她來我這邊。

「我們別待在這個地方。有人可能會經過電梯口，就會聽到我們在說的話。」

於是流著鼻涕又抽抽噎噎的蕾妮，就拖著緩慢的步伐走了過來。只是此時的我卻覺得自己宛如那種仗義直言的人，儘管對所作所為感到自豪，又感覺自己這麼做顯得駭人。所以我就先裝出稍微有點感冒的模樣用力咳了幾下，發出大得嚇人的咳嗽聲，然後才要蕾妮坐進她剛剛玩弄那只白色皮質穆勒鞋的扶手椅中，即使目前那雙穆勒鞋和那件緞面長版性感睡衣，早就都已經放在家裡哪個抽屜最裡面了。隨後蕾妮淚眼汪汪，在絨布扶手椅裡頭坐定，我則面對著她坐在對面的床沿。既然我還有話要說，為了讓蕾妮能想起剛才在說的事，同時也為了能承接先前已經說過的話，再接著轉入下文，這時候我又先說了一次「真是該死啊」，然後才繼續說：

「我兩個孩子的母親，也就是你，竟然會走到這個地步，這實在令人難以置信。不過我想到先前回到家時，你這個可憐不幸的卑鄙蕩婦，就開始在我面前裝出那種虛情假意，讓我覺得眼前這種情況或許不是最糟的事。哎！令我反感的事，其實不是謊言本身，而是眼見有人在自己家裡等情人來，況且這人的孩子也住在這個地方，而這人看到自己的丈夫取代戀人突然現身，卻認為自己應該要撒謊才是。當時最令我心碎的事，也是我日後忘不了的事，就是看到昔日那麼坦率又誠實的你，這樣的你，居然會興高采烈又興味盎然地對人說謊。對，我要說的就是這個——你竟然會說謊說得津津有味，這讓我發現你不但會由於自甘墮落又敗壞名聲而感到快活，你還會陶醉其中。哎！你這個可憐的女人啊，目前你已經無能為力，無法明白我那時置身這種……這種……無論最後要說它是什麼的這種場面，會導致我為此受苦。」

此時蕾妮除了在嗚咽中開始哽咽，也含糊不清又吞吞吐吐地說：「羅烏爾，抱歉，我好卑鄙，我從來就沒有這麼下流過，羅烏爾，對不起。」

這個時候的我，也就是身為羅烏爾的我站了起來，邁開大步在房間裡走動沉思。我踱步時如果沒抓抓頭，就會用拳頭托住下巴，好托住這顆即將做出如此重大決定的腦袋瓜。此刻的靜默沒有令我害怕。所以我任由房間裡保持靜默，也讓這片靜默能無限延長。最後我才開口說：

「為了孩子們，」我對蕾妮說：「這件事就算了吧！我願意接受那種從表面看來，勉強可以算是共同生活的表象。所以未來在孩子面前，我們要裝得像是什麼事都沒發生過，至少我會盡力這麼做。除此之外，我們當然也不能再同床共枕了。」

與此同時，我靈光一閃，突然想到一件事，只是猶豫是不是要立刻就接著開口說。話說回來，要是我能成功做到這件事，我完成的不僅會是一項驚人之舉，也會是一項奇蹟，即使這項奇蹟和我外貌改變帶來的奇蹟相比，實在是一文不值。後來我孤注一擲，還是開口說道：

「以後如果像今晚這樣睡在家裡，我要睡在那個有格子花紋地毯的房間裡。」

儘管我提高嗓門說這句話，但說話時卻轉過身背對我太太。之後我大起膽子，又回過身來，這才發覺她注視我的讚賞眼神中除了敬重，還有崇拜之意。就這樣，我成了一家之主。接著我又跨著大步，再度在房間裡走來走去，直到要對我太太說：「我累了。」我才停下腳步。

「稍後我就去為你鋪床。」我太太說這句話時不但細聲細氣、語調溫馴，她嗓音裡流露出的悲嘆之中，也絲毫沒有懇求我別這樣對她的意思。隨後她站起身來，朝我這邊羞怯地望了一眼，就急急忙忙溜進走廊。由此看來，我依舊是個了不起的傢伙。而後我凝視鏡子裡的自己，與我那副屬於塞律希耶的和善面容言歸於好。

第十四章

我梳洗時吹著口哨，我太太也前來確認我的梳洗用品是否一應俱全。後來女傭為我端來托盤，我生平第一次出於友善地朝女傭腰際猛力拍去，而且覺得這麼做真是好玩。「瑪格麗特，你過得好嗎？」「先生，我很好喔。」女傭回答我時，也露出牙齒笑了起來。

現在來到我身邊的，則是我那兩個孩子。他們先擁抱我並親吻我，然後再拉著我，而且還用自己的頭分別從兩側擠我的頭，想讓我因此四分五裂。面對此情此景，我不僅像塞律希耶那樣親切大笑，也讓我確定目前在這裡的這個人，就是我沒有錯。我除了向孩子們敘述布加勒斯特那裡的事，也對他們描述飛機。等出門上學的時刻到來，我就和他們一起動身，托妮特就讀的是附近的公立學校，位於我們家這個十字路口另一側五十公尺之處。儘管先前三週，從我租下的六樓公寓窗戶，都能看到托妮特回家和出門，但當時卻很少想到自己從那裡就看得到她。托妮特在學校前不但擁抱我親吻我，她還伸出雙臂，把自己懸空掛在我脖子上，隨後才跑著離開我們。路西恩要前往的羅林高中[31]，位於蒙馬特山丘另一側的山坡上，所以我們就一起往北走去。當我們走到吉拉東街，路西恩不但向我吐露祕密，說他想成為博物學家，他還帶著仰慕對我談起科爾伯特先生。路西恩表示這位先生是我們家那棟公寓的新房客，不過他是在博物館裡遇到他。除此之外，路西恩也談到這位先生對活在傳說中大洪水毀滅人世前那個遠古時代的動物，都熟悉得令人欽佩。聽到路西恩這麼說，非但令我心生嫉妒，也讓我迫不及待抓住機會，想喚醒路西恩對我的熱烈崇拜。

「每天的產乳量是一千五百公升？這絕對錯了，大地懶每天的產乳量不超過兩百公升。我可憐的孩子啊，我看你那位博物學家似乎不太可靠。甚至他利用小孩子會輕信盲從，對人說這種蠢事，也讓我覺得他不誠實。這人作為博物學家，肯定就像我擔任總主教[32]一樣。將來看到他，我會毫不客氣又冷酷無情地把我的想法告訴他。」

儘管路西恩這時候肯定會尊敬我的學識淵博，不過對於大地懶每天的產乳量不是一千五百公升，他還是感到惋惜，也為此嘆了口氣。大家始終都說，我們要讓孩子離開

31 羅林高中（Lycée Rollin）位於巴黎第九區，現已更名為賈克・德高中學（Collège-lycée Jacques-Decour）。
32 天主教成為羅馬帝國的國教後，教會以羅馬帝國的行政制度作為基礎，建立了相對於政治轄區的行政區，稱為「教區」，並以主教作為教區的最高首長。在這個制度下，數個教區會再匯集為「教省」，並設立「總教區」，由總主教擔任總教區最高首長。

父母庇護，如此一來，孩子得到的收穫，才會稍微激起他對知識的熱情，而這件事就能再度證實這觀點確實有其道理。畢竟我們大家永遠都不該指望孩子能從父母那裡，發現令人讚嘆的奧祕。之後我們在途中遇到路西恩班上的一位學生，名叫亞倫．勒杜克。於是路西恩就邀他和我們一起走。

「你知道嗎，」這時候路西恩對他同學說：「那天我跟你說大地懶每天的產乳量是一千五百公升，但我爸剛跟我說，這不是真的。不是一千五百公升，而是兩百公升。」

「哎呀！」勒杜克聽聞此事的反應雖然堪稱有禮，但從他的眼神中，我看出他完全不相信我的見解。除此之外，大概是他曾經向同學談起大地懶每天的產乳量是一千五百公升，或者是他打算要對人說這件事，讓聽到的人都大吃一驚，而他不想如此輕易就放棄這種樂趣。所以他這時候流露出的眼神，甚至讓我感受到一股敵意，以及祕而不宣的挖苦諷刺。由此看來，我身為人父的威望縱然能使路西恩對我信服，但對勒杜克來說，卻絲毫無效。

離開他們以後，我朝市中心往南步行。走在路上時，我精神飽滿又活力充沛的身體，以及變得開闊的心胸，都讓我感覺到自己承受的負擔已然減輕，也使我從中體會到重獲新生的感覺，而我此時這種感覺，也喚起我童年記憶中最清新純真的部分。儘管這個時候，我也想起昨天在夏貝爾區和秋天的巴黎市郊街道漫步之際，始終都感受到的那種消沉沮喪，然而今天早上，我已經不需要再打電話給造物主了。因為祂就在我身上，一如祂也存在於其他人身上一樣，況且祂已經又重新創造了我。此刻我所擁有的生活，以及我這副容貌，都是祂為了要我喜愛我的人生與相貌，才會將它們賜予我。世間所有人都是這樣，我也和他們相同，所以我覺得自己是幸福快樂的人。雖然我在路上有時會向漂亮的女子微笑，不過她們卻都沒注意到我，這讓我取笑自己，並假裝以此自娛。話說我六歲時，曾經有那麼一天，去學校途中有一棵蘋果樹安慰了我，當時那棵花開正盛的蘋果樹，在這當下有幾秒鐘重新出現在我心裡。要是那棵蘋果樹上的花今早再度盛開，就會令人出其不意。只是這時候念及這棵蘋果樹於我而言，可說是百無一用。後來我在殉道者街買了一束香堇，打算要給露西安，而且這時我突然急著想再見到她，就搭計程車前往事務所。

我到事務所時還不到八點半鐘，是第一個抵達的人。只是我這時憶起前天在這裡失言的事，不僅令我難受得有點喘不過氣，也害怕等一下會覺得尷尬。

而後露西安準時打開事務所前廳的門。我先聽到她在隔壁房間裡走動，後來又聽到她在唱歌，她此時的歌聲，聽起來彷彿唱歌不時走調的年輕小夥子在歌唱一樣。隨後我朝我辦公室通往前廳那扇門走了兩、三步，就裹足不前，而且還滿懷焦慮。上一次我見到露西安時，我對她說的那些話裡的傷人細節，此時又在我耳畔響起：「塞律希耶已經全部都告訴我了，我告訴你，你和塞律希耶的事，他全部都已經跟我說了。哎，塞律希耶告訴我的所有一切，我不會全部都向你複述。有某些事，我還是會讓自己有所堅持，不會付諸行動。但我可以向你保證，塞律希耶會情不自禁做那些事。」

我當時向露西安吐露的隱情，她必然相信一概屬實。這非但令我羞愧得滿臉通紅，也使我在這個當下，除了把自己剛才買的那束香堇藏在口袋，同時也想藏起自己，就像我外貌改變第一天那個傍晚，我不是藏在辦公室那個隱密的小房間裡，就是藏身於門沒關上的壁櫥中。不過這個時候，我想到朱利安後來和露西安商量時，應該會分享他對這件事的觀點，而且根據他的看法，羅蘭．科爾伯特可能知道塞律希耶私底下有一本日記，就讓我稍微有點安心，畢竟沒有人會因為日記作者寫下不欲人知的祕密，而去抱怨他為何要寫這些。不過，露西安可能不太相信有這本日記。朱利安身為男人，這種理論上可能會發生的事，或許能滿足他對這件事的揣測，可是對露西安而言，她不會就此滿意。露西安聽聞此事可能會採取的第一項行動，大概就是針對這件事仔細研究具體情況。她知道我不可能會在家裡保有如此隱密的一本日記，而我如果曾經在事務所裡寫這種私密日記，她應該不可能一無所知，否則就是我以往在事務所裡寫日記時，會以某種獨門絕招不引起她的好奇，也讓她如今得知此事會開口說：「果然沒錯，我現在可以明白為什麼……」所以露西安也曉得我在事務所裡不會有這種日記。

話雖如此，露西安很清楚我不是會持續寫日記的那種人。即使她和朱利安一樣，不會忽略這本日記可能存在，然而她和朱利安的不同之處，在於她會考慮到我不可能有這樣的一本日記，所以我希望露西安聽聞此事時，腦海中會閃過一絲疑慮，讓這件事能對我有利。隨後露西安唱著歌走進我辦公室時，我幾乎已經從心煩意亂中恢復平靜，也顯得泰然自若。露西安看到我訝異之餘，不僅表示看到我回來她很高興，我們也握了一下彼此的手。雖然剛剛在載我來九月四日街的計程車裡，我滿心甜蜜地想像再次見到露西安時，我們會溫柔地擁吻，不過一見到她，我就可以感覺到她和我在一起的神態中，有什麼已經變了。儘管這時候露西安臉上露出微笑，也為她對我的安危能放下心來而感到高興，但這不是過去露西安再見到我時會有的那種喜悅。除此之外，我還覺得她似乎為了要和我保持距離，就微妙地表現出某種我不知道該怎麼說的小心翼翼。

儘管如此，她此時對我的態度卻十足熱忱。在她清亮而不知該如何掩飾情緒的雙眼裡，即使我看不到她對我有責備之意或絲毫猜疑，但她的眼神卻有時顯得尷尬，說話的內容也偶爾會有許多顧慮，況且她有時還會臉紅。於是我們趕緊談起公司業務，好讓她這種若非真情流露，就是她設法使人看不出真實情感的表現，可以盡快告一段落。一談起公司業務方面的事，我們之間的所有顧忌就消散無蹤。這使我相信我們最初相見之所以覺得拘束，純粹只是因為我畏畏縮縮，以及此刻依舊強烈的羞愧之情使然。先前我曾經告訴過我太太，表示我未來不會固定回家睡覺。此時我準備要把我對我太太這麼說了以後在想的事都告訴露西安，讓她可以明白。不過遲到了半小時的拉格若女士這時候卻不偏不倚來問候我，同時向我致歉，妨礙了我對露西安說這些事。隨後露西安為了要交代打字員早上該做的工作去隔壁辦公室前，她要我打電話給朱利安．高提耶。

「有件事非常嚴重，所以他渴望能盡快見到您。」

我聽了之後，裝出驚訝又疑惑的神情。

「這真的很嚴重。」露西安又加了一句。

「您知道這件事嗎？」

「知道，朱利安．高提耶先生已經對我說過這件事。但我怕自己口拙，可能會對您說錯意思，所以我寧可什麼都不說。這件事由您的朋友親自告訴您，會比較好。」

「好，我立刻去他家。您能問問他目前是否在家嗎？」

抵達哥白尼街時，我還沒決定要怎麼做。雖然我可以只聽朱利安說話，並含糊其辭向他道謝就好，但也可以致力讓他承認事實真相。第一種手段顯然最簡單也最明智，只是我覺得以我們的友誼而論，我應該要對他開誠布公。再說我太太的名聲必須恢復，也是我在考慮的事。後來阻止我這麼做的理由，在於這個事實真相的荒謬程度和三週前相比沒有比較輕微，所以要讓朱利安接受會很費力。不過當我走進朱利安家，先前和路西恩談大地懶產乳量時的對話，剎時在腦海中浮現。這不僅讓我想到自己曾經輕易就使兒子拋棄他原本珍而重之的誤解，也想到我在他同學勒杜克身旁何以會感到受挫。我願意相信自己在朱利安．高提耶心裡所喚起的信任會助我一臂之力，我也願意相信人與人之間面對某些情況時，陌生人只知道要挑起最容易傷害人的種種猜疑，而朋友卻懂得要傾聽對方說話。無論如何，我覺得自己這時候冒的風險似乎不大。

朱利安此時正要結束梳洗，所以就穿著浴袍，在他房間裡接待我。

「我的好兄弟啊，你一定想不到這時候能再見到你，我有多麼高興。我幾乎已經不指望可以再見到你。我從來沒有像最近這幾週這樣想你。你坐吧，我去刮個鬍子就回來。」

朱利安見到我的歡喜，真誠得令我動容，他這時候的熱情迎接也穩固了我的決心。最近這段時日，朱利安出於對我的友誼，願意為我的事竭盡全力；況且在這件事情上，他犧牲奉獻了那麼多，還那麼焦慮，又如此熱心，如果以謊言回報他這些付出，會令我為之羞愧。我目前坐在朱利安這張亂七八糟的床上，彷彿是從前突然出現在他住的旅館房間裡，令他感到訝異的那時一樣。朱利安刮鬍子時，我不但聽到他在唱歌，也發現歌聲裡的抑揚頓挫聽起來簡直像個頑童，不像是平常的他在唱歌。刮完鬍子以後，朱利安過來在一張椅子上面對我坐下。

「你在布加勒斯特的三週裡，到底做了什麼啊？昨晚我睡覺時還在想這件事。那時我心裡想，他應該是投身某個狐狸精的懷抱了，否則就是……就是……哎，我可憐的老兄啊！」

「我沒去布加勒斯特，也一直都沒離開巴黎。」

「沒離開巴黎？這麼做好猛。可以知道你為什麼躲起來嗎？」

「朱利安，我沒有躲起來啊！」這時候我輕輕地說。

朱利安從我的聲音和眼神裡，明白了在這句簡單的話裡頭聽到什麼。他為此感到詫異，也渾身一顫。朱利安這時的顫抖，令人想到巴洛克畫家林布蘭的畫作中，有位朝聖者面對耶穌復活散發的耀眼光芒之際，由於感受到奇蹟光輝而渾身顫抖。之後我們面面相覷，沉默不語。最後，我由於某種失望，就聳聳肩對朱利安說：

「無論你同意與否，真的就是真的。來你家的時候，我還在遲疑是否要對你開誠布公。雖然要讓你對這件事一無所知再簡單不過，能就此了結這段荒謬經歷，也會讓我感到多麼輕鬆，但是我就接著想，不能這麼做。對於一個在過去三週始終都對我懷抱那麼強烈的兄弟情誼，並因此過得焦慮不安的人，我不該掩飾真相——是的，朱利安，你在咖啡館將他視為瘋子，並懷疑他想謀殺我的那個傢伙，就是我沒有錯。只是事到如今，我不能再利用我們共有的回憶，也不能再請你注意我的聲音和我的疤痕，來說服你相信這件事，而且這種情形甚至還讓我無計可施。除了對你說這件事情的我這個人，目前沒有證據能證明我的相貌變了兩次。」

說到這裡，我就默不作聲。老實說，我誇大了自己眼前的困境，畢竟我可以考慮藉由某些推論來證實這件事。舉例來說，大家可能會很容易在我事務所裡，再找到一些羅蘭．科爾伯特的字跡樣本。儘管那是我為了騙人，而刻意改變自己原本字跡所寫的字，但筆跡分析專家大概還是能辨識出它們都出自我的手筆。只是我這段體驗荒誕不經，導致我要引證時，都會制止自己援引還需要進一步查證才足以作為證據的事物。究其根柢來說，這個問題最適用的證據，不只會在這個問題上發生作用，同時還會使人的理性機制開始運作。況且一個人的論證口才再怎麼好，都無法觸及人心裡的某些地方。所以為了荒唐蠢事向人求情的人，都得像藝術家一樣，必須得朝論證口才無法觸及的人心領域說話才是。再說這個當下有某種難以名狀的事物在指點我，要我得注意自己處理一切的方式，都必須要簡易單純。甚至我還害怕對這件事說得太多，也要提醒自己應該省話。然而朱利安此時卻以熱烈的眼神凝望著我，並朝我彎下身來，宛如他試圖要把收音機「調到」某個波段那樣。

「我相信你。」朱利安有點像是覺得自己犯了錯，以幾近微弱的嗓音這麼說。

這時候一股輕柔又強而有力的情緒緊緊纏繞著我，導致我的淚水撲簌簌滾落雙頰。當我開口說：「這好蠢。」朱利安卻抓起我的手，熱情地握在他的手裡。

「羅烏爾，請你原諒我。我像個呆子一樣，沒有表現得比憲兵隊長還更機警。想不到你當時是在向我呼救，我卻只是傻乎乎又自命不凡地躲開你，藉以保護自己。你那時遭逢厄運，而我不但沒幫助你，還讓你的困境變得更加錯綜複雜。我的老兄啊，對於這件事我很懊惱。我原本或許能與你一起經歷這段奇遇，但是卻與它擦身而過，這就是我應得的懲罰。你說說這件事吧！」

於是我又開始從頭說起。朱利安不僅一直都凝神傾聽，而且還聽得入迷。既然能感覺到他聽得那麼投入，我在敘述時也就把這段經歷說得更活靈活現。對於安東尼舅舅可以毫不遲疑就接受我的外貌變化，朱利安感到欽佩。「這人多麼有男子氣概，又多有活力！」此時朱利安嘆息說道。後來我把自己性格中那種突如其來的一時變化告訴了他。因為比起我外貌上的實際變化，性格上的這些改變看在朱利安眼裡，或許還更加明顯，而且我相信自己性格會有這些變動，都是那副嶄新容貌所致。不過對我知之甚詳的朱利安卻表示，由於他那時沒有陪在我身旁，幫助我判斷出自己的性格到底改變到什麼程度，所以我談起這件事並不會讓他得到安慰。後來我對朱利安談到露西安，以及這三週用在她身上的手段時，我不認為應該讓朱利安瞭解露西安和我之間的私密情事，於是就把這段期間發生的所有一切，都簡化為敏感易怒引起的口角爭執，彷彿羅蘭．科爾伯特這個人，只是嫉妒塞律希耶在這位年輕女子心目中所擁有的威望而已。說實在，儘管連結我和朱利安的這份友誼足以信任，我其實可以不用顧忌這些，但是為了這件事，我這段期間在道德良心上承受了某種程度的痛苦，所以此時這種謹慎，似乎能為我緩和心裡這種痛苦。不過關於近日發生的這些，重要的部分我都絕口不提。

「鑑定了筆跡之後，」這時候朱利安對我說道：「有助於我進一步安心的事，是得知昨天早上來我家的那個傢伙（笑）表示他是殺害羅烏爾的凶手。從他這種態度裡，我只看到一個人感覺自己無由遭人懷疑就因而發火，也因此向對方宣戰。你從這個地方，也能看得出我反而沒料到你會來為此認罪，說起來我這人真是可悲。想到你昨天整個白天的處境，以及我讓你承受的那些折磨，我就忍不住厭惡自己。我這個自負的傻瓜，我永遠都不會透露我在這段奇遇中從頭到尾究竟有多笨。況且你對我的怨恨，恐怕比我想得到的還要再多一點才是。」

「我可憐的老兄啊，我怨恨你？我反而感謝你對我做的所有一切，你做的這些彷彿都能見證這份友誼。但我有件事想要問你，而且這個問題與你個人有關——我好奇地想要知道，眼見一件如此荒謬的事實際上真的發生，這可能會對你造成什麼影響？對我來說，這段經歷應該稱為奇蹟，但是我自己深陷其中，所以想像不出旁觀者對它會有什麼感受。可是你呢，你會怎麼看待這件事？」

朱利安思索了一下。此時我確實感覺到他很擔心自己說出來的話顯得失當。

「那麼，我的看法是這樣。我得向你承認，對於那種應該會讓我震驚，以及想必會令我勃然大怒的事，我看待它們的時候，反而會有某種程度的冷漠，甚至可以說我對這種事幾乎漠不關心。當然，我對這件事會有這種反應，不是由於你先前所受的苦，也不是因為我現在能充分想像這件事，而是外在形貌改變這件事，理應會使我的腦袋為之沸騰，但它其實只讓我訝異而已，再說目前所發生的一切，也全部都讓我相當平靜。我不認為這是我缺乏想像力使然。雖然透過諸如此類的突破能體驗的事，我全部都很清楚，但要我體驗這種事，我缺乏活力。」

這時候朱利安又讓自己想了一會兒，才繼續說：

「要是你問我這次為何相信人的外貌會與變得原來不同，我會回答你我想到三個原因。第一個原因，也是其中最重要的理由，就是你是我的多年好友羅烏爾・塞律希耶。畢竟我認識你這傢伙已經有二十年，也知道你這人正大光明，又不太喜歡過度幻想。第二個原因雖然不是那麼重要，但它也許能向你說明為什麼我對這件事能保持心平氣和。說起來，奇蹟如果已經不是當前發生的事，而是往事的話，於我而言，這會有助於讓奇蹟變得比較可信。儘管這種情形可能是種自我欺騙，不過如果置身奇蹟中，我會不得不參與其中，所以奇蹟的存在就在這個當下，也離我很近，而這些都會令我大感震驚。如此一來，我不僅會坦然面對奇蹟，也會冒險看著奇蹟進入我的生活。不過事情要是反過來，奇蹟並非目前存在，那麼它不是與我無關，就是幾乎已經與我無關。這就像某起鐵路事故如果是從前在歷史上發生的事，我們大家就不會為此感到不安一樣。總而言之，你的外貌變化已經成為過去，我的理智就不至於為此太過擔憂，而這種理智狀態，也讓我能理解這件事。可是要在這裡特別說明的事，是你別太快就相信我已經和自己的理智和解，也已經要它讓步。理智終究像看門狗，不懷好意的壞蛋沿著圍牆走時，牠除了會吠叫，也會拉扯狗鏈，而當壞蛋已經走遠一段距離，這時候狗如果不是閉嘴，就是只會低吠。」

「沒錯，這個我明白。可是你所說的一切，還是不太能讓人放心。假設我這段經歷尚未成為過去，我還跑來對你談起剛剛才發生的外貌變化，並對你說出例如『我太太變成燕子了』之類的話，你的理智可能就不會相信你的多年好友羅烏爾口中所說的這件事了吧！」

「這個我不知道。」此時朱利安說：「因為相貌變得與原來不同這種事，說起來有點難以置信。將來在對你有利的情況下，你可以告訴我那種荒唐又不合邏輯的事，而且你講多講少都無所謂。不過說這種事的時候，還是有表達的問題、誇大的問題，以及說話環境時機的問題。無論如何，我可能會相信你。以燕子這個東西來說，儘管它顯然會導致我的理智開始叫囂，可是如果我感覺到自己需要被人說服，好相信這件事，那麼我就會設法讓自己不要聽理智發出的吵鬧吠叫。聽到這種事，我可能會藉由興奮一下，否則就是會透過抒情或神祕的移情想像，甚或是讓自己變得失去理智，來避免參與其中，同時讓自己能擺脫聽到的事。倒是你要我說我如何看待你的外貌改變，其實我沒有任何稀奇的看法能告訴你。會相信那種荒誕不經的玩意兒的人，其實滿街都是。我知道在這些人裡頭，有些人相信幽靈存在，另外有些人相信魔法，或者是相信桌靈轉[33]。剛剛我提出來的那個難題，這些人遲早都會在某個時刻，也同樣都必須面對。其中多數人屆時會變得有點瘋瘋癲癲，藉此溜之大吉，或者是你比較喜歡這麼說的話，到時理智會馴服他們。在我看來有趣得多的事，反而是知道你的想法。畢竟你不僅曾經見過奇蹟，也曾經身為奇蹟展現時所用的手段，再說你對宗教信仰還特別堅定。即使這種堅信在你看來如此令人反感，你的人生好像也已經永遠以它為中心了。」

「嗯，你錯了，我不認為我外貌改變這段記憶，會在我人生占有重大地位。我這人有點遲鈍，這個你很清楚。有些男人會因為眼前的事實有點令人興奮，就無法腳踏實地生活，可是我不是這種人。遇到令人煩惱且不舒服的問題時，我的反應就會像那種嘲笑問題，而且還坐以待斃的人一樣。雖然理智的人是應該靈敏，才會促使人動點腦筋，讓自己準備好盡力面對問題，但我的理智卻欠缺這種敏銳。我直到二十歲，都是如假包換的天主教徒，也始終都對我的宗教信仰堅定不移。即使我並非不知道地球繞著太陽轉，但還是非常相信約書亞能讓太陽停住不動[34]。況且我從來都沒有為了能找到某種妙策來調解兩件事，使事情能因此變得兩全其美而絞盡腦汁。由此看來，想必我的理智運作，是以分門別類的方式在分區進行。這種方式不僅和世界上那麼多人都一模一樣，即使相信幽靈存在或魔法的人在你看來都有點瘋瘋癲癲，但我的理智運作方式或許也和他們如出一轍。將來我的理智應該會為我外貌改變這件事準備某個區間，而且到了那時，無論是我回想這段經歷的存在，甚或是思考這段經歷，我的生活都完全不會因此受到擾亂。話雖如此，我這個貧乏的腦袋在外貌改變的這三週內，終究還是為此騷亂沸騰。只是與仔細查看奇蹟本身相比，外貌變化可能會引起的種種後果仍令我擔心得多。事實上我現在又想起昨晚恢復真正的容貌之後，我心裡在想：『我經歷的這段奇遇，不是為了

33 一種西方通靈術。參與者會先圍繞桌子坐下，再把手放在桌上。之後等待桌子旋轉，再透過桌子傾斜指出的字母來拼出單字與文句，進而與亡靈交流。類似華人世界的錢仙、碟仙、筆仙等通靈方式。

34 舊約《聖經》中的《約書亞記》第十章，記載以色列人在迦南地與亞摩利人作戰時，約書亞曾祈求太陽和月亮停止運行，好讓他能有額外的日光得以完成任務，而約書亞的禱告也獲得上天應允。

我這個人創造的際遇。』」

「按照你這種說法，」這時候朱利安提醒我說：「要成為足以讓你透露祕密的知己，我也不是理想人選。畢竟你當時或許有可能向某個性格比較暴躁的人吐露隱情，而對方聽了不但會為此激動，還會連珠砲似的說出一連串諸如『可是這究竟怎麼了』、『但是這個又怎麼樣』之類的話。儘管如此，但仔細想想，要是某個人的性格可以說是穩重均衡，我看不出這樣的人聽了你的奇遇之後，會因此非常激動。畢竟奇蹟對一個人來說如果只是件荒謬的事，而且它從頭到尾都顯得枯燥乏味的話，這種奇蹟幾乎不會令人興奮。」

我們就這樣談了兩個多小時，談到接近中午。然後我提醒朱利安注意他尚未更衣，同時也要他留意前天晚上我和安東尼舅舅已經約好，我們三人要在馬約門[35]那裡的餐廳共進午餐。這個可憐的男人，他當然沒料到自己又見到我的時候，竟然會看見我的外表是他看慣的這副模樣。況且這時候我也下定決心，要讓舅舅相信我真的是從布加勒斯特回來，所以我對這場慘劇一無所知，也對它沒有責任。由於朱利安對我的決定感到憤慨，我只好設法讓他接受我應該要以另一種方式來對待安東尼舅舅。畢竟如果告訴舅舅實情的話，這次我實在提不出那種會導致我置於死地的重要理由來懇求他，並要他對這件事守口如瓶。再說舅舅不僅會忍不住想公開這件事，未來他應該還會善盡義務來為這件事情作證。在此同時，安東尼舅舅也會在家族裡和我那些朋友間，四處散播消息，說我的外貌化為目光溫柔明澈的男神，是為了要和我太太同床共枕——一想到這種前景，還真是令人愉快啊！而且我從這個地方，就能看得出我表弟賀克托爾看待他所謂富有詩意的移轉時，會笑得有多麼開懷。總而言之，無論安東尼舅舅見證此事可能會為我帶來何種命運，也不管要我付出什麼代價，即使我將這段經歷理解為奇遇一場，事到如今，我除了依舊不願意放任它侵占我的生活，而且還反過來希望自己能流放這段回憶。如果我是從布加勒斯特回到這裡的話，將來這所有一切，就全都會因此中斷。最後，朱利安終於贊同我這番見解。

「我倒是想到一件事，」此時朱利安一面更衣一面說道：「剛剛在考慮能幫助我接受荒謬事件的原因時，我表示有三項原因會讓我比較容易接受這種事，但是忘了告訴你第三個理由。你想知道是什麼嗎？好，我的小老弟，我想到的第三個原因，是心境上的柔軟寬容，會使我比平常更容易相信人家所說的事。對，既然目前我過得這麼幸福快樂，所以我相信喜悅與幸福人生，不但都已經讓我變得不像過去那麼審慎警戒，對於別人內心深處的想法，現在我也比較容易聽得進去。」

35 馬約門（porte Maillot）位於巴黎第十六區和第十七區交界的城門。

此時坐在床上的我轉過身去。只見朱利安這時候身著長袖襯衫，手裡拿著領帶，而且他臉上露出的微笑也顯得心滿意足。

「你戀愛了？」

「對。我愛上世間最美麗又最純潔的女子，她像四月的果園那樣清新明媚。羅烏爾，我要結婚了。至於我要與誰結婚，這個你肯定會猜得到。畢竟對於這件事，我已經對你說得夠多了——我愛露西安。」

我感覺自己在這當下羞紅了臉，而朱利安卻始終都笑得宛如白癡。看到他這副模樣，我實在想賞他一巴掌。

「她也愛你嗎？」

「是啊，她愛我。所有一切都塵埃落定，是昨天晚上的事。不過我得告訴你，我們頻繁見面，是在這三週裡發生的事。先是你改變外貌隔天，我去要求露西安說明你動身前往布加勒斯特的事。接下來那天，我偶然遇見她，後來我除了又回到你事務所好幾次，我們這段期間也一起去看了幾次電影，或者是一起看戲。最後，我在聖日耳曼大道上遇到你和你太太在一起，就決定要和露西安談談那個危險分子，而且那時我們都為你的生死存亡心驚膽戰。於是我就留在你事務所裡，後來再也沒有離開。當時我們晚上都會共進晚餐，然後事情就這樣了。剛剛我才在想，幸虧有我這位多年好友羅烏爾的布加勒斯特之行，我們才會像現在這樣幸福快樂。再說事到如今，我其實可以說：『幸虧你的外貌改變，我們才會像現在這樣幸福快樂。』如果我這麼說，會讓這件事變得更美妙，你不覺得嗎？」

我回應表示，是啊，是這樣沒錯。隨後朱利安不僅對我盛讚露西安，同時也談起她單純的心、直爽的性格、溫柔的目光，以及良好的氣色。朱利安此時滔滔不絕談了許久。最後，他換好衣服離開房間片刻，我則獨自留在房間裡，任由剛到來的打擊令我粉身碎骨。於我而言，露西安的愛非但如此珍貴，而且從今以後，我會以全新方式來安排生活，也是為了她這份愛。可是我剛剛卻失去了它。先前我已經安排好週日時光，考慮今天晚上不要回家，然後我們可以從週六中午一起動身上路，看看是要騎腳踏車或者是步行去哪裡都好。我想像我們會在森林裡頭卿卿我我，也幻想可能會在雨天或是某個憂傷冬日，兩人一起在一間漂亮的套房裡，置身火爐邊儷影雙雙，並像在家裡那樣吃點東西，然後去看電影。屆時我不僅會對我太太說：「我週一晚上之前都不會回家。」而且到了那時，無論是在戈蘭古街，或者是在瑪尼耶咖啡館或幻夢咖啡館裡，大家都會說：「喂，您都不知道，塞律希耶那個人啊，他有婚外情呢！」到時也會有人表示：「現在聽我說。我覺得塞律希耶穿戴整齊，還戴著四個胸針，也始終都看起來很瀟灑時，他就會顯得年輕，這實在妙不可言。」

這些人說的都沒有錯，因為愛情的愉悅會使我變得年輕。露西安溫柔甜蜜、身材高䠷，就像報春花一樣，況且我又這麼愛她，即使要我把自己這條命交給她，我也能做得到。舉例來說，假設有一天，露西安生病了，醫生表示她需要輸血，並要我輸三公升的血給她。在這種情況下，我啊，自然會當仁不讓，將我身上的血都奉獻給她。即使是三公升的血注入露西安體內之後，醫生又說，還需要我再輸一公升的血給她，此時已然奄奄一息的我，依舊會回應醫生：「無論還缺多少血，您都只管拿去。」所以醫生最後就會從我身上抽走我體內所有的血。露西安不但會因此獲救，我自己也會有幸能倖免於難。如此這般，露西安除了會狂熱地戀慕著我，而且她對我的這份愛不僅是人世間前所未有，我們之間的這份愛，也會令人好生羨慕。

既然事已至此，那麼今天晚上我會回家。而且不單只是今天晚上，明天晚上和其他每個晚上，我都會好好回家。至於週日，我們會先去布洛涅森林繞繞，再前往香榭麗舍大道喝餐前酒，同時讓孩子們在那裡喝紅石榴糖漿。接下來那個週日，我們如果不是去萬塞訥[36]，就是會去參觀呂特斯競技場[37]。此時我發覺自己褲子口袋鼓鼓的，原來裡頭是今天早上在殉道者街為露西安買的那束香堇。這時候如果扔掉這束花，又有何用？今晚回到家時，我會把這束香堇送給我太太。

後來我力圖反省自己的妄自尊大，也嘗試以寬宏大量的心，設法讓自己看重露西安與朱利安的幸福快樂。此時我心裡想，這一切都是最好的安排。畢竟以我的年紀而論，將一位年輕女子的人生據為己有，卻沒有因此為她做任何有價值的事，這實在是太糟了。可是我的心胸狹窄，所以說服對自己的這些話，根本就像是在背書一樣。可見要我這麼想，目前還太早。如果要我能這麼想，可能得稍候一下，至少要再晚一點，或者是好歹要再過幾天，等蕾妮又能重新把持住我那個時候，我才能豁然開朗地這麼想。

「你也一起過來吧！」這時候朱利安說：「出太陽了，天氣像四月一樣。我們去感受一下吧！」

36 萬塞訥（Vincennes）是位於巴黎東邊的城鎮。
37 呂特斯競技場（Arènes de Lutèce）位於巴黎第五區，是西元一世紀興建的古羅馬圓形劇場。

第十五章

安東尼舅舅選擇的餐桌位於餐廳一隅。儘管他從那裡就能留意到餐廳大門有誰出入，不過我們抵達餐廳時，他正忙著在菜單背面畫汽車草圖，所以沒看到我們走進餐廳。我先對安東尼舅舅說了聲「舅舅好」，而後安東尼舅舅握了握我們的手，完全沒注意到我目前這副容貌，就是我昔日那副面容。等我們坐下，而且我就坐在安東尼舅舅對面時，他才赫然察覺這件事。

「怎麼是你啊！」只見安東尼舅舅這時驚愕大叫：「你在這裡做什麼？」

為此倍覺震驚的安東尼舅舅，先以十足焦慮又滿是疑惑的眼神盯著我看。接著就出現他張冠李戴，將我誤認為別人的場面。此情此景彷彿滑稽可笑的通俗喜劇，加上舅舅說起話來聲音洪亮，所以這場鬧劇也讓鄰座顧客都輕輕笑了起來。此時朱利安看出我為了這個局面緊張煩躁，就開口打斷這齣引人發笑的戲。

「請您靜下來。」朱利安對安東尼舅舅說：「您現在會表現出這種態度，是由於您認識一個人，他的名字是羅蘭・科爾伯特，而且他想冒充羅烏爾，所以您才會這樣。我相信我明白這件事，再說我已經把這件事告訴您的外甥女婿。羅烏爾自己也認識這傢伙，況且他去布加勒斯特出差前，不只很常有機會能遇到他，也把這人視為不會傷害他人的狂躁症患者。至於外貌改變的部分，如果您先前相信有這件事，大家也絕對會原諒您，畢竟那個畜生的說服力很強。以我來說，我向您保證，之前那人也幾乎已經說服我相信這件事。總而言之，這件麻煩事實際上一點也不重要。所以要處理這件事，最簡單的方法就是把它忘得一乾二淨。」

聽到朱利安口中最後這幾句話，雖然舅舅的表情略微放鬆，但我還是感到擔憂。況且看到安東尼舅舅的嘴唇和長長的八字鬍這時候都在微微顫抖，我很怕他會突然大吵大鬧。果不其然，舅舅隨即就稍微站起，並以震耳欲聾的嗓音大聲說道：

「一點也不重要？不幸的是那個下流胚子曾經和你太太上床，毀了你的名聲！」

此時在餐廳裡，不但所有顧客都看了我們一眼，就連餐廳經理也冷漠無情地望著我們。

「舅舅，我拜託您，聲音別這麼大。還有，您也別急著譴責蕾妮，為她加上罪名。我知道她曾經和那傢伙至少出去過一次，因為當時朱利安遇到他們。除此之外，我也知道那人在我們家那棟樓房有一層公寓。可是這樣就能說您外甥女背叛了我嗎？坦白說，我完全不這麼認為。」

我擔心舅舅會由於我輕信人言而感到憤慨，也害怕他會據理力爭，好讓事情能水落石出，於是就先下手為強，告訴他說：

「要是我有憑有據，讓我能相信蕾妮背叛了我，那麼我就會立刻與她分居。舅舅，您考慮得十分恰當。」

由於感到內疚，安東尼舅舅此時拉著自己的八字鬍，並決定保持沉默，宛如這時候有人對他下了封口令一樣。朱利安雖然接著就將話題引到其他方向，但幾乎只有他一個人開口說話，因為舅舅覺得難受，我也感到悲傷。為了排解舅舅的憂傷，所以我問他我不在這裡這段期間，他的車是否接受了加工改造。我提出的這個疑問，看起來似乎使安東尼舅舅稍微振作了一點，他隨即對我們談起他有一項發明很有意思，可能會為它申請專利。安東尼舅舅口中所說的這項發明，是低功耗備用引擎，而且他縮小了引擎體積，使它能容納在汽車座椅下方。儘管安東尼舅舅這時狂熱得恍如置身青春歲月般充滿激情，可是轉眼之間，其他情緒就驀然打斷了他的熱情。只見他嘆息說道：

「話說回來，這多可惜啊！」

「可惜什麼呢？舅舅。」

「我在想你這次的外貌變化。我們大家都那麼希望這件事千真萬確，如假包換。」

說完這句話，他就默不作聲。即使安東尼舅舅這時候談到的這種遺憾，可能是天底下所有孩子氣的人在這種情況下都會有的情感，可是它在這當下還是打動了我。

「的確是這樣。」朱利安想讓安東尼舅舅明確表達出他的感想究竟包含什麼意義，於是他就對舅舅說：「可是您覺得這種情形很可惜嗎？為什麼呢？」

「這肯定是因為我老了。」安東尼舅舅說道。

我對舅舅的話提出異議，朱利安也反對他這麼說。我們異口同聲表示安東尼舅舅非但一點都不顯老，而且他願意相信他外甥女婿外貌改變，也恰如其分證實了他的年輕。不過安東尼舅舅卻搖搖頭說：

「不，事情不是這樣，你們不懂。正是由於我年紀大了，我才會相信羅烏爾的外貌有所變化。我從兩天前就開始質疑這個問題，所以也仔細想了這件事。我老了，事情就是這樣。」

「一般狀況下，」此時朱利安要安東尼舅舅留意這一點，就對他說：「老年人面對混亂，態度幾乎都不友善。」

「事情可能是這樣。不過以我的年紀來說，時間過得很快，簡直可以說是光陰似箭，歲月如梭，這個你們將來就會明白。打個比方來說，要是某台機器一直都運轉順暢，而且機器上的齒輪咬合也向來都不可能會有意外，那麼這種奇特的感覺，就會使人渴望自己振作起來。只是話說回來，這台機器運作得這麼好，卻是很累人的事。想想看，即使這台機器壞了，世間萬物的秩序肯定也不會因而改變。所以這台機器這麼少出問題，大家就會想看到它出毛病。畢竟這對機器本身來說，可能會是一種休息。我們這些人都老了。於是大家看到我們又重新開始望彌撒時，就會想像我們這些人這麼做，是為了要採取預防措施，避免形成自己肉身的這台機器損壞。可是我們這麼做，實際上卻是由於這台機器使我們感到不適，所以才會想要對機械師傅談談這件事。

「我這個人啊，對這件事非常清楚。有造物主在我們生活中的日子裡，我始終都試圖要祂打起精神，好讓祂能使創造出來的這台機器反向運行。然後要說什麼呢？我們大家應該要來說說有點實際內容的事情才是。那個羅蘭・科爾伯特啊，我很喜歡他。這個人不但討人喜歡、相貌俊俏，而且又年紀不大，再說他那雙瞳翦水，就像女孩子的眼睛那麼美，所以我心裡才會想，這種變化對羅烏爾來說，其實是他交上絕妙好運。然後呢，這時候你們心裡都會想到：『哎呀，這會兒我的長相變了。可是無論怎麼說，這個人就是我——羅烏爾・塞律希耶。』而且這種念頭，還不是誰都會有的想法呢。」

此時舅舅以吹毛求疵的視線打量我，並搖搖頭加了一句：

「當然，你不是從來沒想過這類事情的那種人。」

距今正好整整六週之前，我曾經走進這個政府部門，而且當時還帶著另一副容貌踏出這裡，以致今天我進入這個政府部門的所在地，心裡不僅感到畏懼，我竟然還出於擔憂，而焦慮不安。抵達樓中樓，尚未推開這個部門的辦公室大門時，我就先從口袋裡拿出一面袖珍小鏡，凝視鏡子裡的自己。此刻鏡裡映照出來的那個人，就是我沒有錯。隨後我走進這個部門的辦公室，瞥見帕薩旺女士在洽公窗口後方，朝她手裡的沾水筆俯下身去，所以這時我只看得見她的花白頭髮。除此之外，卡拉卡勒先生在民眾洽公的那一側，正在與隔壁窗口的女職員交談。他那根銀製把手的拐杖，目前掛在洽公窗口的木頭櫃檯邊緣，他自己的手臂也拄在那裡，伸出一隻手指貼著臉頰。此時卡拉卡勒先生從旁邊瞄了我一眼，就提高嗓音繼續說：

「我已經自我介紹過了。大家知道我是誰的時候，都會請我原諒他們有眼無珠。」

隨後我望向這間辦公室延伸至建築深處的部分，試圖在那裡尋找布瑟納克先生的矮胖身影。這時候照進辦公室裡的陽光已經變得微弱，大家也都開始動手開燈。

「是這裡沒有錯。」帕薩旺女士說：「您帶了文件嗎？」

我把文件放在洽公窗口。帕薩旺女士對我視若無睹，只用力拿走那堆文件，並將申請書放在蓋了章的文件上，單獨放在另外一旁，接著再打開那本封面是綠色布面的大型登記簿。

「您有帶照片嗎?」

我將兩張照片放在洽公窗口,心裡七上八下。不過我這時候的舉動已經滿足帕薩旺女士的要求,所以我給她的照片,她連看都沒看,就著手在登記簿上寫字。我知道帕薩旺女士處理這件事得花點時間,於是無所事事的我就讓自己全神貫注,重新開始考慮這一天令我擔憂的事。最令我掛心的一件,就是要找到一位精明幹練的女祕書,如此一來,露西安才能在月底前讓這位女祕書先瞭解事務所的情況與業務。儘管我期盼這位女祕書年過五十,否則就是外貌不那麼完美無瑕,然而心裡卻也多少希望出現的人選會令人意想不到,又迷人可愛。話雖如此,之後找到的女祕書究竟是什麼模樣,實際上對我幾乎沒有影響。畢竟如今的我已經又回到從前的生活裡,而且還那麼心平氣和就確認了我的生活方式,所以目前我的生活與兩個月前相比,除了有某些細微差別之外,兩種生活說有多麼相似,就有多麼相似。若以我昔日的生活方式而論,女祕書和藹可親的微笑,根本就不會導致我的生活大幅偏離常軌。縱然露西安的婚姻萬一動搖,讓她又愛上我,這可能也為時已晚。說起來我太太是多麼棒的妻子啊!再說她的頭腦那麼聰明,心胸又那麼寬大。就算我在自己道德良心察覺不到的內心深處,冷笑眼前的所有一切,這麼做也於事無補。

親愛的小寶貝蕾妮,我把那束香堇送她那天晚上,她除了感動萬分,也不再魂不守舍，所以我們全家當晚不僅在餐桌旁齊聚一堂，天主那時也漂浮在半空中守護我們。後來我因為忘了要去睡另外一間臥房，就在上床睡覺的時刻到來之際，彷彿出於習慣那樣，又回到我和蕾妮同床共枕的那張床上。儘管那時我勸自己隔天晚上，就必須以其他方式留在家裡過夜，可是在那當下我幾乎不覺得自己為此丟臉，嘴裡還不假思索，就說了些動聽的話。之後趁我失眠突然爆發的那股傲氣，非但唆使我計算自己先前承受過的屈辱，也促使我動念反抗現狀。當時湧起的恥辱憤怒不但令我倍覺激動，也使我開始頭痛，導致我的前額滾燙，肌膚也由於出汗而微微溼潤。於是我翻過身去，讓自己面向枕頭。我身旁的蕾妮倒是睡得平靜安穩。她的酣然入夢與勻稱的呼吸聲在我看來，不僅瞬間都成了放肆凌辱，也讓我因而下定決心要自己起床更衣。蕾妮要是因此睜開眼睛，屆時我會對她表示：「我凌晨十二點半與人有約。」可是事實上我會在清冷的街道上遊遊蕩蕩，尋找其實不渴望有的豔遇。雖然我有這種打算，可是卻留在床上，心裡想道：「明天就有人會在那個有格子花紋地毯的房間裡，為我重新鋪好床鋪。」隨後倦意襲來，我的怒氣就在沉睡中消散無蹤。從這一晚起，我就以循序漸進的方式，重新適應了當前生活中的幸福快樂與平靜安穩，而且我重新適應這些，可以說是毫無困難。我外貌改變的那段回憶，沒有打亂我們夫妻間的琴瑟之好。至於蕾妮的背叛，儘管我們時時刻刻都會想到——尤其蕾妮更是如此，但我只將它視為一種稍微有點過分的企圖而已，從來沒對她談起過這件事。

剛開始那段時日，我以為面對太太時，我作為老練丈夫的地位會讓我在夫妻關係中具備優勢。事到如今，我卻很清楚發現我弄錯了。蕾妮在我面前，不僅完全沒有因為我外貌變化這段時間發生的事而感到尷尬，還從中得到了某種優越感，使她宛如某位偉大的旅行家以往迷戀各種不同的景緻，現在卻由於貴族身分，而心甘情願過起深居簡出的生活那樣。如今蕾妮除了藉由一種自視甚高的溫柔，來向我展現這種優越感，她也會透過心不在焉的神情和懷念過往的態度，來向我顯示她這種高人一等。除此之外，她懷想昔日，也使她對一切都漫不經心，還讓她不由自主就以一種獨斷獨行的方式來琢磨事情的樣貌，並使她當機立斷，隨即就決定以某種方式解決問題，藉此避開我們之間可能會有的爭論。要是我站在她的立場，此刻這種情境可能會令我尷尬。不過蕾妮卻知道該如何運用這種情境為她帶來的好處，而且還用得如此穩當，這實在令我為之驚歎。只是後來某日，我感到有點惱火，也因而體會到自己其實需要讓她明白我對現況的屈服順從，事實上是多麼寬容大量，又多麼大公無私，所以要嘲弄我奚落我，才會成為輕而易舉的事。

之後有個週日早晨，我們倆一起在盥洗室中。我在裡頭刮鬍子，浴缸裡的蕾妮則無精打采，還對我視而不見。此時蕾妮的雙峰浸在水裡，彷彿完全失去重量，看起來相當令人愉悅，而她也讓自己的目光偷偷從趾尖徜徉到乳尖，在自己的裸體上流連不去。而後她像是邊說邊想那樣，以死氣沉沉又毫不在乎的嗓音打破沉默宣布：

「算了，今天下午我們別去傑米亞家。將來他們要怎麼想，就怎麼想吧！」

傑米亞一家是我老家那邊的老朋友。以往我始終都真心誠意與這家人維持友好關係。再說我們雙方共有的一切外省生活回憶，也讓我喜歡有他們與我為伴，然而蕾妮卻覺得這家人粗俗無禮，說起話來也囉哩囉嗦。於是為了不要讓她感到不快，我強迫自己每年只能去探望他們兩、三次就好。這六個多月以來，我們一直都沒去探望他們，再加上這週遇到傑米亞老爹時，我便答應他這個週日下午，我們會去探望他們一家，所以這時候首當其衝浮現我腦海的念頭，就是要反對蕾妮這項決定。話雖如此，我卻很清楚自己即使提出異議，也沒有用。縱然我說的話蕾妮都應該會聽，她聽的時候也完全不會反駁，可是過了兩、三個小時以後，她就會像是在說某件我們都同意要這麼做，也已經說好的事情那樣開口表示：「我已經打電話請他們原諒我們了。」因此我仔細想想，覺得自己要改變蕾妮這項決定的話，此時不但應該要設法達成目標，還得將眼光放遠，針對我們的關係深謀遠慮。只是話說回來，我又不希望在這個節骨眼上，把我們「彼此妥協後得到的生活方式」再提出來重新討論。就這樣一時半刻過去，我依舊啞口無言，什麼也沒有說。不過這個時候，我無意間望向鏡子，卻在鏡子裡看到蕾妮露出大獲全勝的微笑。我為此感到意外，就放下手裡的刮鬍刀，坐在浴缸旁邊。

「無論如何，你都應該知道真相——其實我先前沒去布加勒斯特。」

蕾妮明白我這時候說的話正在引發巨變，而且還會危害她目前擁有的平靜安穩，所以她的眼神惶惶不安。與此同時，她也知道這場爭執非但嚴峻，還可能會翻江倒海，以至於她的胴體儘管剛剛才令她如此心滿意足，此刻在面對這場衝突帶來的威脅之際，這副身軀卻在一轉眼間就使她倍覺尷尬，彷彿它會導致她屈居下風，處境低人一等。於是她試圖以雙手遮掩住她赤裸的身體。

「我向你宣布要動身前往布加勒斯特那天傍晚，有一樁古怪的奇遇才剛剛發生在我身上。話說那天下午，我去申請指定駕駛執照，可是洽公窗口承辦這項業務的那位女職員，不僅拒絕受理我的證件照，還宣稱我給她的照片一點都不像我。當時在那裡被召來表示意見的其他職員，也都贊成那位女職員的意見。」

「這真是瘋了。」蕾妮大概是為了要滿足我作為敘事者的虛榮心，就怒氣沖天大聲這麼說道。

「經過相當冗長的爭論之後，我離開那裡。後來我在皇家橋上遇到朱利安．高提耶。雖然我那時走向他並朝他伸出手，他卻把我當陌生人，表示他不認識我。」

「真沒想到會這樣！」

「這件事讓我驚愕不已。所以我就匆匆忙忙跑到一家店，看著店家玻璃裡的自己，這才發現連我自己也不認得自己了。」

說這些話的時候，我發現蕾妮由於我說的這些宛如胡言亂語，已經不再像先前那麼憂慮。然而蕾妮為此安心，卻使我不能自已，以至於這時候我說話的嗓音，變得像通俗劇演員一樣低沉。我用這種聲音又另外補上一句：

「我的長相變了！」

這個幼稚的故事使蕾妮露出微笑。她為了要報答我願意逗她開心，就好意對我說道：

「親愛的，你真傻。」

此時我猛然以那種塞律希耶式的粗鄙笑容開始爆笑。接下來我或許可以再往下說，而且我除了向蕾妮敘述自己當時如何勾引她，還可以將我們親密關係裡的銷魂細節都告訴她。即使我說這些無法說服蕾妮相信這件事，這些話卻會使她感到不安，只是目前我已經無力再深入細談我們這場外遇中的種種曲折。不過先前有個疑問，我一直放在心裡，我想利用這個契機，向蕾妮提出這個問題。

「雖然我說的故事很蠢，但假設我的容貌真的變了，而且那天晚上，有位陌生男子來對你說：『我是你丈夫。』而對方說話的嗓音、身上的衣著，以及寫字的筆跡，全部都和我一模一樣，再說我們之間最不為人知的各種祕密，那人也全都知道，況且他還有雙明亮清澈的漂亮眼睛，那麼你會怎麼辦？」

由於蕾妮對那種幻想出來的把戲，通常都表現得興趣不高，要是我們目前置身其他情況，她或許就會指出我所提的問題沒有任何意義。然而這時她可能是想到我會為她編造這則荒唐奇特的故事，應該是因為去探望傑米亞家那件事，所以我最初開口說話的目的在於挑釁，但在說話時卻改變主意，因此後來所說的話偏離原本用意。既然她在意的事是不要惹我生氣，因此這時，她就以自己面對所有事情會先認真思考過才回應的方式回答我：

「我會要他離開。」

「我不相信你這句話。這些巧合全部都同時發生，所以你考慮這個問題的時候，應該要將它們全部都考慮在內。」

隨後蕾妮又重新開始思索。我覺得自己提出這個問題裡的背景和種種情況對蕾妮來說，好像都是她現實生活裡發生的事，她已經在不知不覺中落入了圈套。況且這個問題有個窘境，會讓她左右為難，於是這個時候，我也明確對她指出這個兩難之處：「要麼就是你得贊同超乎尋常又不合邏輯的實情。否則就是你得冒險，而且是要冒極大風險，讓你的丈夫永遠離開你的人生。」此時蕾妮不僅眼神變得冷酷，她暗藏在心底的強烈情感，也讓她這時候表情變得激動。儘管她內心的鬥爭，此刻出於道德良心上的顧慮仍在持續，不過我猜，也許她在不知不覺中已經做了決定。畢竟置身荒誕情境時，生活中的所有一切看在蕾妮眼裡，似乎都會因而扭曲，也都會因此消逝無蹤。相對於此，選擇冒險則合乎人性。所以沉睡在人心深處具有強制性質的人類本能，或許會讓蕾妮寧可選擇甘冒風險。

「我一定會要他離開。」此時蕾妮複述她已經說過的話，而且她說這句話的語氣，聽起來宛如她心裡的痛苦已然減輕。

「如果那位陌生男子提出證據，足以明確證實他是你丈夫呢？」

這時候蕾妮為了要用肥皂洗澡，就從浴缸裡站起身來。她不假思索回答我：

「既然這個問題沒有留下餘地，讓人能擺脫問題裡的困境，那麼回答這個問題也就毫無意義。」

我們這段交談就此打住。此時我重新拿起刮鬍刀，蕾妮則八面玲瓏地決定不反對我們去拜訪傑米亞一家人。所以當天下午三點左右，我們一家四口就啟程出門，步行前往好朋友家。傑米亞家住在泰納門[38]附近，散步去他們家這段路總令人舒適愜意。我們

38泰納門（porte des Ternes）位於巴黎第十七區的城門。

出發時，我走在我太太和我的小寶貝托妮特之間，托妮特還牽著我的手。路西恩則走在我們前面幾步，看起來一臉不快又拖拖拉拉。他之所以會有這種表現，我得承認是由於他和蕾妮一樣，對傑米亞一家人也沒有太多好感。後來走在戈蘭古街上的我們，差不多要抵達這條街在蒙馬特山丘畫出的弧線時，我就以發火的聲音對路西恩說：「喂，路西恩，如果你不往前走，就和我們一起走，不要一直緊貼在我們旁邊走，這樣很礙手礙腳。」就在此時，我看見薩拉琴和她一位女性友人結伴，朝我們迎面走來。薩拉琴和她那位女伴交談的主題似乎非常嚴肅，又像是什麼天大的祕密，而且她不但挽著那位女伴的手臂，她那張具有男子氣概的美麗臉龐，這時候也側向那位女伴的臉，一副若有所思的模樣。薩拉琴即使在這當下顯得放鬆，卻多少由於她肌肉發達的小腿，以及隱約展現活力的胸部，使得她像純種佩爾什母馬一樣，依舊能保持優雅氣度。儘管薩拉琴與我們擦身而過的那一瞬間，我還盯著她看，可是她卻沒看見我。日後薩拉琴的眼裡，永遠都不會有我這個人，這一點我很清楚。不過此時我的目光望向何方，以及我的眼神聚焦在哪裡，蕾妮倒是都看在眼裡。於是這個時候，蕾妮陰險地對我說道：「剛剛經過的那個胖女人表現出來的舉止像男孩子，你看到了嗎？一個人會和什麼人打交道，大家其實馬上就看得出來。」我沒有回應半句話。